AF142858

Edition : Books on Demand,
12/14 rond-Point des Champs-Elysées, 75008 Paris
Impression : BoD - Books on Demand, Norderstedt, Allemagne
ISBN : 9782322209330
Dépôt légal : avril 2020

1

Jusque-là, sa vie avait été bien tracée, chemin droit sans ornières en bordure d'une forêt ombragée. Rien à faire qu'à se laisser guider. Pas besoin de carte ni de plan, toujours tout droit. On avait mis pour lui les panneaux directionnels nécessaires. Il avait suivi les indications sans en douter, confiant dans cet avenir qui le menait vers des horizons bien dégagés et bienveillants. Un long fleuve tranquille. C'est vrai que la source n'était pas encore bien loin. Il était sorti de ses années d'étude, bardé des diplômes nécessaires pour pouvoir choisir une profession qui le mettrait à l'abri du besoin et même plus, lui et la famille qu'il fonderait. Il était hétéro, doté d'une santé qui lui permettait de mener une vie simple mais confortable. Il pouvait envisager une femme des enfants, le schéma classique. En sa faveur également des goûts basiques, une propension à la loyauté, à la fidélité et au respect des lois. Il n'avait jamais eu à prendre de risques et il n'en avait jamais pris. Il était aussi bel homme mais ça ne lui montait pas à la tête. Un mec simple, une vie simple, pas de quoi en faire un roman.

Il est entré dans la banque comme papa. Comme tous les petits garçons, il avait voulu être pompier, coureur automobile, champion de foot. Il avait changé tellement souvent d'avis que ça n'avait plus d'importance. Il n'avait pas de passion dominante. Une fille, jolie, intelligente lui fut attribuée comme secrétaire, il en tomba amoureux, ils se marièrent et n'eurent qu'un enfant. Ils furent heureux. Enfin, un certain temps. Disons quelques années, il n'en avait pas fait le compte. Puis ils furent moins heureux mais ils ne s'en aperçurent pas immédiatement. Il trouvait tout à fait normal que l'amour pâlisse et que la vie quotidienne apporte une certaine lassitude dans un couple et ça ne le rendait pas particulièrement malheureux. Il y trouvait encore de bons moments. Il lui fallut quelques années pour que cela devienne plus probant. Il n'en dirait pas non plus combien. Puis il fut non pas malheureux, plutôt pas heureux, malheureux est un bien grand mot. Il ne savait pas ce que pensait sa femme de leur vie mais lui, n'était pas satisfait. Il ne se réveillait pas le matin en se disant qu'il allait souffrir tout au long de cette journée, une journée de plus. Non, c'était quelque chose d'insidieux comme une fatigue inexpliquée, un manque d'enthousiasme, plus aucune envie, un coup de mou comme il disait. Il y avait comme un brouillard à peine opaque qui l'empêchait de sentir, de ressentir ce qui se passait autour de lui, un sentiment de vacuité permanent. Il mettait tout ça sur le compte du travail trop prenant. Il était monté plusieurs fois en grade avec des charges de plus en plus lourdes. Il gagnait de plus en plus d'argent mais ne voyait plus que par le travail. Comme si tout le reste de sa vie avait été gommé. Programmé pour travailler, il ne savait plus s'arrêter. À moins qu'il ne se laisse envahir par le travail pour fuir autre choses ! Mais il n'en était pas vraiment conscient. Il songeait à lever le pied, à prendre des vacances en famille, il y avait longtemps que sa femme partait seule avec leur fils, il les rejoignait quelques fois pour un week-end mais de moins en moins souvent. Il ne voulait pas se l'avouer mais il s'ennuyait avec eux. Était-ce leur faute, il ne le pensait pas vraiment. Pour être honnête, il s'ennuyait de plus en plus dans sa vie. Tout ce qui l'intéressait jusque-là lui paraissait fade, indigne d'efforts. Il n'avait jamais eu à proprement parler de hobby, il avait aimé faire des choses comme lire, regarder la télé quand il y avait de bonnes émissions, courir, faire du sport, il aimait tout ça mais sans excès. À présent, il n'aimait plus rien. Peut-être encore la lecture mais ça devenait de plus en plus difficile pour lui et très peu de livres arrivaient encore à le tenir en haleine pour qu'il puisse les lire jusqu'au bout. Il n'avait même plus envie de changer de voiture, c'est dire ! Comme beaucoup d'hommes, c'était sa fierté de posséder une belle voiture, lorsqu'il en changeait il se laissait souvent aller à des extravagances. Il s'abonnait à l'Automobile, il rêvait à toutes les performances de ces bolides en le feuilletant. Puis venait le temps de visiter les points de vente, d'essayer les nouveaux modèles, de peser longuement le pour et le contre, de résister aux folies au détriment du confort ou de l'utilité qu'il en aurait. C'était le temps de l'excitation. Enfin le temps de prendre possession de son achat, monter au volant pour la première fois et faire découvrir sa nouvelle acquisition aux amis. C'était fini, il avait gardé la même voiture depuis déjà presque quatre ans. Il avait aimé parcourir les routes au volant, pousser son engin sur les autoroutes. Il n'avait pas envie de partir, ni de rester d'ailleurs. Il ne rêvait plus, il ne désirait plus.

Cette fois, il ferait un effort, il prendrait des vacances, pour eux mais aussi pour lui, pour sa santé, pour essayer de regagner un peu de cette joie, sinon cette envie de vivre qui lui manquaient tant à présent. Il espérait qu'en reprenant une vie plus calme, il soignerait son corps mais aussi son âme. Il allait prévenir son patron qu'il prenait deux semaines de vacances. Il savait que c'était mal vu dans la boîte mais tant pis, c'était la première fois qu'il s'absenterait si longtemps. Il n'était pas leur esclave, l'esclavage avait été heureusement aboli. Il était cadre mais ça ne justifiait pas qu'il doive tout sacrifier sur l'autel du fric. La boîte n'allait pas s'écrouler et il resterait toujours joignable de toute façon. On attaquait le mois de juillet, il allait réserver sur la côte basque. Un hôtel avec thalasso, tant qu'à faire autant voir les choses en grand. Il n'avait pas envie d'aller à l'autre bout du monde. Nous avons un pays magnifique répétait-il souvent, pourquoi aller voir ailleurs. Il voyageait quelquefois pour son travail et ne trouvait pas que c'était mieux dans les autres pays. Il restait indéfectiblement lié au sien. Sa femme aurait eu un tempérament plus aventurier. Elle lui avait souvent suggéré de partir à l'aventure au fond de l'Asie ou de L'Afrique, c'était avant qu'ils aient leur fils, il avait toujours refusé prétextant qu'il ne pouvait pas s'éloigner trop longtemps de son travail, qu'il avait une peur panique des piqûres, il ne pourrait jamais se faire faire les vaccins demandés, qu'il avait aussi la phobie des petits animaux, des insectes venimeux que l'on trouve là-bas. Elle avait bien compris que ce n'étaient que des prétextes mais elle n'avait pas insisté. Il avait eu envie de voyager, quand il était jeune, avec des copains. Pourquoi pas avec sa femme ? Il n'aurait pu répondre à la question. Ou n'aurait pas voulu ! Toujours est-il qu'ils n'étaient jamais allés bien loin et il ne s'en portait pas plus mal. Quand leur fils était né, l'excuse était toute trouvée. On ne voyage pas avec un enfant en bas âge, c'est de l'inconscience. Puis un peu plus tard, tu te vois traîner un préado qui va faire la gueule pendant tout le voyage parce qu'il n'y a pas de WIFI dans le coin, qu'il ne trouve pas de copains et tout ce qu'on lui propose est nul. Quant au post-ado, il ne fallait même pas y penser, pour gâcher un séjour il n'y avait pas mieux. Il voyait tant de couples en vacances qui traînaient des enfants avec des airs de martyrs. Il se souvenait même des vacances avec ses parents et de l'ennui qu'il avait connu. Elle s'était toujours pliée à ses désirs sans même rechigner. Il avait cru longtemps que c'était par amour. Elle acceptait tout de lui parce qu'elle était follement amoureuse. Elle était très discrète et particulièrement sur ses sentiments mais elle savait lui prouver. Elle acceptait tout, mais en fait ce n'était pas beaucoup, il l'avait toujours très bien traitée, il lui parlait avec respect, n'avait jamais, même songé, lever la main sur elle. Elle n'était pas privée de cadeaux, elle était libre de ses dépenses et elle faisait ce qu'elle voulait quand il n'était pas là. Il ne lui demandait jamais de comptes, il lui faisait entièrement confiance. Elle avait une femme de ménage, menait une vie agréable et sans soucis. Elle n'avait rien à désirer au lit, il assurait et prenait toujours le plus grand soin à son plaisir à elle. Il ne concevait pas les rapports à sens unique. Il était attentif à satisfaire ses désirs ; Il est vrai qu'elle n'en exprimait guère mais il pensait que c'était parce qu'il les satisfaisait entièrement. Elle pouvait éprouver de grands sentiments pour lui, il le méritait. Il confondait amour et reconnaissance mais dans son esprit il n'y avait guère de différence. Il avait acquis une bonne fois pour toutes que Christelle était folle amoureuse de lui.

Cependant, par moments, un doute s'insinuait en lui : amoureuse certes mais peut-être aussi un peu simple. N'avait-elle pas d'idées à elle qu'elle aurait pu défendre ? À voir ! Elle n'était pas idiote, savait parler en société, s'intéressait à pas mal de choses, lisait un peu et collectionnait les activités bénévoles depuis que leur fils n'avait plus autant besoin d'elle. Elle avait cessé toute activité professionnelle à sa naissance. Elle semblait ne pas avoir de volonté propre. Il disait, elle faisait, il pensait, elle acquiesçait. Il avait longtemps trouvé cette faculté qu'elle avait d'être toujours d'accord avec lui, reposante et même plaisante. Puis il s'était lassé. N'aurait-elle pas pu être en désaccord de temps en temps, le contredire, histoire d'impulser une discussion qui mettrait un peu de fantaisie dans cette vie si calme, si plate. Il ne rêvait pas particulièrement de scènes de ménage, il avait toujours eu une grande aversion pour ces couples qui passent leur vie à se contredire, déverser leur bile l'un sur l'autre, parfois même en public, qui s'accablaient de reproches du plus futile au plus grave. Il trouvait ça indécent mais il pensait qu'une discussion calme et constructive devait cimenter le couple. Il se disait que la discussion amenait une meilleure entente. C'était lassant d'avoir toujours raison, surtout quand on n'en était pas certain. Il se sentait pris pour un imbécile, celui qui dit n'importe quoi mais qu'on laisse dire car il est inutile de risquer un désaccord. C'est si peu important ce qu'il dit, pourquoi risquer de le mécontenter et de subir sa mauvaise humeur ? Il avait essayé quelques fois d'émettre des souhaits très contraignants, des idées extrêmes, des prises de position extravagantes, juste pour la provoquer et provoquer une réaction. Elle se satisfaisait de tout. Lorsqu'il avait un peu exagéré, elle n'acquiesçait pas mais gardait le silence. Un peu réprobateur mais pas assez pour qu'il ait une raison de se mettre franchement en colère. Il avait aussi, parfois, été tenté de penser qu'elle se moquait de tout et pourquoi pas de lui-même ? Il l'observait avec attention lorsqu'elle cédait à ses volontés, n'avait-elle pas un sourire narquois qui traduisait toutes sortes d'arrière-pensées ? Ses « oui, mon chéri », que cachaient-ils ?

Il avait fini par croire qu'elle était un peu idiote. Il n'aurait jamais osé le dire tout haut, tout juste s'il s'autorisait à se le formuler intérieurement ? C'était sa femme, quand même ! Et puis, cela valait-il la peine de se tracasser ? La vie s'écoulait calme et facile. Ce n'était pas donné à tout le monde d'avoir une femme qui se prêtait à toutes les situations, il n'allait pas faire la fine bouche. Beaucoup de ses amis lui enviaient. Il était bien connu que Renaud Dréval avait une femme parfaite. Il avait fini par le croire et se disait très satisfait et même fier de sa vie conjugale. Jamais elle ne le tromperait, elle n'était pas vraiment dépensière tout en étant habillée avec un goût très sûr, elle aimait décorer la maison pour en faire une demeure remarquée, elle était bonne cuisinière et éduquait leur fils avec patience et sagesse. Tout était pour le mieux dans le meilleur des mondes. Pourquoi s'était-il donc mis en tête qu'elle était privée d'intelligence ? Parce qu'elle ne satisfaisait pas à l'idée qu'il se faisait d'une femme intelligente ? D'ailleurs, c'était quoi, une femme intelligente ?

Qu'est-ce que c'était que le malaise qui s'insinuait dans cette machine si parfaitement huilée ? Pourquoi ne pouvait-il pas être aussi heureux que le personnage qu'il jouait à être ? Pourquoi tous ces efforts pour se persuader qu'il avait une vie aussi merveilleuse qu'elle puisse être ? Et pourquoi tous ces matins qu'il voulait triomphants s'éteignaient-ils au seuil de la salle de bains ? Ça ne pouvait venir que de lui. « Allez, courage ! » Se disait-il « tu as une belle vie, rien qui dépasse, rien qui cloche. Alors de quoi te plains-tu ? Tu craches dans la soupe, tu n'as pas honte ? Songe à tous ceux qui n'ont rien, qui ont tout perdu. Honte à toi le nanti. Oui, mais… Quoi, tu n'es pas content de ton sort ? Si tu ne sais pas regarder ce que tu as, tu ne le mérites pas, un jour tout te sera repris et alors tu reconnaîtras la valeur de tout ça mais il sera trop tard. Profite pendant que tu le peux encore, la ruine, la maladie, la perte d'un être cher sont là qui te guettent comme tout un chacun. Ne leur ouvre pas la porte ! Regarde par le gros bout de la lorgnette et arrête ton cinéma ! » La voix d'en haut parvenait à le calmer un temps. Il ne pouvait que lui donner raison mais elle s'éloignait très vite comme si elle était pressée d'aller en tirer un autre de son marasme. Et il retournait à sa mélancolie. Il se souvenait d'un temps où tout était facile, un temps d'insouciance, celui de l'enfance. Il se souvenait de ce temps où les journées étaient toujours belles, un temps où il attendait toujours quelque chose, un temps où il s'émerveillait, où il enviait, un temps où il espérait, un temps où il priait un Dieu naïf comme lui pour qu'il exauce ses vœux car il faisait des vœux. Pour que le temps soit beau quand on lui avait promis une sortie, pour que son carnet de notes soit bon, pour que son ami vienne le chercher et que son père l'autorise à sortir avec lui.

Il y avait aussi le monde qui le rassurait, le monde des adultes, le monde à découvrir, le monde plein de choses merveilleuses qu'il habiterait quand il serait grand.

À présent, il avait l'impression d'être seul au monde. Plus personne pour le rassurer mais des personnes à rassurer alors qu'il ne l'était pas. Des personnes qui attendaient de lui ce qu'il était incapable d'assumer. Depuis qu'il allait mal, il ne parvenait plus à se soucier des autres, il s'isolait de plus en plus sur la planète neurasthénie. Derrière de hauts murs gris qui lui cachaient la vie, il essayait de survivre. Plus d'émerveillement, plus d'attente, plus de joie, son Dieu était mort ou avait disparu, plus de vœux à exaucer. Il avait perdu son enfance, il ne s'en souvenait plus que difficilement. Il se demandait parfois s'il ne l'avait pas rêvée. Avait-il toujours été vieux. Car il se sentait vieux bien qu'encore dans la force de l'âge.

Il avait souvent pensé à tout laisser en plan, se barrer, mettre le plus de distance possible avec sa vie telle qu'elle était et un ailleurs totalement inconnu qu'il aurait à découvrir. Pour faire quoi ? Là n'était pas le problème. Il ne s'agissait que de fuir tout ce qui le mettait dans cet état. Fuir la famille, se fuir. Trouver autre choses, retrouver un peu de l'état béni de l'enfance. Éprouver des sensations inconnues. Mais il n'en avait même plus envie, plus l'énergie. Alors, il restait là dans cet engluement qui se faisait de plus en plus épais. Il se sentait engloutir au fil des jours. Il respirait de plus en plus difficilement.

Il s'en sortait un peu au travail car il n'avait pas le temps de penser. Il devenait alors un automate et les automates n'ont pas d'état d'âme. Il pouvait passer des heures sans se retourner sur sa propre histoire, ouvert seulement aux aléas du marché, aux efforts à faire pour la productivité, aux moyens de faire de l'argent, des profits, esclave conditionné. Son cerveau entrait en ébullition et tout le combustible nécessaire à son fonctionnement était mobilisé au détriment de son intime. Cela l'épuisait mais lui faisait du bien. Il n'était alors plus Renaud mais un certain Dréval, un matricule dans la société, sans désirs, sans problèmes autres que ceux de cette société. Chercher des solutions à des problèmes abstraits, suivre des règles qui lui avaient été imposées ne nécessitait que de l'attention, ne sollicitait que son intelligence. Il s'oubliait, il se laissait au vestiaire. Il n'avait plus le temps de ressentir, il ne faisait plus qu'agir. L'action lui procurait un peu de répit.

C'est pourquoi il avait hésité si longtemps avant de partir en vacances. Il pensait que le remède serait peut-être encore pire que le mal. Sans les obligations professionnelles c'était pour lui comme embarquer pour un continent inconnu, tenter un traitement expérimental sans connaître les effets secondaires éventuels. Il n'était pas rassuré et cela ajoutait encore à cette sorte de flottement qui l'accompagnait en permanence. Il se disait qu'il était encore temps de renoncer, il n'avait pas officiellement posé ses congés, il en avait juste parlé au boss qui n'avait pas vraiment fait d'objections. Il était bien noté, fiable et il avait assuré qu'il ne quittait pas la France et qu'il resterait toujours joignable.

- *Je ne vous cache pas, Dréval, que quinze jours d'absence de votre part ne m'enchantent pas mais je ne peux pas vous le refuser. Vous connaissez mes principes ; toujours agir au mieux des intérêts de la société mais aussi de ceux des collaborateurs. Un collaborateur qui est bien est plus productif s'il est en pleine forme. Alors si vous pensez qu'il vous faut des vacances...*

Tout était presque décidé mais il n'avait toujours pas réservé l'hôtel. Trop de travail, prétexte minable qui ne leurrait que lui-même. Il avait laissé entendre à sa femme qu'il comptait l'emmener passer deux semaines à Saint Jean de Luz mais il n'avait pas précisé les dates. Elle avait loué une maison en Normandie pour sa mère, son fils et elle, comme tous les ans. Sa mère partirait avec Romain et elle les rejoindrait après Saint Jean de Luz. Le projet était bien là et attendait de se réaliser et c'était ça le plus difficile : faire de ce projet une réalisation. Lui, un ennemi acharné de la procrastination, le pire pour lui de tous les défauts pour un employé, ne faisait que la pratiquer dans sa vie personnelle. Il avait toujours quelque chose à repousser et il le faisait très bien. Il gardait bien au chaud dans un coin de sa mémoire ce qu'il avait à faire mais il ne faisait rien pour la mise en œuvre, il attendait et l'attente pouvait durer. Il le regrettait profondément mais il ne pouvait pas se résoudre à plus de volonté.

« Ce sont tous les symptômes de la déprime » lui répétait son ami Rémy qui adorait jouer au psy. « Tu nous couves une belle dépression, fais quelque chose ou tu vas péter les plombs. Il y en a qui tuent leur famille pour se flinguer après, il y en a qui ont fini

légumes dans des H.P., il y en a qui ont fait sauter leur boîte avec tous ceux qui étaient dedans. Méf'mon gars, méf ! » Je ne tiens pas à te retrouver à la une de mon journal favori. Il avait ri en s'imaginant sur un fauteuil roulant, bavant et tenant des propos incohérents ou encore arrivant à la réunion du comité central avec une ceinture d'explosifs puis en imaginant ses collègues en bouillie éclaboussant les murs. Un peu moins en se voyant tuer sa femme et son fils.

- *Arrête Rémy, je n'en suis pas encore là !*
- *Mais pas loin, mec, crois-moi, fais quelque chose. Je n'ai pas de leçon à te donner mais je ne te sens pas. Je ne voudrais pas te perdre. Si tu refuses de voir la réalité en face, tu vas droit dans le mur. Et ça me fait de la peine, Tu sais que je t'ai toujours aimé.*
- *Tu ne changeras jamais. Tu m'as toujours aimé ! Tiens, tu me fais penser : et si je virais ma cuti, j'arrêterais peut-être de déprimer ? Un peu de changement me ferait sans doute du bien. Et puis avec toi, ça renforcerait nos liens. C'est un coup à tenter, j'ai toujours pensé que les homos étaient plus heureux que les hétéros.*
- *Manquerait plus que ça !*
- *C'est toi qui m'y as fait penser avec ta déclaration.*
- *Idiot ! Je pourrais te prendre au mot et tu serais le premier emmerdé. En tout cas, tu n'as pas tout à fait perdu le sens de l'humour. Il y a encore de l'espoir.*
- *Merci !*

Mais tout ça ne lui disait toujours pas que faire. Bah, on verrait demain. Et les demains devenaient des semaines sans qu'il ne se passe rien. Les demains ressemblaient toujours aux aujourd'hui et le mois de juillet était presque terminé. Christelle était partie et il était toujours là à broyer du noir.

2

Lassée d'attendre sa femme était partie rejoindre sa mère et son fils en Normandie, il n'avait pas posé de congés ni réservé d'hôtel. Bizarrement, elle ne lui avait pas reparlé de sa proposition de vacances. Elle ne l'avait pas cru. C'est ça, il n'était même plus crédible aux yeux de sa femme. Il n'osait imaginer ce qu'elle pensait de lui. Heureusement qu'il n'en avait pas parlé à sa secrétaire ou à ses collègues de travail. Son patron, lui, avait certainement déjà dû oublier. Bah, on verrait l'année prochaine, il survivrait bien jusque-là. Il prendrait quelques jours en septembre et emmènerait Christelle dans un endroit romantique. Après le départ de sa femme, il ressentit un tel soulagement qu'il retrouva un peu d'énergie. Il s'en étonna mais goûta la situation. Il se levait encore le matin avec cette sensation de devoir accomplir une tâche trop lourde pour lui, de ne pas pouvoir parvenir au soir mais une fois la machine lancée, elle répondait. Il n'avait plus à donner le change, faire les efforts qui lui coûtaient tant. Les soirées seraient solitaires mais reposantes. Il se laissait aller.

Il y avait Plus d'une semaine qu'il était seul quand le grand patron vint frapper à la porte de son bureau.

- Ah, Dréval, belle journée, vous ne trouvez pas ?

Ça lui écorcherait le bec de dire bonjour. Grand patron ou pas, il pourrait au moins être poli.

- Bonjour Monsieur Guilbert, oui certes !

Il ne trouvait pas cette journée particulièrement belle et il n'aimait pas ce Guilbert arrogant et indifférent à tous ceux qui n'étaient pas lui. C'était bien la première fois qu'il lui adressait plus de trois mots. Il ne faisait cas que de Brécart son supérieur immédiat, une carpette toujours à s'aplatir devant la hiérarchie et à faire retomber les emmerdes vers le bas. Un champion du « c'est pas moi et si ce n'est pas moi, c'est l'autre ». S'il n'avait pas eu la riche idée de conserver par-devers lui les preuves de l'incompétence du gars, il y aurait longtemps que Brécart aurait trouvé le moyen sous un prétexte quelconque de le faire virer. Mais on ne la faisait pas à Renaud Dréval.

Brécart savait qu'il avait de quoi le faire sauter et il lui fichait une paix royale. D'habitude pour transmettre Guilbert passait toujours par Brécart. Que se passait-il donc ce matin ? Brécart serait-il en mauvaise grâce ? Il n'y avait guère de chances mais on peut toujours rêver.

- Que puis-je faire pour vous, Monsieur Guilbert ?

Qu'est-ce qu'elle était conne cette formule, il ne voulait rien faire pour Guilbert. Est-ce qu'on a envie de faire quelque chose pour les gens qu'on déteste ? Il ne détestait pas vraiment Guilbert mais il était sûr qu'il ne l'aimait pas. La vie en société impose de ces formules à la con, on est bien obligés de ménager les autres si on ne veut pas la guerre. Alors pourquoi pas ces formules toutes faites qui mettaient de l'huile dans les rouages sociaux ?

- Que puis-je faire pour vous ?

Dans la boîte on se tutoie comme si on était une grande famille ou un groupe d'amis qui se connaissent depuis la maternelle alors que chacun ne rêve que de couler l'autre avec la plus grosse pierre possible autour du cou pour avoir sa place ou pour éviter qu'il ne prenne la vôtre. Il détestait tutoyer les gens mais il était bien forcé de se soumettre aux coutumes locales s'il ne voulait pas être mis sur la touche. Il n'appréciait pas non plus ses collègues mais il faisait avec, il était un homme de consensus. Cependant, il ne pouvait pas tutoyer Guilbert, deux crans au-dessus de lui.

- J'ai besoin de vous.

Lui aussi s'en tenait au « vous » comme pour préciser : nous n'avons pas gardé les cochons ensemble. À quelle corvée allait-il avoir droit. Il s'attendait au pire. Guilbert faisait partie de ces gens qui s'écoutent parler et qui mettent des points de suspension tout au long de la conversation. On avait le temps de se faire des films. Allait-il lui demander de torpiller Brécart ? Non, ce serait trop beau ! Il voyait déjà la tête de celui-ci quand il devrait faire ses paquets ; son regard plein de haine car il saurait que c'était à lui, Renaud Dréval qu'il devait son renvoi, cette sortie sans gloire. Et lui, s'installerait dans le fauteuil resté libre. Il se voyait arracher la plaque sur la porte et la remplacer par : Renaud Dréval, Directeur Général du service marketing. On peut toujours rêver !

- Il n'y a qu'à vous que je peux demander ça.

Mais bien sûr, ils étaient six dans le service et c'était juste à lui qu'il pouvait demander ça. Ça devait être une belle vacherie. Et il lui annonçait ça sur le ton du mec qui vous dit « vous êtes le meilleur, j'ai tout de suite pensé à vous. Vous voyez que je vous ai en très haute estime sinon je me serais adressé aux autres mais vous, vous sortez du lot ». Enfin, quelque chose comme ça. Mais non, il lui répondit seulement :

- La moitié du service est en vacances, je ne vois que vous. Brécart est surchargé. Je sais que vous êtes sérieux, fiable et que vous avez le sens des relations humaines.

Ça voulait dire quoi, le sens des relations humaines. Bon, qu'il accouche ou il sentait qu'il allait s'énerver et alors il n'aurait plus vraiment le sens des relations humaines ni celui de la hiérarchie.

- Voilà, à partir du premier août, nous allons avoir une stagiaire. Une fille très intelligente avec un master d'économie et un des sciences humaines. Elle va remplacer Martel pour un mois. Vous la prenez sous votre aile et vous la briefez. Je sais que je peux compter sur vous. Avec vous elle sera traitée aux petits oignons.

« Aux petits oignons ! » il avait lâché le morceau. Il allait devoir se traîner une boutonneuse qui serait toujours là, le ralentirait dans son travail et toutes les bourdes qu'elle ferait et elle ne manquerait pas d'en faire ce serait pour sa pomme. Très peu pour lui !

- Vous savez, j'ai pas mal de travail ces temps-ci, je ne sais pas si j'aurai le temps de m'occuper d'elle.

- Mais si, mais si, je me suis laissé dire que vous travaillez aussi vite que votre ombre, si je puis me permettre cette expression qui n'est pas de moi et en ce moment on tourne au ralenti. Je vous demande ça comme une faveur. Vous ne le regretterez pas.

Le chantage maintenant et la carotte, il s'en souviendrait de ce jour-là ! Et l'autre sortit de son bureau en coup de vent comme il y était entré le laissant là pantois et en colère contre lui-même qui n'avait pas eu le courage de l'envoyer promener. La tête du chef s'encadra à nouveau dans la porte.

- J'oubliais, elle viendra se présenter demain matin à 10 heures, je la recevrai d'abord puis je vous l'enverrai.

Et sans qu'il ait eu le temps de répliquer, la tête s'était évanouie. Il s'était fait avoir et en beauté. Qu'est-ce qui clochait chez lui ? Il ne savait pas refuser, il avait bredouillé des prétextes à peine plausibles dont l'autre n'avait même pas tenu compte au lieu de s'imposer par un refus net et franc. C'était toujours comme ça, il ne savait pas dire non et tout le monde le savait et en profitait. Il ne savait que fuir. Et le plus souvent, il ne le pouvait même pas. Une des autres causes de son malaise perpétuel. Il attrapa rageusement le dossier sur lequel il était en train de travailler mais il ne parvenait plus à se concentrer. Le téléphone sonna, c'était sa femme. Il l'avait oubliée celle-là. Il fit un effort pour ne pas être désagréable, ce n'était pas sa faute à elle s'il n'avait pas eu l'estomac pour refuser tout net de servir de tuteur à cette plante encore verte. Il avait craint qu'elle ne lui fasse des reproches. Il n'avait pas tenu sa promesse. Mais elle semblait l'avoir oublié ou alors, elle n'y avait jamais cru. Ce qui était le plus probable, il l'avait tellement habituée à ce genre de choses. Elle lui raconta leur installation dans la maison qu'elle avait louée si bien située près de la mer et des commerces. Pas très loin de Deauville, un petit paradis.

Est-ce qu'elle se foutait de lui ? Non, elle avait l'air d'être réellement heureuse. L'air de la mer sans doute. Elle ne savait pas feindre, elle était réellement heureuse. C'était un peu frustrant de se rendre compte qu'elle vivait si bien sans lui.

- Romain va faire du char à voile et moi du yoga. Je suis allée voir au club, ça a l'air très bien. Depuis le temps que j'avais envie de m'y mettre, c'est l'occasion. Et au bord de la mer, en plus, c'était vraiment bien.

Qu'est-ce qu'il en avait à foutre ? Du yoga ou de la course à pied, elle pouvait bien faire tout ce qu'elle voulait ! Il l'écoutait d'une oreille distraite égrenait des « oh » et des « ah », un « c'est bien » de temps en temps, juste pour lui faire plaisir et qu'elle continue à jacasser parce qu'il n'avait plus envie de se replonger dans son dossier. Elle bavarda comme ça pendant un bon quart d'heure. Elle finit pas se rendre compte qu'il ne participait guère à la conversation.

- J'espère que je ne te dérange pas trop. Surtout ne te surmène pas, c'est l'été et tu n'as pas pris de vacances depuis si longtemps. Tu joues avec ta santé.

Il ne se surmenait pas, il était en colère contre Guilbert, contre Brécart, contre lui-même et contre sa femme même s'il n'avait aucune raison d'être en colère contre elle.

Pour finir, elle regretta de son absence. Il n'en fut pas plus rassuré. Elle devait pourtant avoir l'habitude. Il se demanda si ce n'était pas simplement par convenance. Christelle était une femme de convenances.

- Je suis sûre, mon chéri que tu adorerais…
- Excuse-moi, chérie mais Brécart frappe à la porte, je t'embrasse… Oui… Et aussi Romain bien sûr… Et ta mère… Clic

Il avait envie de paix pour digérer ce qui l'attendait. Il réussit malgré tout à boucler son dossier et il rentra chez lui dans un état d'humeur mitigée. Il se servit un verre. D'habitude, il ne buvait jamais seul mais ce soir-là, il en avait besoin et s'affala sur le canapé. Machinalement, il alluma la télé et se laissa hypnotiser par un documentaire sur la lutte des espèces. Il regarda sans aucune émotion un tigre ou un guépard, enfin une bestiole comme ça dévorer une gazelle ou un gnou. Puis un serpent avaler une sorte de poule d'eau en se disant qu'il n'y connaissait vraiment rien en zoologie. Il coupa le son qui lui vrillait les oreilles. Il avait horreur de la voix quasi synthétique du commentateur. Il perdit le fil quand un crocodile ou un caïman ou un alligator s'empara d'un castor ou d'un rat musqué ou d'un ragondin. Qu'est-ce que ça peut bouffer toutes ces bêtes sauvages. Leur vie se résume à ça : chasser, bouffer. Il en avait la nausée. Mais il se disait que malgré tout, ces animaux ne se posaient pas de questions et n'avaient pas d'états d'âme, ils avaient bien de la chance. Toute cette boucherie lui avait coupé l'appétit et il sentait les effets de l'alcool sur son estomac vide. Il attendit encore un moment, somnolant devant un feuilleton qui en était au moins à son millième épisode et auquel il ne comprenait rien. Il avait oublié de remettre le son en route, puis se rendit à la cuisine pour chercher de quoi manger. Le frigo était plein de plats surgelés préparés par Christelle mais il n'avait même pas envie d'en réchauffer un.

Il trouva un paquet de chips, une pomme et revint devant la télé. Il remit le son et zappa jusqu'à ce qu'il trouve un vieux film japonais en noir et blanc, V.O. sous-titrée. Il écoutait les voix nasillardes sans même se donner la peine de lire les sous-titres, les images se troublèrent, il s'endormit avec cette berceuse japonaise.

Il se réveilla une heure plus tard, le film était fini et un hurluberlu poussait des cris stridents dans un micro en s'accompagnant d'instruments confectionnés avec des objets recyclés qui émettaient des sons aussi incongrus que blessants pour les oreilles. Il éteignit la télé et partit se coucher. Encore une soirée de fichue, pensa-t-il. Mais il eut beau chercher, il ne trouva rien qu'il aurait pu faire pour qu'elle n'ait pas été aussi vaine. Il tarda à s'endormir et, toute la nuit, fit des cauchemars peuplés en grande partie par la stagiaire dont il ne connaissait même pas l'apparence. Elle lui apparut même comme une vieille femme répugnante et acariâtre.

Le lendemain matin ne chanta guère. Quand avaient-ils chanté d'ailleurs ? Il faillit téléphoner au bureau qu'il était malade. Après-tout, Guilbert n'avait qu'à se débrouiller avec sa stagiaire. C'est lui qui avait accepté de la prendre. Lui n'en avait rien à foutre de cette meuf comme disait son fils. Il hésita un moment devant son café mais la perspective d'une journée vide à passer seul, à se donner une indigestion de télé, l'enchanta encore moins. Tout mais pas ça ! En avant pour la stagiaire !

Il avait juste commencé à travailler quand son téléphone sonna. 9 heures 30, la stagiaire était en avance et bien entendu Guilbert ne pouvait pas la recevoir, ou ne voulait pas ce qui revenait au même.

- Vous comprenez Dréval, les charges du patron !

C'était donc à lui que revenait l'honneur. « Shit » hurla-t-il. Il préférait jurer en anglais, habitude qu'il avait prise quand son fils était petit, Christelle ne supportait pas qu'il relâche son vocabulaire en présence du gamin. Il se leva et c'est en traînant les pieds qu'il se dirigea vers le bureau du chef pour prendre livraison de la stagiaire.

Elle était assise, bien droite sur sa chaise, un grand sac style besace à ses pieds. Elle se leva quand il entra. Il lui fit signe de se rasseoir tandis que Guilbert faisait les présentations.

- Léa Gauthier, stagiaire, Renaud Dréval, un de nos plus proches collaborateurs.

Son sous-fifre, oui, celui à qui on refile le sale boulot comme celui-ci par exemple. Tandis que la fille se relevait pour lui serrer la main, il l'observait. On ne pouvait pas dire qu'elle était jolie malgré des traits réguliers. Elle était plutôt quelconque. Il lui manquait juste un petit quelque chose mais on n'aurait su dire quoi pour être belle. Elle avait aussi un regard trop vif, un nez juste un peu trop retroussé, des lèvres fines et une bouche un peu petite. Ses cheveux tirés en un chignon strict avaient une couleur indéfinissable. Elle était vêtue d'un tailleur trop sérieux pour une fille de son âge. Car elle était très jeune. Sûrement une surdouée qui avait brûlé les étapes. À son crédit on pouvait mettre la fraîcheur de son teint et ses manières directes. Ce n'était pas la fille qui vous fait tendre la langue jusque par terre mais ce n'était pas non plus le laideron obséquieux qu'il avait craint. Avec un peu de chance, il pourrait s'entendre avec elle et patienter le temps que son stage se termine. Un mois, ce serait vite passé. Dès le premier septembre, il l'aurait oubliée.

- Je suis ravie de travailler avec vous, je ne demande qu'à apprendre. J'ai eu la chance d'être acceptée dans votre société et je sens que ce stage sera riche d'enseignements.

La voilà qui me passe de la pommade, elle sait se placer, celle-là. Il n'avait pas l'intention de lui consacrer tout son temps. Si elle était sympa, il voulait bien lui apprendre quelques ficelles du métier mais pas trop. Il faut toujours se méfier des jeunes aux dents longues, le temps de dire ouf, ils vous ont mis sur la touche. Ils maîtrisent l'outil informatique et ils ont toujours des idées innovantes, ils coûtent moins cher aussi et ils sont plus malléables. Pas question de se laisser doubler par une telle demoiselle prête à tout pour arriver et se faire embaucher à l'issue du stage. Ça s'était déjà vu.

- Ravi de vous recevoir, j'espère être à la hauteur de vos attentes.

Elle n'a pas semblé remarquer l'ironie dans son ton. Il est vrai qu'avec la tête contrariée qu'il faisait, on n'aurait pu imaginer qu'il puisse manier l'ironie.

- C'est bien Dréval, vous pouvez disposer. Vous ferez plus ample connaissance avec Mademoiselle dans votre bureau. Moi, j'ai à faire. On se revoit plus tard.

Congédiés tous les deux, il ne leur restait plus qu'à sortir. Il n'avait aucune envie de l'emmener dans son bureau, surtout ne pas installer un climat d'intimité, ils n'étaient pas censés devenir amis. Il l'emmena directement dans le bureau de Martel.

- Ce sera votre bureau. Il lui indiqua les dossiers en attente que Martel avait laissés sur le coin du bureau.
- Il a laissé quelques dossiers non urgents, vous pourrez les regarder et les traiter si vous voulez.
- J'essaierai.
- Si vous avez des problèmes, mon bureau est juste à côté, vous pourrez venir me les exposer et je ferai mon possible pour vous aider.
- Merci, je n'y manquerai pas, ce sera sûrement le cas.

- Quand prenez-vous votre service exactement ?
- Le 1ᵉʳ août.
- Alors, d'ici-là, profitez bien de vos vacances.
- Vous n'en prenez pas, vous, des vacances ?
- Pas pour l'instant, en septembre. Je préfère l'arrière-saison.
- Et puis, les voyages sont moins chers.
- Je ne voyage guère.
- Ah bon !

À sa grande surprise, il se laissait aller à lui faire la conversation. Ce n'était pourtant pas son genre. Il était plutôt du genre échanges minimum. Pour un peu, il se serait laissé aller à des confidences. Rétrospectivement, il s'affola.

- Je dois vous laisser. Alors, à bientôt Mademoiselle Gauthier ;
- Au revoir, Monsieur Dréval et merci encore pour votre accueil.

Il n'avait pas eu le choix. En définitive, elle n'avait pas l'air désagréable cette fille. Elle avait quand même un joli sourire. Il la laissa estimant qu'il avait fait assez d'efforts jusque-là. Il se replongea dans son travail.

Chaque jour qui passait, il s'enfonçait de plus en plus dans sa solitude, il avait du mal à avancer. Il évitait les rares collègues qui restaient et ne sortait presque plus de chez lui que pour se rendre au travail. Il établissait chaque jour un plan d'action pour satisfaire à ses obligations, faire quelques courses pour se nourrir, tenir la maison en ordre, la femme de ménage ne venant plus qu'une fois par semaine pendant les vacances - Christelle jugeait que ça suffisait quand il était seul à la maison. — respecter les règles d'hygiène, il ne pouvait pas se présenter au bureau négligé. Ne pas trop boire. Pour le reste, il laissait couler le temps.

Le 1er août, la stagiaire se présenta. Il l'aida à s'installer et retourna dans ses quartiers.

Il l'avait déjà oubliée quand elle frappa discrètement à sa porte.

- Il est midi, pourriez-vous, s'il vous plaît, m'indiquer où je pourrais aller déjeuner. Je ne connais pas du tout le quartier. Y a-t-il un petit restau pas cher car je ne suis guère argentée.

Elle avait dit tout ça avec un large sourire qui le fit sortir de sa réserve. Après tout, elle avait l'air agréable cette fille !

- Je mange dans un self au coin de la rue, c'est simple mais très correct et pour fêter votre premier jour dans la boîte, je vous invite, je ferai passer ça sur mes frais professionnels.

Il avait l'habitude de déjeuner seul, il ne recherchait pas la compagnie et encore moins celle de ses collègues. Il n'y avait aucune animosité entre eux mais il ne s'était fait aucun ami parmi eux. Il préférait donc manger seul. Pour une fois, il faisait une exception, il avait eu pitié d'elle. Il se souvenait de son premier poste, il était complètement perdu et personne ne lui avait tendu la main. Sous ses dehors un peu ours, Renaud avait bon cœur.

- Je prends mes affaires et je vous emmène.
- Merci, c'est très gentil à vous, je suis un peu perdue. Il faut que je trouve mes marques mais je m'adapte très vite. Je ne vous embêterai pas trop.

Il était sur le point de regretter sa proposition mais il ne pouvait plus revenir en arrière. Alors, autant faire contre mauvaise fortune bon cœur. Il prit sa veste et sortit, elle sur ses pas. Il se retourna pour l'attendre. Elle était vêtue de son tailleur de super woman comme il l'avait vue le jour où elle s'était présentée. Elle lui sembla moins quelconque. Il remarqua qu'elle était grande et qu'elle avait de belles jambes. Elle avait de l'allure.

Le repas s'est plutôt bien passé. Il s'était attendu à devoir mener la conversation car il s'était imaginé qu'elle était timide et redoutait de longs silences gênés. Il fut agréablement surpris. Elle était bavarde sans être importune. Elle savait parler d'elle sans s'étendre, juste pour mettre son interlocuteur à l'aise. Elle n'avait aucune psychose à étaler, aucune enfance douloureuse, elle était célibataire donc aucun déboire conjugal, elle était encore trop jeune pour des espoirs déçus et était en bonne santé. Il l'écoutait sans maudire cette foutue politesse qui lui collait à la peau et qui le forçait souvent à écouter des gêneurs qui l'ennuyaient au mieux et le dégoûtaient parfois. Il l'écoutait parce qu'elle l'intéressait. Il s'était aussi attendu à ce qu'elle ne lui parle que de boulot et qu'elle le soûle avec le récit minutieux de tout ce qu'elle avait appris dans son école de haut niveau, qu'elle lui débite toutes les théories avant-gardistes qu'elle avait hâte de pouvoir mettre en œuvre. Il n'aurait pas supporté. Il avait craint aussi qu'elle le bombarde de questions sur son poste, sur l'établissement afin de tout savoir sans rien payer, qu'elle essaie de lui soutirer tout ce qui pourrait lui être utile mais elle ne lui parla que très brièvement de ses études et de ses projets. Il se rendit vite compte qu'il s'était fait du cinéma et qu'elle ne correspondait pas du tout aux stéréotypes qu'il avait imaginés. Elle était naturelle, un point c'est tout.

Il apprit qu'elle était la fille unique d'un pharmacien de province, elle avait eu des parents plutôt cool. Elle avait toujours bien travaillé à l'école, avait intégré une grande école. Elle était toujours célibataire à 23 ans. Elle eut la décence de ne pas lui parler des hommes qui avaient certainement dû jalonner sa vie car sans être jolie, elle pouvait plaire. Elle s'enquit de lui qui resta bref : femme, enfant, espoir de passer à l'échelon supérieur mais sans forcer pour y arriver. Elle prenait avec attention ce qu'il lui disait mais ne lui posa aucune question indiscrète. Il lui avoua son vice caché, il était un lecteur invétéré, cita ses auteurs préférés et il se trouva qu'ils en avaient quelques-uns en commun. Le repas se termina sur des considérations littéraires, ils en furent ravis. Il fut tout surpris de constater qu'il était l'heure de retourner au bureau. Il y avait longtemps qu'il n'avait pas autant apprécié la compagnie de quelqu'un. Il avait eu l'impression de retrouver un vieil ami à qui il aurait raconté sa vie depuis leur lointaine dernière entrevue. Pourquoi n'avait-il pas de vieil ami à retrouver ? Il n'avait qu'un seul ami, Rémy et ils ne s'étaient jamais quittés. C'était bien agréable. En tout cas, cette fille lui avait fait bonne impression, ce ne serait pas si pénible de passer ce mois avec elle. C'est donc dans de bonnes dispositions d'esprit qu'il se remit au travail. Elle ne vint plus le voir de l'après-midi.

Une semaine se passa. Ils mangeaient ensemble tous les midis, la conversation était toujours agréable et intéressante. Il en apprenait un peu plus sur elle. Il savait à présent qu'elle aimait beaucoup voyager et qu'elle ne s'en était pas privée, papa était très généreux et pensait, à juste titre que les voyages forment la jeunesse. Elle avait des tas d'anecdotes à raconter sur ses voyages. Elle s'intéressait à tout et surtout aux gens ce qui rendait très vivant ses récits de voyage. Elle vivait en colocation avec une copine mais elle n'était pas lesbienne. Elle aurait aimé faire des études de lettres mais elle ne voyait pas beaucoup de débouchés. Elle n'aurait pas aimé enseigner et à part ça les opportunités étaient réduites. Pragmatique, elle s'était tournée vers l'économie et la communication. Elle aimait bien et n'avait ras regretté son choix. Sans excès, elle avait de l'ambition. C'était une gentille fille. En ce qui concernait sa vie intime, elle était très discrète mais il ne demandait pas à en savoir plus. Sur ce chapitre-là, elle ne l'intéressait pas du tout. Elle était de plus en plus comme le vieil ami qu'il avait perdu et retrouvé. Il se plaisait en sa compagnie et s'étonnait de voir qu'elle aussi prenait plaisir à la sienne. Au travail aussi tout se passait bien, elle avait vite pris de l'assurance, lui avait demandé quelques conseils pour traiter les dossiers de Morel mais s'en était très bien sortie. Elle était attentive à ce qu'il lui disait, n'essayait pas de le contredire mais apportait une touche de nouveauté et il ne pouvait que constater que c'était souvent à bon escient. Il se sentait un peu vieux et sclérosé à côté d'elle mais au lieu d'être jaloux il admirait plutôt sa jeunesse et son élan vital. Lui qui n'avait plus ni l'un ni l'autre.

Lorsqu'il rentrait, le soir, dans son appartement vide, il ne s'affalait plus devant la télé, il prenait une douche rapide, enfilait une tenue d'intérieur et se mettait à la lecture. Un livre qu'elle lui avait conseillé ou un livre qu'il aurait envie de lui faire découvrir. Il pensait en lisant certains passages qu'elle aimerait ça ou au contraire ne serait pas d'accord avec l'auteur et ils en feraient débat. Il n'avait pas totalement repris goût à la vie, il avait encore de temps en temps de ces moments de flottement où tout semble vain et pénible mais il appréciait à nouveau de petites choses, un bon livre, une agréable conversation et c'était déjà ça. Il appréciait aussi de ne pas avoir à prendre de décisions quand la famille n'était pas là. Il flottait dans un monde presque désert et cette Léa suffisait à le peupler. Il voyait glisser les jours sans heurts, c'était réconfortant. Tout ça grâce à Léa. Il lui en était reconnaissant. Pour finir, il avait bien fait d'accepter ce tutorat, ça avait été à contrecœur mais il ne se doutait pas de ce que cela allait lui apporter, il ne le regrettait donc pas. Il suffit parfois que la chance donne un petit coup de pouce.

Il avait profité du dimanche pour aller faire une longue promenade. Il y avait longtemps qu'il n'était plus allé marcher. Il fut un temps où il abattait les kilomètres. Ça me vide la tête disait-il et il aimait sentir ses muscles travailler. Rester toute la journée devant un ordinateur vous ramollit, il ne les sentait plus ses muscles, endormis et peut-être atrophiés. Maintenant, il ne courait presque plus, heureusement, il avait une nature à ne pas grossir. Il n'était pas un gros mangeur mais il ne sautait jamais un repas. Il avait vu tous ses collègues qui vieillissaient en même temps que lui prendre du ventre, leurs chemises faisaient des huit. Lui avait été épargné. Il restait mince malgré le peu d'exercice qu'il pratiquait. Il peina un peu et se jura qu'il allait reprendre la marche quotidiennement, une heure ce n'est pas le diable et ça lui ferait le plus grand bien. Son corps régénéré lui rendrait certainement le moral. Promis, juré, le lendemain, il irait s'acheter une nouvelle paire de baskets. Avec du matériel neuf on retrouve l'envie. Il fit plusieurs pauses mais retrouva rapidement son second souffle. Il rentra chez lui satisfait de lui-même, crevé mais pas peu fier. Il se regarda dans la grande glace du couloir et sans fausse modestie, se trouva beau. Il était plus grand que la normal, les épaules larges et de longues jambes. Brun, un visage un peu osseux mais très viril, la coupe de cheveux ultracourte lui allait très bien, ses yeux un peu enfoncés lui donnaient un regard légèrement mystérieux. Il eut l'impression de flotter un peu moins dans sa vie et, tout heureux, décida de téléphoner à sa femme. Elle ne l'avait pas rappelé depuis une semaine mais ça ne l'étonnait pas vraiment. Ils n'étaient pas un couple fusionnel et ne passaient pas leur temps à se téléphoner. Pour se dire quoi, d'ailleurs ? Des choses sans importance, des platitudes. Tout ce qui était important dans la vie de famille, ils avaient tout le temps de se le dire de vive voix. Le téléphone sonna plusieurs fois avant de déclencher le répondeur : « vous êtes bien sur le répondeur du 06… Veuillez laisser un message après le bip. » Elle n'avait jamais pris le temps de personnaliser le message d'accueil. Il n'y avait jamais prêté attention. Il faut dire que c'était toujours elle qui appelait. Il trouva ce message idiot : vous êtes sur la messagerie du 06… Si on s'était trompé en composant le numéro ou qu'on ne le connaisse pas par cœur, on pouvait être persuadé de laisser un message à la bonne personne alors qu'on l'adressait à un parfait inconnu qui n'y comprendrait rien et s'il était fragile ou âgé, il pourrait être très perturbé. Et si la bonne personne ne répondait pas, comment savoir si elle n'avait pas voulu le faire ou si elle n'avait pas eu le message ? Ces répondeurs pouvaient être perturbants et même dangereux.

Il avait donc préféré ne pas laisser de message, il n'aurait donc pas à s'imaginer des choses. Il rappellerait plus tard et s'il tombait à nouveau sur le répondeur, il ne laisserait pas non plus de message. Elle n'avait qu'à mettre son nom ! Mais à peine avait-il reposé son téléphone que c'était elle qui rappelait :

- Tu m'as appelée ?
- Oui, je voulais avoir de vos nouvelles.
- Ça va, quand tu as appelé, j'étais sous la douche. On est allées à la plage, maman et moi. Romain s'est fait des copains, il est allé faire de la voile avec eux. Nous avons un temps magnifique. Dommage que tu ne puisses pas venir ! Tu n'as pas envie de nous rejoindre le

week-end prochain ? Ça nous ferait plaisir et je suis sûre que ça te ferait du bien.

- Je vais voir, pourquoi pas ?
- L'air marin, il n'y a que ça ! Je sais que tu travailles comme un fou et que tu es tout pâle.
- Bof, c'est un peu plus calme en ce moment mais il y a quand même du boulot. Et cet après-midi, je suis allé marcher.
- Eh bien, ça faisait longtemps, tu devrais t'y remettre.
- J'y pense, figure-toi, ça m'a fait beaucoup de bien mais je suis crevé.
- Mon pauvre chéri ! Tu vas manger au moins ?
- Ne t'en fais pas, je vais faire cuire des pâtes.
- Il y a de la sauce dans la réserve. Au fait, en parlant de réserve, sais-tu ce qui est arrivé à maman ? C'est trop drôle, il faut que je te raconte…

Elle parlait, parlait mais il avait décroché, il sentait une douce torpeur l'envahir. Il entendait sa voix au bout du fil et sentait qu'il allait s'endormir.

- C'est drôle, hein ?
- Oui, vraiment désopilant.
- Bon, il faut que je te laisse, mon chéri, je dois aller rechercher Romain au club de voile. Je t'embrasse, bisous, bisous.

-    Moi aussi, bisous, bisous.

Il avait fait sa B.A., il avait écouté sa femme, enfin presque et il était rassuré sur leur sort. Ils vivaient très bien sans lui. Et lui sans eux. Tout était pour le mieux, pour le moment.

Et il s'enfonça dans un sommeil profond. Il était plus de 21 heures quand il se réveilla. Il se fit cuire des pâtes comme il l'avait projeté et repensa à sa conversation téléphonique avec sa femme. Il ne se souvenait même plus de ce qu'elle lui avait dit. Puis il se dit que c'était toujours comme ça, il ne se souvenait jamais de ce qu'elle avait dit. Passaient-ils leur temps à ne se dire que des banalités ? Pire, ils n'avaient peut-être jamais rien à se dire. Cette constatation le mit mal à l'aise. Il n'aimait pas se dire que son mariage n'était plus que l'union de deux êtres qui n'avaient plus que des banalités à se dire. Depuis quand ne s'était-il pas dit : « il faut que j'en parle à Christelle, c'est important ou ça la fera rire ou ça va l'émouvoir » ? Depuis quand n'avaient-ils pas eu une conversation sérieuse sur ce qu'ils pensaient, ce qu'ils ressentaient ? Il esquivait, il biaisait et ils tombaient immanquablement dans des échanges sans aucun intérêt. Il prenait des décisions sans lui en parler, elle ne manifestait aucun ressentiment. Elle aussi prenait des décisions en ce qui concernait le ménage et il s'inclinait toujours. Ils vivaient sur des planètes différentes. Il avait plus échangé avec la stagiaire depuis qu'elle était là que pendant ces dernières années avec Christelle. Pourtant, pendant leurs fiançailles et au début de leur mariage ils avaient de très longues conversations. Ils se parlaient de leurs goûts, de leur vision de la vie, de ce qu'ils avaient envie de faire ensemble, ils faisaient des projets. Quand cela avait-il cessé ? Pas d'un coup, cela s'était effiloché au cours des années sans qu'il en prenne conscience. Quand il en avait fait le constat, il était trop tard.

Il replongea aussitôt dans son marasme, le plaisir de sa marche s'était complètement estompé. Il mangea tristement ses pâtes et alla se coucher. Heureusement pour lui, il avait toujours eu un très bon sommeil. Il dormait ses huit heures et était toujours opérationnel au réveil.

Lorsqu'il ouvrit un œil le lundi matin, le soleil entrait à flots dans la chambre, il avait oublié la veille de fermer les volets. Cela ne le réjouit pourtant pas tant que ça. Et s'il se faisait porter pâle, il pourrait encore aller marcher, il pourrait aussi aller au cinéma ce qui lui éviterait de penser pendant une heure ou deux. Il essaierait de choisir un bon film qui le captiverait et non pas un navet qui lasse au bout d'un quart d'heure. Il pourrait aussi aller voir une expo, il y en avait bien une ou deux d'intéressantes en ce moment. Ou alors il ne ferait rien, il traînerait en pyjama, ingurgiterait tous les feuilletons débiles de la télé ou les émissions sur les crimes élucidés ou non. Il dormirait aussi, au besoin, il emprunterait les somnifères de sa femme, elle en avait toujours en stock dans la pharmacie. Non, il ne se suiciderait pas, il n'en était pas encore là. Il avait juste besoin de faire un break dans sa vie. C'est ça un break, ne plus se soucier de rien ni de personne. Sa femme était heureuse dans sa villégiature avec sa mère et son fils, il était presque certain qu'elle ne pensait même plus à lui. Il n'avait besoin que de penser à lui, de se dorloter un peu, de soigner son mal-être en se repliant dans sa coquille loin de ce monde qui devenait chaque jour un peu plus étranger et inhabitable. Il n'avait pas d'idées suicidaires, il trouvait juste la vie difficile. Il avait une trouille bleue de la mort. On sait ce que l'on quitte mais on ne sait pas ce que l'on peut trouver de l'autre côté. Il allait donc continuer à vivre malgré tout mais seulement après un break. Il avait besoin de retrouver des centres d'intérêt, des choses agréables à faire. Il ne savait vraiment pas quoi mais il pourrait trouver s'il avait seulement le temps de réfléchir.

Il n'était pas loin de neuf heures et il n'était toujours pas sorti de son lit. Le téléphone sonna. Par habitude, il se leva pour répondre. C'était la sonnerie de son portable mais il ne se souvenait pas du tout où il l'avait mis. Il ne le voyait nulle part. La sonnerie émettait depuis les environs du canapé. Il se souvint de l'appel de sa femme, il l'avait laissé tomber quand il s'était endormi. Il eut l'envie de le laisser là où il était et de ne pas répondre mais c'était peut-être sa femme, ça pouvait être grave. Il était obligé de répondre. Il plongea, récupéra le téléphone.

- Allô.
- Bonjour.

Ce n'était pas la voix grave de sa femme mais une voix jeune et claire, la stagiaire. Il l'avait complètement oubliée celle-là.

- Vous ne venez pas travailler aujourd'hui, ? Vous ne m'aviez pas dit que vous seriez absent. Vous n'êtes pas malade j'espère. J'avais besoin d'un petit renseignement. Excusez-moi si je vous dérange.
- Je suis allé marcher hier et j'ai un peu présumé de mes forces, je ne suis pas très bien, un peu fatigué. Je ne suis plus habitué aux sports extrêmes.

Elle rit et son rire le réveilla tout à fait.

- Mais ça va mieux, je vais prendre une douche et j'arrive.
- Si vous voulez, je vais acheter des croissants à la boulangerie en bas.
- Non merci, prévoyez un café, ça suffira.
- Bon, à tout de suite.

Il ne pouvait plus reculer. Il ne savait pas pourquoi il avait réagi ainsi. C'était quelque chose de plus fort que sa volonté ou alors tout simplement la force de l'habitude : faire tout ce que l'on attendait de lui. Il s'habilla après une toilette de chat, et sans même boire un verre d'eau descendit au garage, monta dans sa voiture qui refusa de démarrer. Un signe, se demanda-t-il. Il l'avait pourtant amenée au garage pour la révision la semaine précédente et elle était encore presque neuve. Le destin ? Oui le destin ou alors tout simplement une panne sèche. Il avait oublié de faire le plein. Il se mit à rire tout seul, c'était la première fois que cela lui arrivait. Comment avait-il pu oublier de passer à la pompe ? C'était vrai, il n'allait vraiment pas bien ces temps-ci. Et tout, autour de lui, s'en allait à vau l'eau. Bon, il ne fallait quand même pas exagérer, c'était sa première panne d'essence et il y avait un début à tout. Il était tout de même chanceux, sa voiture l'avait ramené jusque dans son garage. Il ne lui restait plus qu'à prendre le bus. Il avait oublié qu'en se réveillant il ne voulait pas se rendre à son travail et voilà qu'il envisageait de prendre le bus. Lui qui ne le prenait jamais. Il aurait pu appeler un taxi mais l'idée de prendre le bus ne lui déplaisait pas. C'était comme une sorte d'aventure. Il n'y a que les imbéciles qui ne changent jamais d'avis. Il irait donc travailler. Et d'un pas décidé, il se rendit à l'arrêt de bus. Il était déjà plus de dix heures, ce n'était plus l'heure de pointe. Il y avait tout juste quelques femmes qui se rendaient au marché et quelques vieilles dames qui allaient faire les boutiques dans le quartier commerçant ou en consultation chez un médecin ou un dentiste. Il ne se souvenait pas avoir pris le bus depuis qu'il avait eu son permis de conduire. Il trouva cela très amusant. Il était le seul homme pas même un vieux ou un étranger. Il essayait d'imaginer la vie de ces femmes : cette vieille qui prenait encore la peine de se maquiller, elle cherchait encore à plaire, un autre mari peut-être, celle-ci avec un air accablé, veuve depuis peu et esseulée, une autre encore un peu moins âgée mais ridicule car portant des vêtements qui n'étaient plus pour elle et avec ses cheveux décolorés en blond avec son teint hâlé elle ne faisait pas très nette, personne pour lui faire des remarques sur sa tenue. Pour la première fois depuis longtemps, il regardait autour de lui et s'intéressait aux autres.

Il dut changer une fois, c'est ce qu'il avait lu en consultant les horaires affichés avec les numéros des bus. Il avait peur de rater la station pour la correspondance mais il appréciait le fait de se laisser conduire. Il pouvait regarder tout autour de lui. Il ne voyait plus la ville de la même façon. Il se jura de recommencer l'expérience. Il regardait les rues animées, le bus s'engagea dans un quartier plus résidentiel, il voyait l'intérieur des appartements lorsque le bus ralentissait ou s'arrêtait aux feux rouges. Par ce beau temps, les fenêtres étaient ouvertes. Une cuisine avec une femme penchée sur un fourneau ou sur un évier, elle devait préparer le repas de midi, un vieil homme dans un fauteuil devant la fenêtre, une autre femme qui secouait des tapis à l'étage. Des pièces vides, des lits défaits. Il imaginait des vies dans ces lieux, des vies comme la sienne ou alors totalement différentes. Des gens heureux ou malheureux. Des vies réussies, des vies ratées, des vies sur la fin, sans espoirs. Des vies recommencées après des pertes des échecs, des vies dans l'ombre, des vies gâchées, des vies d'artistes, des vies passionnées ou pleines d'ennui. Des petites vies sans importance, des vies de héros, des vies à tirer le diable par la queue, des vies à brûler la chandelle par les deux bouts, des vies de paix, de violences, de dégoût de rien, de tout. On ne peut jamais imaginer toutes les vies que peut abriter une ville.

La minute philo s'arrêta quand le bus arriva dans la rue voisine de son travail. Il termina le trajet à pied. Il n'était pas loin de onze heures quand il arriva. Il passa devant le bureau de Brécart, son manager prêt à lui servir son histoire de malaise mais il n'était pas là. Brécart était sans doute en rendez-vous à l'extérieur. C'était très bien ainsi. À peine était-il assis que Léa se présenta.

- Alors, vous êtes tout à fait remis ? Peut-on voir ensemble un point qui me chiffonne dans ce dossier ?
- Entrez, Léa, asseyez-vous. Ça va beaucoup mieux, ce n'était pas grand-chose. Juste un

grand coup de pompe. Voyons un peu ce point à éclaircir.

- C'est le dossier d'un certain Duval, il a cessé les remboursements de son crédit il y a six mois. Après enquête, il a perdu son travail, sa femme l'a mis dehors de chez lui. Enfin, ils n'étaient pas mariés et le bail de l'appartement était à son nom à elle. Nous n'avons pas d'autre adresse, il semble qu'il se soit perdu dans la nature.

- Si je comprends bien, même si on le recherche et qu'on le retrouve, il y a de fortes chances pour qu'il ne soit pas solvable. Soldez donc le dossier !

- Oui, mais...

- Que voulez-vous faire d'autre ? Tirer sur un homme mort ?

- Il peut se refaire, retrouver du travail, revenir à meilleure fortune et alors on pourrait le solliciter à nouveau.

- Chances proches de zéro pour ne pas dire zéro chance. Soldez, ça nous fera gagner du temps.

- Bien, si vous le dites ! J'essaie de faire mon travail au mieux, vous savez. Et dans l'intérêt de l'établissement.

- Mais vous le faites très bien. Morel n'aurait pas fait mieux. Il faut savoir quand il est inutile d'insister. Le système est ainsi fait, certains sombrent définitivement quand d'autres en ont bien profité. Un jour ce sera peut-être le tour de celui qui l'a licencié, sa compagne peut tomber sur un pervers narcissique qui la détruira. Il arrive que la roue tourne.

- Vous n'êtes pas un homme très gai.
- Non, j'en suis désolé, j'ai tendance à voir le monde en gris. Je n'en suis pas encore au noir mais je manque un peu de lumière.
- En tout cas, merci pour votre aide. Je vais vous laisser. On mange ensemble à midi ?
- Oui, si vous n'avez pas peur que je vous peigne en gris.
- Pas de danger, j'ai un moral à toute épreuve.
- Alors, à vos risques et périls et à tout à l'heure.

Elle quitta son bureau sur un sourire. Brave petite, pensa-t-il, elle est encore un peu trop tendre pour ce boulot mais elle s'endurcira.

La semaine passa comme toutes les autres mais avec Léa. Déjà deux semaines qu'il la coachait. Ça ne lui avait pas pesé. Il s'habituait à elle. Le vendredi, en déjeunant, elle lui fit une proposition qui le surprit. Elle allait passer la soirée dans une petite salle de spectacle pour écouter une bande de copains qui avaient formé un groupe de rock français, rock français avait-elle précisé, du rock mais avec du texte. Voulait-il venir avec elle ? Elle avait cru comprendre que sa femme était absente. S'il était seul, il pourrait passer une bonne soirée. Du rock français, il y avait des années et des années qu'il n'avait plus écouté de rock. D'ailleurs, il écoutait très peu de musique. Quelquefois de la musique classique quand il faisait de grands trajets en voiture, il n'y connaissait pas grand-chose mais ça le détendait. Sa femme écoutait de vieux chanteurs comme Brel, Brassens, Barbara. Il écoutait avec elle mais quand il était seul, il préférait le silence plus propice aux pensées. Mes pensées ne méritent que le silence, songea-t-il.

Et puis, il n'y aurait que des jeunes, qu'est-ce qu'il irait foutre avec eux ? Il aurait l'air d'un vieux qui veut faire le « djeun » comme dirait son fils. Il n'avait ni jean troué ni perfecto, juste un jean de marque et une veste en lin, il aurait l'air con. Encore plus s'il piquait les fringues de son fils. Il était sur le point de refuser mais il s'imagina encore une fois passer seul le week-end à picoler devant la télé. Ça lui ferait une sortie.

-   Vous semblez être inquiet, mais ne craignez rien, il y aura les parents des copains qui viendront sûrement les écouter.

Les parents des musiciens, ces gamins qui devaient avoir le même âge que Léa, il n'était pas si vieux qu'eux. Elle avait, quoi, la fille, vingt-trois ans, lui n'en avait que quarante, enfin, plus près de quarante, il n'aurait pas pu être son père mais il aurait dû l'avoir très, jeune. Elle exagérait, il faillit se vexer.

Il repensa à sa grand-mère qui disait : le ridicule ne tue pas et la fierté ne paie pas. Il accepta.

- Mais à une condition, il est à quelle heure votre spectacle ?
- Vingt et une heure trente.
- Alors, avant je vous emmène manger au restaurant. Nous avons tout le temps, je passerai vous prendre à dix-neuf heures trente. Enfin si ma voiture veut bien démarrer, J'ai téléphoné à mon garagiste.

Il lui avait parlé de panne mais pas de panne sèche, il ne tenait pas à ce qu'elle se moque de lui. Il allait devoir aller à la pompe avec un jerrycan et ce n'était pas sûr qu'il puisse redémarrer. Il téléphona au gars qu'il connaissait, il accepta de passer alimenter le réservoir et faire redémarrer la voiture. Un problème de résolu. Mais elle lui dit :

- Venez en taxi, je prendrai la mienne qui est toute petite, dans le quartier c'est la galère pour se garer.
- D'accord !

Rentré chez lui à dix-huit heures, il se demandait si c'était vraiment une si bonne idée. Aller se faire vriller les oreilles, se rendre compte que ce n'était plus de son âge, qu'il avait vieilli, ce n'était pas pour lui remonter le moral. Il risquait même de revenir encore plus abattu. Mais il ne pouvait plus revenir en arrière, Léa allait l'attendre et elle n'avait pas mérité qu'il lui pose un lapin. Il ne voyait pas non plus d'excuse valable pour se désister. Il y avait aussi le restaurant ? Il n'allait pas l'emmener à Mac Do, ni non plus dans un restaurant trop chic et il n'aimait pas les gargotes. Il mangeait peu mais il aimait bien manger. Bah, il verrait sur place dans le quartier de la salle de spectacle. Cela dépendrait aussi de la façon dont elle serait habillée. Si elle faisait trop minette destroy comme les copines de son fils, il supposait qu'on ne s'habillait pas chic pour aller écouter du rock même français, il lui faudrait s'adapter. Et lui, comment allait-il s'habiller ? Il opta pour une tenue décontractée mais avec un jean Hugo Boss, une chemisette cool blanche et une veste en lin écru. Il chaussa quand même des baskets mais des Paul Smith.

Elle lui avait donné son adresse, une petite rue dans un quartier populaire mais plutôt calme. L'immeuble respirait la vieille France. Massive porte en chêne, porche d'entrée et cour intérieure. La peinture de l'immense cage d'escalier avait vu déjà des siècles mais c'était propre et le majestueux escalier n'était pas branlant, les fils électriques bien fixés. L'ascenseur fonctionnait. Il sonna au quatrième étage. Léa ouvrit aussitôt. Elle était vêtue d'un jean et d'un tee-shirt blanc d'un blouson en cuir et de baskets elle aussi. Elle avait lâché ses cheveux qu'elle portait attachés en chignon pour le travail. Elle paraissait encore plus jeune. Renaud se dit que si le ridicule ne tuait pas, il rendait tout de même très mal à l'aise. Il n'aurait jamais dû accepter cette invitation.

- Je suis prête, on peut y aller. Vous êtes bien beau, ce soir, Monsieur.
- Renaud, s'il vous plaît, on n'est plus au travail.
- D'accord, Renaud.
- Elle passa devant lui et dévala les escaliers. Sur le trottoir, elle s'arrêta devant une Fiat 500 rouge vif.
- C'est mon char, pour vous conduire ce soir monsieur, pardon Renaud.
- Merci chauffeur, ce sera très bien pour moi. Je n'en espérais pas tant.
- Ne vous moquez pas, s'il vous plaît, ce n'est peut-être pas le grand luxe pour qui est habitué à la Jaguar mais c'est facile à garer, ce n'est pas très gourmand pour une simple stagiaire et c'est appréciable.
- Sachez, jeune fille que je ne possède pas de Jaguar, juste une voiture un peu plus grande mais pourvue de l'aide au stationnement.

- Et vous résidez, sans doute dans un quartier où il y a pléthore de places en stationnement.
- Pas vraiment, mais j'ai un garage.
- On aurait pu s'en douter.

Il se demandait comment il allait pouvoir faire tenir ses longues jambes dans cette moitié de voiture sans contorsions ridicules mais le véhicule s'avéra beaucoup moins exigu qu'il ne le paraissait. Néanmoins, il n'aurait pas traversé la France ainsi tassé au fond de son siège.

- Où allons-nous, j'attends vos instructions !
- À vrai dire, je ne sais pas, je ne connais pas du tout le quartier. Je vous invite à manger comme promis mais j'ai bien peur que vous ne deviez choisir vous-même le restaurant. On est un peu loin de la Tour D'Argent.
- La Tour d'Argent, vous aviez l'intention de m'emmener dans une gargote ? Elle rit. Eh bien, c'est raté, il y a un très bon deux étoiles pas très loin d'ici.
- Deux étoiles, je ne sais si je pourrai payer.
- Si vous savez faire la vaisselle on s'en sortira à moins que je ne paie le patron en nature pour sauver vos jolies mains.

Elle avait le sens de l'humour cette fille, pensait-il, je sens qu'on va passer une bonne soirée. Elle s'arrêta devant un restaurant classique mais il était bondé. Le serveur leur offrit une petite table tout au fond de la salle. Après la Fiat 500, c'était la soirée de l'étroitesse. L'ambiance était chaleureuse mais extrêmement bruyante. Aux voix, jeunes pour la plupart, s'ajoutait une musique dite d'ambiance mais qui était plutôt désagréable car elle gênait nettement la conversation. Il fallait hausser le ton pour se faire entendre. La communication allait être douloureuse.

- Vous allez voir, la cuisine est très simple mais extra. Je vous recommande la soupe aux châtaignes et le jambon à l'os.
- De la soupe en plein été !
- Ça peut paraître incongru mais je vous assure que c'est délicieux, ça change des éternelles salades composées.

Il aurait préféré quelque chose de plus raffiné mais il n'osait pas passer pour un vieux bougon.

- Bon, allons-y pour la soupe.

C'était réellement un régal. Il se laissa donc aller à suivre ses recommandations pour la suite, le jambon était moelleux et la tarte aux framboises avait un goût de paradis. Elle avait de l'humour mais aussi bon goût. Ils n'avaient pas échangé dix phrases pendant tout le repas. Il était un peu déçu mais au moins, il avait pu faire attention au plaisir de ses papilles. Il ne renouvellerait certainement pas l'expérience, lui qui aimait les ambiances feutrées propices aux échanges entre convives mais il n'avait pas trop de regrets, ce restaurant était bon marché et la qualité était là.

- Il va falloir y aller si on ne veut pas être en retard.

Il avait à peine terminé son café qu'elle était déjà debout. Il passa rapidement à la caisse ? Qu'est-ce qu'elle était speed ! Durant le court trajet de son appartement au restaurant, il n'avait pas eu l'occasion de remarquer sa conduite. Là, après le repas, il avait l'impression qu'elle se croyait sur un circuit automobile : grands coups d'accélérateur, freinages brusques au dernier moment, virages coupés à l'extrême. Elle n'avait pourtant pas bu, elle s'était contentée d'un verre de rosé. Il sentait son estomac dans un ascenseur fou.

- Vous ne pourriez pas ralentir un peu ?
- Non, on va être en retard.
- Ou on n'arrivera jamais.
- Vous avez peur ? Je sais conduire.
- Je n'aime pas trop être secoué.
- Vous exagérez, vous n'êtes pas secoué.

Et comme pour le narguer, elle avait encore accéléré. Heureusement à cette heure la circulation était fluide. Décidément cette fille le faisait sortir de sa zone de confort. Il se sentait si vieux face à elle. Un dernier coup de frein qui l'aurait envoyé au travers du pare-brise s'il n'avait été attaché et, ravie, elle s'écria :

- On est arrivés juste dans les temps.

Comme si on avait un avion ou un train à prendre, pensa-t-il. Elle se gara avec adresse dans un mouchoir et sauta de la voiture tandis qu'il essayait de s'extraire de la boîte à chaussure sans paraître trop ridicule. Il la vit sauter au cou d'un jeune homme pâle et long comme un jour de pluie. Elle se tourna vers lui.

- C'est Gauthier, le batteur, un ami d'enfance. Et lui, c'est mon tuteur. Acheva-t-elle en désignant Renaud.
- Alors, ça y est, tu as été déclarée majeure incapable. Je le savais et on t'a nommé un tuteur.
- Ah, ah, ah, elle est drôle ! Et ils se mirent à rire comme des gamins attardés. Il se demandait vraiment ce qu'il faisait là.
- Bonjour Gauthier.
- Vous aimez le rock, je veux dire le rock français ?
- Oui, j'aimais bien Téléphone.
- Ça date un peu, nous, on renouvelle le genre. Vous allez voir, ça envoie du bois et les paroles de Kévin, ce n'est pas de la daube. Si vous

aimez la musique et la poésie, vous ne serez pas
déçu.

Non mais, ce jeune qui le vouvoyait et lui donnait une
leçon, il se sentait ringard et il maudit Léa de l'avoir
embarqué dans cette aventure. Son ego était en train d'en
prendre un coup.

-    Bise. À tout'Gauthier.

Et il disparut au grand soulagement de Renaud.

-    Venez, on rentre.

L'ambiance dans la salle était aussi bruyante que dans le
restaurant hormis les bruits de vaisselle. Ces jeunes, ils ne
peuvent vivre qu'au-dessus du seuil supportable de
décibels. Ça criait, ça s'interpellait d'une rangée à l'autre,
ça éclatait de rire et il sentait ses tympans qui protestaient
vigoureusement. Il avait mal à la tête mais il ne voulait
pas avoir l'air décalé alors il supportait tout stoïquement.
En tout cas, Léa ne s'apercevait de rien. Ne sachant pas
quoi faire, il s'assit tandis que Léa embrassait à tout va
des hordes de filles et de garçons. Elle semblait l'avoir
oublié. Il sentait monter en lui une furieuse envie de la
planter là et de rentrer chez lui retrouver le calme de sa
bibliothèque puis la douceur de son lit. Mais aussi son
vague à l'âme. Cette pensée lui fit prendre patience.

Déjà, elle revenait vers lui. On entendait les sons discordants des instruments que l'on accorde derrière la scène. Lorsque les musiciens firent leur entrée, tous se levèrent. Il se mit à craindre le pire. Il s'apprêtait à devenir sourd, à se faire piétiner par une bande de sauvages excités par les miaulements des guitares poussés à l'extrême. Il ne sortirait pas vivant de cette soirée.

Mais il avait tort. Bien qu'un poil trop fort, le son était bon, le rythme entraînant, les paroles des chansons intelligentes et la voix du chanteur très agréable. Il ne tarda pas à se laisser aller et à la fin en redemandait autant que les autres. Non, il n'était pas si vieux que ça. Il avait simplement oublié d'être jeune. Il se sentait avoir rajeuni de quinze ans et ça lui faisait le plus grand bien. Il ne flottait plus au-dessus de sa vie, il était dedans et bien dedans sans aucune arrière-pensée. Il y avait longtemps qu'il ne s'était plus rendu compte que son cœur battait. Il allait acheter le CD du groupe et quand il aurait un coup de mou, il se le passerait. Ce serait un peu comme l'ancrage en sophrologie, ce qui permet de retrouver une sensation de bien-être que l'on a connue. Il imaginait la tête de Christelle quand il mettrait le CD. Ou plutôt non, il le garderait pour lui tout seul. Ce serait son jardin secret.

Il était encore sur son petit nuage quand il remonta en voiture avec Léa. Elle avait encore passé beaucoup de temps à biser et rebiser une foule de jeunes avant de les quitter. Il n'était pas impatient, il était bien et il aurait voulu que la soirée ne s'arrête pas. Il demanda à Léa si elle avait un CD de ses copains mais elle lui dit que, jusqu'à présent, ils n'en avaient édité aucun. Après quelques soirées comme celle-ci, ils espéraient se faire remarquer et se faire financer un enregistrement mais ce ne serait pas pour tout de suite. Il en fut déçu, pas d'ancrage, il devrait juste faire avec la force de la mémoire. Elle lui demanda s'il avait aimé. Il lui répondit qu'il avait adoré. Elle était contente. Puis ils roulèrent un long moment en silence. Il était encore sous le charme de la musique et elle semblait réfléchir. Lorsqu'ils arrivèrent devant chez lui, il la remercia encore chaudement pour cette si agréable soirée et il s'apprêtait à sortir de la voiture après lui avoir serré la main. Il fut surpris d'entendre Léa lui demander :

- Vous ne n'offririez pas un dernier verre ?
- Un dernier verre ?
- Oui, on ne va pas se quitter comme ça. Vous semblez avoir apprécié la soirée, faisons la durer encore un peu.
- Pourquoi pas ? Vous avez raison. Il n'est pas encore si tard.

Il n'avait jamais su ce qui lui avait pris. À bien y réfléchir il n'y tenait pas particulièrement. Il avait simplement été pris au dépourvu. Il mit plus longtemps qu'elle à sortir de la voiture, elle l'attendait déjà devant la porte de l'immeuble. Cette fille le surprenait. Elle était directe, naturelle. Elle se laissait aller à ses envies. Pas comme lui, il avait du mal à suivre.

- Pas mal chez vous, beau quartier, bel immeuble. Je sens que si mon avenir dans la boîte se précise, je ne serai pas déçue.
- C'est certain, vous avez fait de bonnes études, si vous vous en donnez la peine dans dix ans vous pourriez être là où j'en suis.
- J'espère bien, dit-elle en riant et quand vous serez à la retraite, je serai à votre place.

Oui, il savait qu'elle était bien plus jeune que lui, pas la peine de lui resservir la soupe à la première occasion. Tout en discutant avenir, ils étaient arrivés à l'appartement.

- Et très bel appartement. Un peu bourgeois à mon goût mais il faut reconnaître que c'est chouette.
- Je n'ai aucun mérite, c'est ma femme qui a tout organisé.
- Et super-femme, en plus. Vous êtes le roi des nantis. On se demande ce qui pourrait encore vous manquer.

Oui, il se le demandait aussi et pourtant, si elle savait qu'il n'appréciait pas tout ça, qu'il s'en foutait même, qu'il était très loin d'être heureux. Mais il n'avait pas envie de se laisser aller aux confidences et il était persuadé qu'elle se moquait bien de ses états d'âme. Il lui prit le blouson qu'elle avait enlevé, retira lui aussi sa veste et alla les déposer dans le placard de l'entrée. Lorsqu'il revint, Léa s'était vautrée sur le canapé, les pieds sur la table basse.

- Qu'est-ce que vous voulez boire ?
- Quelque chose de fort.
- J'ai de la vodka, du whisky, du gin.
- Un whisky, ça ira très bien.

Tandis qu'il allait chercher des glaçons à la cuisine et la bouteille et les verres au bar, elle s'était enfoncée encore plus dans les coussins.

- J'allais dire, mettez-vous à l'aise.

Il avait dit ça sur le ton de la plaisanterie.

- Je savais que vous diriez ça, je n'ai fait que le devancer.

Elle avait réponse à tout et semblait à l'aise partout. Il ne reconnaissait plus la stagiaire discrète qu'il avait accueillie à la boîte.

Il posa les verres, la bouteille et les glaçons.

- Non pas de glaçons, je n'aime pas le whisky glacé, ça n'a aucun goût. Venez-vous asseoir près de moi au lieu de rester là debout comme une sentinelle.

Elle servit deux verres jusqu'à ras bord. Il s'était assis à ses côtés, elle lui tendit un verre. Il n'aimait pas le whisky, il préférait le gin. Il en but tout de même quelques gorgées.

- C'était vraiment une belle soirée, j'ai beaucoup apprécié la musique.

Il ne savait pas quoi dire, il se sentait très mal. Depuis combien de temps n'avait-il pas été seul avec une femme autre que Christelle et sûrement jamais avec une femme beaucoup plus jeune que lui, dans son appartement. Il ne savait pas comment se comporter pour avoir l'air naturel. Elle avait avalé son verre d'un trait.

- J'ai encore pas mal de choses à vous faire découvrir.
- C'est ça, vous me prenez pour un vieux schnock et vous vous êtes donné pour mission de me remettre dans le vent.
- C'est un peu ça mais je ne vous trouve pas si vieux. Vous avez seulement besoin d'une petite remise en forme. D'ailleurs nous allons commencer sur-le-champ.

Et avant qu'il n'ait eu le temps de réagir, elle s'était jetée sur lui et l'embrassait à pleine bouche. Il n'avait pas reposé son verre qui se reversa sur le cuir clair du canapé. Il eut juste le temps de penser : « que va dire Christelle ? » avant de perdre complètement le sens de la réalité. La chaleur provoquée par l'alcool plus la fougue de Léa, l'avaient embarqué dans des contrées qu'il ne demandait qu'à explorer. Il répondit très volontiers à son baiser et le vertige s'amplifiait. Il se laissait faire passivement tandis qu'elle entreprenait de le déshabiller et il trouvait ça tout à fait à son goût. Il ne prit aucune initiative, il n'en était plus capable. Ça lui tombait du ciel et il n'était pas préparé. Il avait passé toute la soirée avec Léa et il n'y avait même pas pensé. Tout à son apathie mentale, il n'avait jamais regardé Léa comme une femme à séduire. Il n'avait pas l'esprit à la bagatelle. Pourtant, il réagissait. Comment allait-il se comporter ? À cet instant, il était en dehors de lui-même. Il se voyait nu comme un ver devant cette jeune femme qui n'avait encore rien enlevé. Il eut un court instant de lucidité. Elle allait le ridiculiser, c'est ça, elle voulait le ridiculiser. Elle allait prendre une photo qu'elle ferait passer sur les réseaux sociaux ou elle l'afficherait sur les ordinateurs de la boîte. Tous les collègues le verraient, à commencer par Brécart qui se régalerait avant de lancer une campagne pour traquer l'obsédé sexuel. Il serait la tête de turc de la boîte, on rirait sur son passage, il aurait droit aux commentaires les plus salaces. Il ne saurait plus où se mettre. Ce serait l'enfer. Il fit un effort pour se saisir du plaid sur l'accoudoir mais elle était à moitié dessus, il renonça. C'était sa faute, il l'avait fait monter, il avait bu. Il se voyait dans de beaux draps. Et pour comble, il était en pleine érection.

Heureusement pour lui, Léa n'avait aucune pensée machiavélique. En un tourne main et sans aide, elle se débarrassa en un éclair de ses vêtements et s'installa sur son membre viril qui n'attendait qu'elle. Il avait complètement oublié ses idées complotistes et se laissa aller à goûter pleinement à ce qui lui état offert avec tant de vigueur. Tout en laissant à Léa toute latitude, il ne lui refusa pas son aide pour l'emmener vers un plaisir évident. Par chance dans les beaux quartiers, les appartements sont bien insonorisés. Mais Léa ne se contentait pas de bien, il lui fallait mieux. Il ne se fit pas prier. L'alcool ou l'abandon de toute inhibition décuplait ses pouvoirs. Ils reprirent leur corps à corps. Il n'eut même pas la modestie de se dire qu'il avait été bon, il se trouvait exceptionnel et ne doutait pas que Léa le trouve aussi. Il ne se souvint plus combien de fois elle avait hurlé. Ils s'endormirent épuisés sur le canapé arrosé de whisky.

C'est le soleil qui le réveilla, il voulut se lever discrètement pour aller faire du café. Il se demandait quelle allait être la réaction de Léa après cette nuit mouvementée. Il ne savait quoi penser. Il avait passé un excellent moment mais il n'était malgré tout pas très fier. Il était marié et elle était bien plus jeune que lui. Il ne se voyait pas mener une double vie. Il éprouvait bien une certaine attirance pour Léa mais ce c'était loin d'être une passion amoureuse. Il s'était fourré dans un beau guêpier. Et elle, était-elle amoureuse de lui ? Allait-elle le harceler ? Lui faire un enfant dans le dos ? Il n'avait même pas pensé à se protéger. Elle l'avait pris par surprise, tout avait été trop vite. De plus, il n'avait pas de préservatifs, sa femme prenait la pilule et ils avaient confiance l'un en l'autre. Et si Léa était séropositive ou avait une maladie vénérienne ? À la façon dont elle s'y était prise, elle avait de l'expérience. Toutes ces idées lui vrillaient le cerveau, il sentait une migraine carabinée lui serrer les tempes dans un étau. À peine avait-il ouvert la porte de la cuisine qu'elle était derrière lui et se pressait contre lui. Il sentait ses seins aplatis contre son dos et une main qui se glissait vers son entrejambe. Tout son être se réveillait. Il se retourna brusquement, se saisit d'elle, l'assit sur la table et repartit à l'abordage car il se sentait une âme de pirate qui montait à la charge. Elle eut encore la jouissance tonitruante. Elle se remit immédiatement debout et comme s'il ne s'était rien passé, alla se servir un verre d'eau. Comme si elle était chez elle et l'avait toujours été.

Il la regardait faire et se sentait dans une autre dimension. Il y avait seulement quinze jours qu'il connaissait cette fille, quinze jours durant lesquels ils n'avaient eu que des échanges professionnels ou presque amicaux et en moins de temps qu'il n'en faut pour le dire, elle se baladait chez lui, nue et il lui avait fait l'amour sur le canapé et sur la table de la cuisine. Il n'avait rien demandé, pas même suggéré. D'où sortait-elle ? Elle lui avait jeté un sort. Pour s'occuper, il se mit à faire du café et griller du pain. Elle buvait son verre d'eau à petites gorgées et le regardait avec lui semblait-il un air triomphant.

- Je ne pensais pas que tu puisses être un aussi bon coup !
- Quoi !

Il laissa échapper le pot en verre de la cafetière qui explosa sur le carrelage. Un bon coup. Il était un bon coup. Elle avait dit ça comme ça avec un air très naturel. Ce n'étaient pas les mots qui le choquaient mais la situation. Il avait été un bon coup pour cette fille qu'il connaissait à peine et qui, de plus, s'était précipitée sur lui sans qu'il ne demande rien. Aucun jeu de séduction, aucune attente excitée, aucun préliminaire. Rien qu'un coup !

- Ce n'est pas la peine de tout casser, ce n'est pas si souvent que je fais un tel compliment.
- Je ne m'y attendais pas, tu m'as pris au dépourvu. Je n'aurais jamais pensé pouvoir intéresser une fille comme toi.

- Que veux-tu dire par là ?
- Tu es si jeune !
- Et alors ? Ne me dis pas que tu n'avais pas eu quelques petites idées quand tu m'écoutais. Je crois bien avoir vu ton regard s'égarer un peu du côté de mes seins.

Elle se trompait mais je n'ai pas voulu risquer de la décevoir en lui expliquant mes sombres états d'âme. Et si je lui avais dit que je n'avais jamais eu de pensées déplacées à son sujet, j'aurais été ridicule. Un homme qui n'aurait pas eu envie d'elle, elle m'aurait sûrement trouvé anormal.

- Je n'ai même pas eu le temps de te demander…
- T'inquiète, je ne suis pas séropo, j'ai fait tous les tests et je prends la pilule. Je pense que toi, tu es clean, tu dois faire gaffe si tu trompes ta femme.

Elle le stupéfiait.

Il resta muet contemplant le désastre à ses pieds. Un éclat de verre avait rebondi et l'avait blessé au pied. Une goutte de sang perlait au milieu de café qui l'avait éclaboussé. Il regardait son pied hébété. Il avait toujours eu horreur du sang. Avec elle, il ne comprenait plus rien à rien. Elle avait fini son verre, elle se leva.

-   Où mets-tu les balais ?

Il n'en savait rien, ils avaient toujours eu une femme de ménage. Mon Dieu ! La femme de ménage, si elle découvrait ! Mais il se souvint qu'on était samedi et qu'elle ne venait jamais le week-end.

-   Va voir dans le cellier, juste là.

Elle passa devant lui, toujours immobile. Il la regardait nue, c'est vrai qu'elle était belle, il ne l'avait jamais vraiment regardée. Dans sa tenue de future femme cadre, elle n'avait rien de sexy mais là… Les seins et les fesses hauts, de longues jambes et pas un gramme de trop. Elle plaisait certainement aux hommes. Elle trouva ce qu'il fallait et nettoya tout avec célérité. Elle prit un morceau d'essuie tout et lui lava le pied. Elle faisait tout ça avec grâce malgré sa nudité et surtout sans aucune gêne.

-   Est-ce que je ne mérite pas une petite récompense ?

Elle vint à nouveau se coller à lui. À nouveau une furieuse envie s'empara de lui, cette fois ce fut là, debout adossé au réfrigérateur qu'il la prit. Lui qui aimait les relations sexuelles, n'était pourtant pas très porté sur la fantaisie. Il aimait faire l'amour avec un minimum de confort et de préférence en position couchée. Il se sentait agir comme un obsédé de sexe. Qu'avait-elle fait de lui ? Elle consentit enfin à petit-déjeuner. Un café en poudre car ils ne pouvaient plus utiliser la cafetière et du pain un peu trop grillé. Elle alla prendre une douche et s'habiller. Lui se fit un thé et grignota un biscuit. Il n'avait pas très faim. C'était trop de bouleversements d'un coup. Elle revint dans la cuisine, elle avait remis son blouson, elle portait son sac à l'épaule.

- Bon, ben, bon samedi. Je te passe un coup de fil si je suis libre demain. Encore merci pour tout.

Pour quoi encore, pour l'avoir laissé bouleverser sa vie ; elle ne l'avait pas remercié jusqu'à présent. Il avait fait ses quatre volontés mais il ne méritait pas de remerciements.

- De rien, je vous souhaite aussi une très bonne journée.

Il s'était remis à la vouvoyer, elle éclata de rire… Ne sachant pas quoi faire, la porte refermée, il alla se recoucher et s'endormit aussitôt. Il rêva d'elle ? Il la voyait dominatrice, habillée entièrement de cuir noir et l'obligeant à lécher ses hautes bottes noires. Il se réveilla, la bouche pâteuse et l'esprit encore plus embrouillé.

Pour éviter de penser, il chaussa ses baskets et décida d'aller courir au parc au bord du lac. En épuisant son corps, il éviterait les pensées parasites comme celle du fessier nu de Léa qui continuait à le hanter. Qu'avait-elle donc cette fille et dans quel guêpier s'était-il fourré. Avec elle, il fallait s'attendre à tout. D'employée modèle, sérieuse et ambitieuse, tenue stricte et bonne collègue elle s'était muée en une jeune femme libre, chatte en chaleur, exigeante et dominatrice. Il avait passé de très bons moments avec elle mais il n'aimait pas la carriériste et encore moins l'exigeante et la prédatrice. La travailleuse sérieuse avait une plastique avantageuse et la chatte en chaleur avait laissé des traces dans l'esprit de Renaud Dréval. Elle continuait à le hanter. Il rencontra beaucoup de monde mais pas de connaissance, c'était mieux ainsi, il n'était pas prêt pour une conversation. Son corps avait encore trop d'emprise sur son cerveau.

La première chose qu'il vit en entrant dans le salon ce fut la tache de whisky sur le canapé. Cette tache le mettait mal à l'aise, elle était le symbole de sa débâcle, de sa capitulation. Capitulation sans combat puisqu'il avait été pris par surprise et il avait fort goûté la bataille. Malgré sa fatigue, il alla chercher un chiffon, le trempa dans l'eau savonneuse et frotta pendant un très long moment. La tache s'estompa un peu mais ne disparut pas totalement. Il aurait fallu essuyer le liquide immédiatement mais, à ce moment-là, il était bien loin de penser à la tache. Il posa un coussin dessus pour ne plus la voir. Il passa le reste de la journée à zapper mais il ne voyait rien sur l'écran. Le corps nu de Léa restait imprimé sur sa rétine. Il se disait que sa vie avait basculé et qu'il était sur une pente glissante sans rien pour le retenir. De statique et grise sa vie était à présent en mouvement plongeant vers l'inconnu et ça le terrifiait.

Le dimanche se passa sans nouvelles d'elle. Il n'avait pourtant fait qu'attendre son coup de fil tout en le redoutant. Sa raison lui disait que Léa ne lui apporterait que des ennuis. Il avait déjà tellement de mal à mener sa vie qu'il était inutile d'y ajouter d'autres préoccupations. Mais son corps lui disait tout autre chose. Il n'aspirait plus qu'à retrouver les ardeurs de Léa, le corps de Léa, les seins de Léa, les fesses de Léa, son antre magique. Il attendait le lundi matin avec autant d'impatience que d'appréhension car avec elle, on ne savait pas sur quel pied danser. Elle pourrait tout aussi bien l'ignorer que lui sauter au cou. Si elle l'ignorait, il en serait bien déçu et si elle lui sautait au cou, il ne le supporterait pas. Il aurait horreur qu'on les surprenne. « Bon, je vais mettre un terme à tout ça, je lui dis que c'était magnifique mais que je n'ai nulle intention de poursuivre cette aventure. Elle est intelligente, elle comprendra. Nous resterons bons amis. Oui mais comment refréner mes ardeurs, comment lui résister si elle recommence à me provoquer. Je ne suis pas de bois. Je suis encore dans la force de l'âge et elle est sacrément bien foutue. Elle sait y faire aussi. Je suis cuit. » Il n'avait jamais eu affaire à ce genre de femme. Il oscillait entre le non catégorique à une situation qui le dépassait et l'envie d'un peu de bon temps. Il n'en avait pas eu beaucoup ces derniers temps. Choix cornélien.

Lundi matin, il arriva de bonne heure au bureau, il avait mal dormi. Elle était comme tous les autres jours fraîche et pimpante.

- Bonjour, Renaud, tu as passé un bon week-end ?

Ma parole, elle se fichait de lui !

- Pas vraiment, je n'ai pas bien compris à quel jeu vous jouez.
- Tu étais moins coincé vendredi soir. Après tout ce que nous avons fait, je ne me vois pas te vouvoyer.
- Bon, OK, à quel jeu tu joues ?
- Je ne joue pas, je profite de tout ce que la vie peut m'offrir. Elle m'a offert un bon moment avec toi, je l'ai pris sans me poser de questions et je pense que tu devrais en faire autant. Tu en as grand besoin. Nous ne sommes plus des enfants, je te plais, tu me plais, on fait l'amour et on ne se prend pas la tête.
- Je n'ai pas l'habitude. Ce n'est pas mon genre. Je ne suis pas à l'aise avec ça.
- Alors, qu'est-ce que tu veux ?
- Je ne sais pas. Avec toi, je ne sais rien.
- Tu vois, il n'y a rien à savoir. Si tu en as envie, on pourra recommencer sinon, il n'y a aucun

problème. Je ne t'en voudrai pas. Mais je suppose que tu ne vas pas rater l'occasion de renouveler tes exploits.

Il était sidéré. Il s'était attendu à tout sauf à ça. Entendre parler de ses exploits alors qu'il était dans le plus grand désarroi aurait pu lui paraître comique mais il n'avait vraiment pas envie de rire. Il se força à paraître professionnel.

- Bon chaque chose en son temps, il est celui de se remettre au boulot.

Et la voilà partie. Durant toute la journée, il dut faire des efforts pour se comporter normalement. Il prétexta des courses à faire pour ne pas aller déjeuner avec elle. Il alla racheter un pot en verre pour la cafetière. Le soir, il se pressa pour sortir avant elle. Il avait besoin de réfléchir. Inutile de dire qu'il aurait volontiers renouvelé ses exploits comme elle disait mais il ne maîtrisait rien du tout et cela ne lui plaisait pas. Il était déjà rassuré sur un certain point, elle n'avait pas l'intension de s'incruster dans sa vie. Il ne restait que deux semaines de son stage, après elle irait se faire voir ailleurs. Le problème tomberait de lui-même.

À peine rentré, il se servit un verre de whisky. Ce n'était pas la meilleure idée mais il n'en voyait pas d'autres pour se calmer. L'alcool lui procura une douce chaleur et il se sentait bien. Il n'avait plus les idées très claires car il avait forcé la dose et il n'en avait pas l'habitude. Oui, il avait encore envie d'elle, il n'y avait aucun doute là-dessus et puisqu'elle était plus que consentante, pourquoi ne pas en profiter ? Dans les vapeurs d'alcool, il s'était servi un autre verre, tout était simple : jouir, encore jouir tant qu'il pourrait. C'est alors qu'il avisa un petit post-it qu'elle avait laissé près du téléphone, rien que son numéro. Il était sûr que c'était le sien, personne d'autre n'était venu dans l'appartement hormis la femme de ménage mais elle n'aurait pas laissé un numéro comme ça sans mettre le nom de la personne qui avait appelé. C'était une personne consciencieuse. Léa lui avait laissé son numéro de téléphone. C'était un signe. Il se servit encore un verre, il en avait bien besoin pour l'appeler. Il n'était pas timide mais il devait bien l'avouer, cette fille l'impressionnait. Il se souvenait encore avec une précision redoutable de toutes les initiatives qu'elle avait pu prendre au cours de leur folle nuit. De l'inédit. Il avait bien eu quelques aventures au cours de voyages professionnels avec des collègues. Elles avaient été sympas, Pour tous, les voyages professionnels étaient une parenthèse dans leurs vies bien rangées et surtout stressantes. C'était un moyen de faire sauter des verrous. Ces collègues féminines ne boudaient pas leur plaisir mais aucune ne faisait preuve de beaucoup d'audace. C'était souvent pour elles comme si elles allaient chez le masseur, elles profitaient du moment en essayant d'en tirer un maximum mais elles ne donnaient qu'un minimum. Elles estimaient que se prêter au jeu était déjà beaucoup. Aux hommes d'assurer. Ça lui convenait très bien. Il n'en demandait pas plus. Il avait la maîtrise de la situation, il disposait de leur corps. Il se donnait du mal pour qu'elles soient satisfaites, c'était la moindre des choses, il y mettait un point d'honneur. Quand la dame était satisfaite, il était fier de lui. Il n'exigeait rien, il donnait, elles recevaient et cela lui donnait un sentiment de toute-puissance virile. Il ressentait trop d'initiatives de la dame comme une menace à sa puissance à ses prérogatives de mâle. Macho, il était mais il n'en abusait pas.

Léa, elle, partait à l'assaut et c'était lui qui devait suivre. Elle ne se laissait pas faire, elle faisait et c'était pour lui déroutant. Il se sentait dépossédé de quelque chose. Il convenait que les femmes n'étaient pas de petites choses soumises, il admettait qu'elles recherchent leur plaisir mais Léa, c'était trop. Il avait été la petite chose soumise. Il ne savait pas ce qu'elle en pensait réellement mais il n'appréciait guère d'avoir été son objet. C'était ça un objet, elle ne lui avait pas demandé son avis, elle s'était servie de lui.

À ce moment-là, il aurait voulu qu'elle vienne ce soir habillée de son tailleur strict et de son chemisier blanc, ses cheveux tirés en chignon et qu'elle reste ainsi tandis qu'elle se donnait. Qu'elle se donne et non pas qu'elle le prenne. Cela provoquerait son inventivité et décuplerait sa fougue. Il aurait rêvé de la violer dans cet accoutrement. Il en arrivait à se faire peur. Se pourrait-il qu'il ait des instincts de viol. Il ne voulait pas y croire. D'autant plus que Léa n'était pas femme à se faire violer. Elle lui donnait toutes les envies à la fois. Tout à ses visions, il partit à la recherche de son téléphone portable pour l'appeler. Une voix sèche l'informa que Léa n'était pas joignable mais qu'il était prié de laisser un message, elle rappellerait dès que possible. Même dans son message, elle était encore dominatrice.

Pas joignable ! Il n'avait pas pensé à ça. Décontenancé, il mit fin à l'appel sans laisser de message. Il ne savait d'ailleurs pas ce qu'il aurait pu lui dire. Je t'en prie, viens, je me sens si seul ou alors, je te somme de venir dans les plus brefs délais sinon... Il était saoul, déçu et en colère comme un enfant devant son jouet cassé. Il allait presque se mettre à pleurer. Il n'avait même plus conscience du ridicule de la situation. Il n'avait plus la force de réfléchir, il n'était plus qu'instinct. Instinct primaire de possession et furieuse envie de lui faire du mal. Il se voyait en train de la violer brutalement, de la frapper, de l'humilier, cette fille qui lui avait tout promis. Promis quoi au juste ? Elle ne lui avait rien promis, elle avait juste émis la possibilité de... Et qui le laissait choir sans aucune raison. Il ne raisonnait plus. Il n'était pas un homme qu'on mène par le bout du nez, qu'on siffle quand on a envie de sexe. Elle allait voir la donzelle, elle ne l'oublierait pas. Il était le mâle, le dominateur, le prédateur.

Mais, pour l'instant, il n'était qu'un pauvre geignard trop imbibé d'alcool. Tout à ses délires, il n'avait pas vu passer l'heure, il était déjà presque vingt-deux heures. Il n'avait pas mangé et il était encore habillé comme il était sorti du travail. Il sentait la sueur et le whisky. On sonna à la porte. Il n'avait aucune envie d'ouvrir, il ne voulait voir personne. Et qui pouvait bien venir à cette heure, la moitié de la ville était en vacances et l'autre moitié, il ne la connaissait pas. Mais la curiosité le titillait. Tout d'abord il crut qu'il rêvait, qu'il était encore dans son trip alcoolisé : elle était là sur le pas de la porte, tout sourire. Elle portait encore son tailleur et son chignon.

- J'ai vu que tu m'avais appelée mais j'avais beaucoup à faire. Je n'ai même pas eu le temps de rentrer chez moi me changer. Je te dérange ?

Beaucoup à faire ! Sans doute aller se faire sauter par un rocker français. Il en devenait sarcastique. Ils étaient jeunes et elle ne pensait qu'à ça.

- Non, pas vraiment, je ne faisais pas grand-chose.
- Je peux entrer ?

Pouvait-elle entrer ? Il n'en était pas sûr, il avait peur, peur de lui-même, il revoyait tout ce qui lui était passé par

75

la tête quelque temps plus tôt. Il ne se rendit même pas compte qu'il répondait.

- Tu peux.

Et il s'effaça pour la laisser entrer. Elle s'affala sur le canapé. C'était certainement une habitude chez elle, dès qu'elle entrait chez quelqu'un elle s'affalait sur le canapé.

- Tu m'offres à boire ?

La bouteille de whisky était pratiquement vide.

Tu veux du gin ?

- Non, je n'aime pas le gin !

Et Mademoiselle faisait la fine gueule.

- Si tu avais du vin blanc, ce serait bien.

Comme un automate, il alla chercher une bouteille de vin d'Alsace.

- De l'Alsace, ça t'ira ?
- C'est très bien mais ne reste pas là debout comme un porte-flambeau, viens t'asseoir.

La voilà qui recommençait. Il savait qu'elle allait encore se jeter sur lui, il n'était pas prêt. Il fallait qu'il réfléchisse à ce qu'il allait faire. Il ne voulait plus qu'elle prenne la tête des opérations. Il voulait rester le maître. Il se servit un verre de vin et s'assit dans un fauteuil en face d'elle. Ils étaient séparés par la table basse. Pas du tout décontenancée, elle buvait son verre de vin.

- Tu n'en as pas envie ? Je te sens un peu coincé ce soir.
- Si, j'en ai envie, je ne dirai pas le contraire mais je n'aime pas qu'on me force la main.
- J'ai compris : tu n'as pas aimé que je prenne toutes les initiatives. Je le conçois mais je pense que si je ne t'avais pas forcé la main, comme tu dis, j'aime bien la métaphore, tu n'aurais rien fait et force m'a été de constater que tu n'étais pas contre.
- Je suis un homme.
- Je ne te plaisais pas ?
- Je ne me l'étais même pas demandé.
- Tu regrettes ?
- Pas du tout, j'ai beaucoup apprécié de faire l'amour avec toi mais je n'aime pas être pris au dépourvu.
- En fait, je t'ai violé. C'est ce que tu veux me dire.

Il éclata de rire.

-   Moi, violé ? C'est trop drôle ! Et par une gamine !
-   Tu sais ce qu'elle te dit la gamine ?

Il craignait le moment où elle allait se lever, s'avancer vers lui et alors il ne répondrait plus de rien. D'un côté, il en avait envie, il ne pouvait pas le nier, mais d'un autre côté, il n'aimait pas la façon dont ça se déroulait. Il ne savait toujours pas ce qu'elle attendait réellement de lui à part le sexe et il n'osait pas le lui demander. Il avait beaucoup aimé leurs petits jeux de l'autre soir et il recommencerait volontiers mais il ne se voyait pas entretenir une relation avec elle. Il n'était pas satisfait de sa vie, c'était un fait, mais il ne voulait pas la changer. Avoir une maîtresse la compliquerait encore et il n'avait pas besoin de ça. Du sexe oui, mais pas d'histoires.

-   Et si je te laissais carte blanche, je me laisse faire et tu fais ce que tu veux de moi. Ça t'irait ?

Il ne s'attendait pas à ça et son sang qui s'était mis à bouillir l'empêchait de continuer à réfléchir. Il était soudain à mille lieues de ses préoccupations habituelles. Cette fille avait le don de l'emmener dans d'autres dimensions.

Tout à coup, il se mit à penser à un bouquin qu'il avait trouvé dans les affaires de sa femme. C'était l'histoire d'une jeune femme vierge et un peu naïve qui tombe amoureuse d'un type qui ne connaît que les relations sadomasos, lui-même étant le sado. Il en avait lu quelques passages, ça l'avait fait rire. Pourquoi cette histoire lui revenait, soudain en mémoire ? Léa n'avait rien d'une oie blanche et il n'avait aucune tendance sadique. Mais quand même !

- D'accord, tu te laisses faire, mais tu ne sais pas à quoi tu t'exposes.
- J'adore le risque et je n'ai qu'une parole.
- Lève-toi et fais exactement ce que je te dirai.

Elle commençait à se déshabiller.

- Je ne t'ai pas dit de te déshabiller. Et puis, tu ne diras rien. Va dans la chambre et attends-moi. Tu dois rester debout, sans rien faire que m'attendre.

Elle s'exécuta tandis qu'il allait dans la réserve chercher un morceau de corde. Lorsqu'il revint, elle avait obéi, immobile, debout au pied du lit, elle attendait. Il la fit se coucher tout habillée et la ligota aux montants du lit. Il eut un peu de mal avec les jambes car sa jupe était serrée. Il dut la remonter un peu sur les cuisses mais il ne la retira pas. Puis il la laissa, retourna au salon, se resservit un verre et le sirota, lentement. Il la laissa attendre ainsi pendant un bon quart d'heure. Il alla prendre une douche et se mettre à l'aise, la soirée promettait d'être chaude. Il but aussi un café pour dissiper les vapeurs d'alcool, il voulait garder la maîtrise. Il ne resta pas plus longtemps car il avait peur qu'elle ne s'endorme perdant alors tout l'effet escompté. Lorsqu'il revint vers elle, elle ne dormait pas. Elle semblait étonnée et se tortillait car il avait bien serré les cordes, c'était sûrement inconfortable. Elle ne disait rien, respectant la consigne.

Doucement, il remonta la jupe, abaissa son slip autant qu'il put, ses jambes écartées et maintenues ne lui permirent de mettre que son sexe à l'air. Elle portait des bas mais il n'y toucha pas. Il ouvrit son chemisier, remonta son soutien-gorge jusqu'au-dessus des seins. Sa respiration s'accélérait, elle attendait visiblement la suite avec impatience. Il la laissa ainsi à nouveau pour aller manger quelque chose dans la cuisine. Il prit un très long moment. Il ne l'entendait pas. La savoir là, à sa merci l'excitait au plus haut point et il devait se faire violence pour ne pas retourner dans la chambre et lui sauter dessus. Il revint encore vers elle. Dans son regard, il y avait cette fois comme de la colère mais il fit mine de ne pas le remarquer. Il commença à la caresser aux endroits qu'il avait découverts. Son corps était tendu et dur comme la pierre. Lentement, doucement. Elle faisait des efforts pour ne pas gémir. Il fit cela longtemps avec attention, il guettait le moment où elle serait le plus près de s'envoler et là encore, il cessa de la toucher pour se lever. Elle était rouge, ses yeux lançaient des éclairs et prête à crier mais elle restait fidèle à sa promesse. Son corps tout entier tremblait, Il était clair qu'elle regrettait cette promesse et n'en pouvait plus. Lui-même luttait mais il adorait ce petit jeu. Il attendit quand même encore un peu. Il était debout face à elle couchée et le spectacle le ravissait. Il espérait qu'elle le supplierait mais elle n'en fit rien. Cependant son corps parlait pour elle.

Quand enfin, il décida que c'était assez pour elle comme pour lui, il la prit, toujours attachée et aux trois quarts habillée. Lui-même n'avait que déboutonné son pantalon. Elle se retenait comme pour lui tenir tête tant qu'elle pouvait mais s'abandonna bien vite vaincue et ne put s'empêcher de pousser un cri. Il pouvait enfin se laisser aller. Il avait tellement attendu qu'il crut mourir de plaisir et il s'écroula sur elle. Elle cria encore mais c'était de douleur car il était lourd. Il la détacha à contrecœur. Il avait tellement apprécié le jeu qu'il la reprit en lui disant : surtout, toi, ne bouge pas. Elle se laissait toujours faire mais il sentait qu'elle se contraignait et que c'était difficile pour elle cette passivité imposée. Elle cria encore, cette fois elle ne se retint pas. Lorsqu'elle revint à elle, elle se déshabilla et se glissa dans le lit.

- Eh bien, celle-là, on ne me l'avait encore jamais faite. Je ne sais pas si j'aurais envie de recommencer, par moments j'ai eu envie de te tuer mais pour finir, je dois avouer que c'était intéressant. J'ai les articulations en vrac et ne pas savoir ce qui allait se passer, ces longues périodes d'attente, c'était aussi excitant que déplaisant, surtout la dernière qui m'a semblé durer des heures dans l'état où j'étais. Sous tes airs de mec plan-plan et sans fantaisie, tu caches bien ton petit jeu. Je suis épuisée, je vais dormir un peu car je ne suis pas en état de rentrer chez moi.

Il se coucha à ses côtés mais le plus loin possible d'elle. La soirée avait aussi été très éprouvante pour lui. Il n'en revenait pas d'avoir trouvé ça. Il se découvrait tout autre et ne savait pas encore si ça lui plaisait ou non. Elle se réveilla avant lui, il la sentit bouger. Il fit semblant de dormir encore tandis qu'elle s'habillait et sortit. Il n'aurait pas su quoi lui dire. Ils se reverraient au boulot et ne parleraient pas de leur nuit. Il se leva, se fit un café serré, prit une douche et partit travailler. Ça lui faisait du bien de reprendre ses activités habituelles. Il se retrouvait après tous ces moments où il lui avait semblé sortir de lui-même pour devenir un autre. Pour la première fois depuis longtemps, ce matin, il n'avait pas pensé à sa vie. Tout était trop embrouillé dans sa tête. Il avait l'impression de ne plus pouvoir penser. Il ne ressentait plus le poids des jours ni les difficultés à tenir sa place, il ne pensait plus à ses manques, il ne pensait plus qu'au sexe. Sa révolution était en marche.

Lorsqu'il arriva à son bureau, il s'enferma et se força à se plonger dans le dossier le plus épineux pour vider son esprit de tous les parasites qui ressemblaient fortement aux différentes parties du corps de Léa. Il parvint à faire le vide en se concentrant sur le travail. À midi, elle frappa à sa porte comme d'habitude mais il déclina l'offre d'aller déjeuner avec elle. Il avait besoin d'aller prendre l'air. Il alla flâner sur les quais, il faisait une chaleur accablante et l'endroit était désert. Ça lui fit du bien. Il ne la revit pas de l'après-midi mais elle l'attendait à la sortie.

- On va boire un verre ?

Il était sur le point de refuser mais il se dit qu'en public, il ne risquait rien. Ils ne parleraient que de choses sans conséquences. Et c'est ce qu'ils firent. Mais ça ne pouvait durer.

- Je ne sais pas ce que tu as, tu as un comportement paradoxal avec moi. On couche ensemble, on passe un bon moment, enfin, la plupart du temps (elle avait dit ça avec un sourire complice) puis, après, tu me fuis et tu sembles te méfier de moi comme si je te voulais du mal.

Encore une fois, elle le prenait au dépourvu. Il n'arriverait jamais à prévoir ce qu'elle ferait. Elle avait de la chance, tout était clair pour elle. Il n'en était pas de même pour lui.

- Je ne m'explique pas moi-même, mon attitude. Tu débarques dans ma vie, tu sèmes le trouble, je ne suis pas habitué à ça. J'étais un homme tranquille, plan-plan comme tu dis et je me retrouve baisant une gamine sans même l'avoir vu venir. Je ne sais pas ce que tu veux de moi, je ne sais pas ce que je veux moi-même et ça me perturbe. Tu peux te moquer de moi ça m'est égal. Je suis perdu.

- Moi, je ne veux rien de toi seulement passer de bons moments et t'en offrir si tu veux bien. Je ne me prends pas la tête, tu me plais, je te plais, tu es plutôt bel homme et comme je n'ai pas l'intention de passer ma vie avec toi, la différence d'âge ne me gêne pas du tout. Si tu as peur que je m'accroche à toi, tu peux dormir sur tes deux oreilles. Dès que tu le voudras, je disparaîtrai et tu n'entendras plus parler de moi. Enfin, après la fin de ce mois car il faut bien que je finisse mon stage. Voilà, tu es content, tu peux te détendre maintenant. On est au vingt et unième siècle, la femme est libérée et tu as de la chance de pouvoir en profiter. Bon, ce soir je dois partir. On se retrouvera un soir quand tu voudras.

Et elle le laissa là, devant son verre. Cette fille le stupéfiait.

Le reste de la semaine, ils s'en tirent à des relations de travail. Ils mangeaient toujours ensemble mais n'abordaient plus le sujet de leurs relations personnelles. Le vendredi soir, elle attaqua de nouveau.

- Tu fais quoi, ce week-end. Je suis libre, si tu veux que l'on se voie. C'est le dernier week-end, samedi prochain, le stage fini, je repars chez mes parents.
- Tu n'as donc pas d'amis de ton âge avec qui sortir ?
- Si mais on n'a plus longtemps à se voir tous les deux. Je sortirai avec eux après.

Il ne réfléchit pas très longtemps. Il ne voulait pas se l'avouer mais il avait attendu ça toute la semaine.

- Oui, ce serait bien. On pourrait demain soir, un ciné, un théâtre ou autre chose si tu as une idée.

- Et si on passait la soirée chez toi, je connais un bon traiteur, j'apporterai de quoi faire une petite dînette et je sais qu'on ne s'ennuiera pas.

Elle ne pouvait donc pas s'empêcher de prendre les initiatives, elle avait une vraie vocation de meneuse d'hommes, celle-là. Il ne savait plus comment lui faire comprendre qu'il n'était pas un jouet. Puis il repensa à ce qu'elle lui avait dit : pourquoi ne pas s'en moquer et profiter de ce qu'elle lui offrait. Laisser sa vanité de mâle gâcher tout ça c'était idiot. Il en convenait mais il ne pouvait pas s'empêcher de tiquer. Elle vit qu'il était contrarié.

- Mais si tu veux vraiment sortir... Seulement ce boulot est plus prenant que je ne le pensais et je suis crevée.

Elle essayait de revenir sur ce qu'elle avait dit sans vraiment réfléchir.

- Déjà crevée à ton âge ! Ne serait-ce pas un prétexte ?
- Non, je te jure, je ne suis pas aussi forte que je le parais et j'aspire à une bonne soirée au calme.
- Au calme ?
- Oui, bon, tu me comprends. Ça détend.
- Alors d'accord, je ne veux pas avoir ta mort sur la conscience.

- Je suis certaine que tu te moques bien de ma santé.
- Tu me prends pour qui, je ne suis pas un monstre. J'ai une conscience.
- On ne dirait pas.
- Tu plaisantes, j'espère.

À cet instant, ils avaient réussi à restaurer ce climat de franche camaraderie qui leur permettait de se sentir à l'aise l'un avec l'autre. Ils avaient mis au clair l'autre face de leur relation, ils pouvaient en profiter et toute liberté. Et Renaud commençait vraiment à y prendre goût sauf quand elle prenait les rênes et le brusquait. Il avait encore ces moments de mélancolie, cette impression bien connue de l'inanité de sa vie mais il avait cassé quelques maillons des chaînes qui l'entravaient. Malgré tout, il y avait encore du boulot avant qu'il ne trouve la vie belle. Si toutefois, il en était capable.

Il profita de sa journée du samedi pour enfiler ses baskets neuves, étrenner sa nouvelle tenue de sport et aller marcher deux petites heures. Elle ne devait venir qu'à dix-neuf heures, il avait tout le temps de se préparer, de changer les draps car il se doutait bien qu'elle ne venait pas seulement pour manger et se reposer. Il passa un long moment devant la glace. Mais qu'est-ce qu'elle me trouve cette gamine. Certes, je suis loin d'être laid mais mes tablettes de chocolat ne sont plus qu'un lointain souvenir, mon ventre commence à accuser une certaine mollesse, j'ai quelques cheveux blancs et des rides aux coins de la bouche, elle pourrait certainement trouver mieux. J'ai compris qu'elle aimait le sexe, là je ne suis pas trop mauvais mais je ne suis quand même pas un étalon. Elle doit me trouver quelque chose que je ne soupçonne pas. Ou elle est attirée par les vieux, ça a un nom mais je ne m'en souviens pas.

Enfin, si elle était contente comme ça, il n'y voyait pas d'inconvénients. Il s'habilla léger puisque c'était pour rester à la maison, un jean, un tee-shirt, c'était suffisant. La moquette était épaisse, il marchait les pieds nus. Elle se fit attendre un petit quart d'heure. Il en profita pour se servir un verre. Il repensa au livre de sa femme, il y trouverait peut-être des idées pour l'étonner et surtout garder la main. Il ne le trouva pas et déplora de ne pas avoir eu la patience de le lire. Il pensait que ce n'était pas de la littérature, c'était tout juste bon à exciter les femmes mûres. Il ne pouvait pas se douter qu'il pourrait lui servir un jour. Il n'eut pas le temps de retourner la maison pour trouver ce foutu bouquin, elle sonnait à la porte. Il allait devoir se contenter de sa seule imagination et il craignait qu'elle ne soit guère suffisante. Il n'avait jamais eu beaucoup de fantaisies dans ses pratiques sexuelles et il en avait certainement de moins en moins. Avec l'âge on a plutôt tendance à se laisser aller à ses habitudes et Christelle ne s'en plaignait pas. Il devait reconnaître qu'il ne savait pas ce qu'elle pensait réellement, ils n'en parlaient jamais ouvertement mais comme elle ne se refusait jamais, il supposait qu'elle était satisfaite. La dernière fois, il s'était laissé emporter par sa rage et surtout pas son état alcoolique mais ce soir, il n'était pas fâché et il n'avait bu qu'un seul verre. Il avait hésité mais ne s'en était pas servi un autre, il avait craint que l'alcool seul diminue ses capacités. Il se dit qu'il allait improviser. Plus facile à dire qu'à faire mais il comptait sur l'effet que Léa lui faisait. Ce soir, il ne savait pas encore lequel.

Elle ne portait qu'une robe très légère et qui laissait deviner ses formes. Courte, très courte, et il pouvait nettement voir qu'elle ne portait pas de soutien-gorge. Il se sentit un peu déçu, il aimait son déguisement de cadre supérieur et son chignon. Ce qu'elle portait ce soir incitait presque au viol et ses longues boucles désordonnées n'étaient pas à son goût.

- Salut.

Salut, ça faisait plutôt soirée entre copains, pizza et jeux de société que projet torride. Elle avait les mains pleines de paquets. Il les lui prit des mains et les porta à la cuisine. Lorsqu'il revint elle était vautrée sur le canapé comme à son habitude, les jambes sur l'accoudoir.

- On baise avant ou après manger, demanda-t-elle, mais pour l'instant, je ne dirais pas non à un verre.

Il n'appréciait pas du tout son attitude. Pour qui se prenait-elle. Il n'était pas son chien de compagnie, ni son jouet sexuel, encore moins la bête de sexe qu'elle semblait croire. Et puis cette façon de dire les choses aussi crûment. Aucune poésie aucune finesse et encore moins de délicatesse.

- On mange et je vous prierai, mademoiselle de vous tenir convenablement. Pour le reste, je verrai.
- Je vois, on joue encore au dominant, dominée. C'est comme tu veux. Moi, tout me va.

Elle le fait exprès. Il ne se sentait pas très bien. Elle avait le don de le faire se sentir coupable et il ne savait pas vraiment de quoi, de le mettre en colère, de le mettre en transe. Elle avait tous les pouvoirs et il n'en pouvait plus de lutter pour garder la main. Coupable, certes, de voir cette jeune fille dans l'appartement familial et pas seulement pour boire un verre, coupable d'avoir cette furieuse envie de lui faire mal. Elle avait réveillé le mâle primaire qui sommeillait en lui et dont il n'était pas très fier. Il se réfugia dans la cuisine pour défaire les paquets et sortir la vaisselle. Il ne lui avait pas servi le verre qu'elle avait demandé. Quand il revint portant les plats, elle était assise raide dans un fauteuil, elle avait rabaissé sa robe sur ses cuisses et croisé les mains par-dessus. Une vraie demoiselle invitée à un thé anglais. Il ne fit aucun commentaire, lui servit une assiette et un verre de vin. Ils mangèrent et burent, elle n'aborda plus le sujet du sexe. Il commençait à se détendre. Puis vint le moment où il la vit s'énerver. Elle devait trouver la soirée ennuyeuse. Il en était ravi. Elle n'osait plus parler. Il menait la conversation et prenait soin de choisir des sujets bien ennuyeux. Tout y passa, le sport, la politique, les derniers faits divers. Elle se tortillait sur sa chaise comme une petite fille qui a envie de faire pipi. Il aurait aimé faire durer le malaise qu'il sentait en elle et qui l'excitait mais il avait peur qu'elle ne puisse plus le supporter, qu'elle se lève pour partir. Ce petit jeu ne pouvait avoir qu'un temps. Il prit encore le temps de débarrasser, de garnir le lave-vaisselle avant de revenir vers elle, toujours droite sur son fauteuil. Elle avait de l'endurance. Tandis qu'il s'affairait dans la cuisine, il essayait de trouver quelques idées novatrices. Il ne se leurrait pas, dans ce domaine tout avait déjà été fait et il ne prisait ni la violence ni la scatologie. Il voulait l'étonner, asseoir sa puissance mais il n'avait aucune envie de lui faire du mal ou de la dégoûter. Il voulait bien l'énerver un peu, la faire languir mais pas aller plus loin. Le sexe mais le sexe plaisir avant tout.

Il lui prit la main, la fit se lever et l'emmena dans la chambre. Elle ne dit rien et se laissa conduire docilement.

Elle avait compris qu'il n'aimait pas qu'elle se comporte comme elle le faisait habituellement avec les hommes avec qui elle couchait et qui se moquaient de ce qu'elle pouvait dire et faire. Elle était prête à jouer le rôle qu'il voulait lui voir tenir.

Il la coucha sur le lit mais ne la déshabilla pas. Elle attendait son bon vouloir. Lui, se creusait la tête pour trouver ce qu'il pourrait faire pour retarder le moment de passer réellement à l'acte. Il devait lutter contre sa propre envie qui devenait pressante. Il la regardait à sa merci, consentante et voulait faire durer le plaisir. Il commença à la caresser, par-dessus ses vêtements. Elle fit mine de vouloir les retirer mais il l'en empêcha. Elle n'insista pas. Puis elle voulut le caresser à son tour mais il l'en empêcha encore. Il n'aurait pas pu se retenir. Quand il se rendit compte que malgré le tissu de la robe et celui du slip ; elle était sur le point de quitter terre, il s'arrêta net. Elle poussa un cri, outragée mais ne dit rien. Il laissa retomber la pression. Elle tremblait comme une feuille et ses yeux en disaient long, Des envies de meurtre ils passaient par la supplication mais elle se maîtrisait parfaitement. Elle réussissait à se dominer mais son corps tendu à craquer parlait pour elle. Elle n'aimait pas ça du tout, c'était le but qu'il recherchait. Il voulait la punir, la punir de ses audaces, la punir de ce qu'elle faisait de lui, la punir d'être ce qu'elle était, la punir de ce qu'il était là, à cet instant. Il ne la touchait plus, il la regardait, ivre de l'attente de ce plaisir qu'il lui refusait. Elle ne put s'empêcher d'esquisser un mouvement pour se lever, il avait atteint sa limite. Doucement, il la recoucha et abrégea son supplice. Il la déshabilla, il la sentait bouillir. Il aimait ça. Lui, ne se déshabilla pas et lorsqu'il s'enfonça en elle, il lui sembla sentit un mouvement de recul, la colère sans doute mais le plaisir l'emporta et elle revint à son ardeur habituelle. Il entendit bien vite son hurlement. Il put enfin se libérer. Mais son plus grand plaisir avait été de lui imposer ce qu'il voulait.

Elle s'endormit aussitôt, sans ménagement, il la réveilla. Elle fit mine de protester et joua à la perfection la belle endormie. Elle se contint le plus longtemps possible de bouger. Il était aux anges. Il eut encore envie de la planter au seuil de son plaisir mais il était trop fatigué pour se retenir plus longtemps. Il la laissa jouir et jouit à son tour. Il était encore en elle qu'ils s'étaient déjà endormis tous les deux.

Il se réveilla avec une délicieuse odeur de café dans les narines. Il avait dormi tout habillé, le jean seulement déboutonné sans se réveiller. Il n'avait plus l'habitude de se donner autant, il était épuisé. D'habitude, il ne dormait jamais plus de deux ou trois heures d'affilée et quand il était réveillé, il mettait beaucoup de temps à se rendormir. Il ruminait alors ses sombres pensées. Il était quelquefois obligé de se lever pour ne pas réveiller Christelle à force de se tourner et de se retourner. Cette nuit, il avait dormi d'une traite. Six heures complètes, il était en pleine forme. Il se leva et alla voir dans la cuisine ce qui se passait. Léa était habillée, coiffée, elle était sortie acheter des viennoiseries et avait fait du café.

- Bonjour, tu as bien dormi ?

Elle était quand même gentille cette petite. Il ne comprenait pas comment, par moments, elle pouvait lui taper ainsi sur les nerfs. Il aurait pu se douter que c'était à chaque fois que la question du sexe venait sur le tapis. Le reste du temps, il était plutôt satisfait de sa compagnie. Chaque fois qu'il avait envie d'elle ou qu'elle manifestait l'envie de lui, il se sentait devenir le pire des machos et ça lui faisait peur. Il n'aimait pas cette image de lui. Ce n'était pas vraiment conscient et cela venait sans doute du fait que la première fois c'était elle qui l'avait amené là où elle voulait sans qu'il ait eu à manifester sa volonté. Il lui en gardait une certaine rancœur, elle l'avait privé de sa virilité. C'est de moins ce qu'il ressentait et c'était encore attisé par l'envie qu'il avait d'elle. Si encore, il avait été amoureux d'elle ! Leur histoire n'était qu'une histoire de sexe augmentée toutefois d'un peu d'amitié quand ils ne se regardaient plus comme objet de désir. Elle avala rapidement sa tasse de café.

- Bon, je me sauve, je dois repasser chez moi. On se voit lundi au bureau.

Il entendit la porte claquer. Il n'avait même pas eu le temps de lui dire au revoir. Il prit le temps de manger un croissant, il dégusta son café puis il alla prendre une douche et s'habiller. Tout cela fait, il se sentit complètement perdu. Qu'allait-il faire de cette journée ? Il n'avait pas envie d'aller marcher, il n'avait pas envie de regarder la télé, il n'avait même pas envie de lire. Elle l'avait privé de toute envie sauf celle de lui faire l'amour. Son petit monde d'habitudes, de calme s'était écroulé. Il était tombé dans un autre monde et il n'aimait pas ça.

Prends ça comme un jeu, ne cherche pas à analyser, il n'y a rien à comprendre et encore moins à en déduire. Après tout ce n'est que le temps de son stage, après, tout rentrera dans l'ordre. L'ordre, mais quel ordre ? Avant, tu n'allais pas bien, avec elle tu vas encore moins bien, il n'y a guère de chance que cela aille mieux après. Mais, qu'est-ce que tu veux ? Il t'est offert une fille jeune qui n'a pas froid aux yeux, qui ne te fait pas d'histoires, c'est une chance, non ? Oui mais… Il n'y a pas de mais, consomme et tais-toi.

Mais celui qui lui parlait ainsi, ce n'était pas lui. Il ne reconnaissait pas ce type et ça le rongeait. Ce n'est pas la première fois que tu trompes ta femme, de plus tu ne crois pas qu'elle s'en moque ? Encore cet inconnu qui prenait toute la place dans sa tête. Oui, il l'avait trompée mais ce n'était que des coups d'un soir. Oui, mais plusieurs soirs ! Jamais avec la même. Et ce n'était pas pareil ? Tu chipotes. Peut-être, je ne sais pas en tout cas je n'ai jamais été jusqu'à amener une femme dans le lit conjugal et je n'ai jamais pratiqué ces jeux érotiques. Bon, c'est vrai, tu culpabilises mais ce n'est pas ça. C'est quoi alors ? Tu n'en sais même rien. Tu ne serais pas amoureux ? Tu n'envisagerais pas de quitter ta femme pour elle ? Bien sûr que non ! Ce n'est pas le genre de relation qui je voudrais voir durer, je n'aime pas tout ce cirque. Tu ne vas pas me dire que tu n'y prends pas de plaisir. Ce n'est qu'un plaisir animal, je vaux mieux que ça. De toute façon, elle va bientôt partir. Et tu ne chercheras pas à la revoir ? Certainement pas, aucun doute là-dessus.

Il passa le reste de la journée à traîner dans un vieux jogging. Il grignota le reste des viennoiseries, elle avait vu large. Il se coucha de bonne heure. Il s'endormit sans peine, épuisé de n'avoir rien fait. Il avait espéré qu'elle lui proposerait une autre soirée mais le vendredi suivant arriva sans qu'elle ait manifesté le désir de le voir ailleurs qu'au travail. Il oscillait entre la déception et le soulagement. Le jeudi, il avait eu la tentation de l'inviter et même de lui assurer qu'il ne lui imposerait plus rien, qu'il la laisserait agir à sa guise, elle pourrait faire tout ce qu'elle voudrait de lui. Après avoir longtemps tergiversé, il avait renoncé. Il retombait petit à petit dans sa phase de déprime. Tout juste s'il la voyait encore comme un objet sexuel. Dire qu'il n'avait plus envie d'elle serait aller un peu vite mais il passait de plus en plus de temps sans penser à elle.

Le vendredi, après le travail, Guilbert avait fait organiser un pot pour le départ de Léa. Il se fendit même d'un petit discours. Mademoiselle Gauthier avait donné entière satisfaction. Elle avait accompli les tâches qui lui avaient été confiées avec sérieux et compétence, elle avait été appréciée de tous, elle avait un bel avenir devant elle. Léa remercia simplement et dit tout le plaisir qu'elle avait eu à travailler dans cette agence. Elle ne parla pas, bien sûr, du plaisir qu'elle avait pris avec un des employés de l'agence. C'était peut-être secondaire pour elle, juste un petit bonus.

Renaud la regardait parler avec les uns et les autres, jeune fille sage dans son tailleur strict, son maquillage discret et ses cheveux tirés. Il la voyait dans la même tenue mais attachée sur son lit. Il sentait monter le désir en lui. Il quitta l'assemblée et rentra chez lui. Voilà, c'était fini, Léa irait s'affaler sur d'autres canapés, se coucher dans d'autres lits. Elle ne penserait certainement plus à lui. Il ne parvenait même pas à savoir ce que cela lui faisait. Il se dit qu'il s'en moquait mais il avait toujours cette foutue érection quand il pensait à elle. La sonnerie du téléphone le sortit de sa léthargie.

- Allô, Renaud !

C'était la voix de Léa.

- Tu es parti bien vite, tu n'as pas envie d'une soirée d'adieu un peu plus personnelle ?

S'il en avait envie !

- Tu ne dis rien, tu n'en as pas envie. Ce n'est pas grave.
- Si, viens.

Il ne pourrait donc jamais lui dire non. Mais c'était la dernière fois et ça le rassurait.

Il eut juste le temps de boire un verre pour se donner du courage. Avait-il besoin de courage ? Il n'était plus en mesure de le dire. Elle ne devait pas être loin de chez lui quand elle avait appelé et elle ne doutait pas qu'il accepterait car déjà elle sonnait à la porte. Il sentit une brusque montée de colère. Il avait toujours l'avantage. Il n'allait pas gâcher cette dernière soirée. Il se contint. Elle entra mais prudemment, elle resta debout dans l'entrée. Elle portait encore sa tenue de travail, il était content mais il n'avait même plus besoin de ça pour être excité.

- Ce soir, c'est toi qui décides.

Il n'avait plus le courage de se livrer à ses jeux habituels, il était las.

- C'est vrai, c'est moi ?
- Oui, on peut changer, non ?

Il avait dit ça sur un ton un peu plus sec qu'il ne l'aurait voulu. Elle avait remarqué, à moins qu'elle n'ait pensé que cela faisait aussi partie du jeu.

- Je ne détestais pas être à ta merci. Sur le coup, ça m'a fait drôle, ça pouvait même être pénible presque douloureux mais ça rendait le final plus grandiose.

Elle se sentait libérée, elle ne pouvait pas s'empêcher de parler, d'expliquer, de commenter, c'était plus fort qu'elle et il regrettait de lui avoir laissé la bride sur le cou.

- Tu ne peux pas t'empêcher de tout déballer. Je préfère agir que de parler de ces choses-là.
- Grognon et prude, ça promet une bonne soirée. Si tu veux, je peux partir mais je pense que ce serait dommage. Déride-toi, une bonne fois pour toutes. J'ai toujours l'impression que tu fais tout contre ton gré. Pourtant, il suffit de regarder les coutures de ton pantalon pour voir qu'elles ne vont pas tarder à craquer si tu te retiens encore de me faire la morale.
- Assez parlé. Puisque c'est toi qui décides ce soir, qu'est-ce que tu veux qu'on fasse ?
- Je t'ai dit de te relâcher. Viens ici.

Elle l'entraîna dans la chambre et le déshabilla mais en lui laissant son caleçon.

- Couche-toi sur le ventre.

Il n'en avait guère envie et son érection le gênait mais il se laissa faire. Elle monta à califourchon sur lui et commença à lui masser le dos. Elle avait sorti un tube de crème de son sac et son massage glissait sur sa peau qui commençait à se détendre.

- Ferme les yeux, ne pense à rien et tâche de te laisser aller.

Facile à dire quand il sentait son entrejambe contre ses reins. Elle attaqua par le crâne qu'elle massa doucement puis les cervicales et enfonça ses doigts dans les trapèzes.

- Ce que tu peux être noué !

Il sentait un bien-être progressif l'envahir. Son corps se détendait et ses pensées s'estompaient. Avec patience, elle traqua tous les muscles de son dos. Elle avait des mains de fée. Quand elle eut fini, elle avait jugé qu'il était assez détendu, elle se déshabilla rapidement car elle voyait qu'il était sur le point de s'endormir. Elle le fit se retourner. Il avait totalement perdu son érection. Elle s'employa à la ranimer et se hissa sur lui. Histoire de lui rappeler ce qu'il lui avait fait subir, elle resta parfaitement immobile. Encore sous l'effet de la détente, il ne bougeait pas non plus.

- Maintenant, tu me laisses faire.

Elle commença à bouger très lentement. Il attendait, il était bien, il ne pensait plus à rien. Elle accéléra le mouvement, ralentit, s'arrêta, reprit. Elle était attentive à sa respiration. Il ne la touchait pas, il avait les yeux fermés. Lorsqu'elle attaqua la chevauchée finale, il se laissa complètement aller et jouit avant elle. Elle reprit très vite ses esprits.

- Je préfère quand même comme ça.
- Tu recommences à parler.
- Tu as dit que je pouvais faire ce que je voulais.
- C'est vrai, excuse-moi.
- Maintenant je m'occupe du devant.

Elle se remit à califourchon sur lui et reprit le massage. Le visage, le cou, les épaules, la poitrine, le ventre. Il se sentait au septième ciel. Elle termina par le sexe et repartit pour une nouvelle cavalcade. Cette fois ce fut elle qui rendit les armes la première. Ils s'endormirent. Elle le réveilla une heure plus tard en lui tapotant le bras.

- Voilà, je crois qu'on a fini en beauté. Je te remercie pour ces bons moments et sois sûr que je garderai un excellent souvenir de toi. J'espère qu'il en sera de même pour toi.

Elle lui déposa un léger baiser sur les lèvres et se leva. Il la laissa partir sans bouger, sans rien dire. Il ne l'oublierait pas.

Le lendemain, il fit un peu de ménage, sauta dans sa voiture et partit rejoindre sa famille. Il téléphonerait au bureau lundi matin pour dire qu'il serait absent quelques jours. Il n'y avait pas beaucoup de travail et il avait besoin de vacances. Christelle parut contente de le voir arriver. Mais elle était toujours contente, il prit néanmoins son contentement pour lui.

- Tu as vraiment l'air fatigué, tu as bien fait de prendre quelques jours de détente. Le travail c'est bien mais il ne faudrait pas y laisser sa santé. Lui dit sa belle-mère.

Il commençait à s'inquiéter. Il n'avait pas réfléchi. Qu'allait-il faire pendant ces quelques jours. L'inactivité n'allait-elle pas aggraver son état. Il voyait déjà une vague d'ennui refluer vers lui. S'éveiller tous les matins sans avoir même la perspective du travail pour lui lessiver le cerveau, toutes ces heures face à lui-même, allait-il parvenir à survivre. Et Christelle et sa mère qui allaient vouloir le voir faire des choses, toutes ces choses que font les gens en vacances et qu'il n'avait aucune envie de faire. Non, il n'avait pas eu raison de venir.

Christelle le saoulait déjà à lui raconter tout ce qu'elles avaient fait ces dernières semaines et ce qu'elles comptaient faire avec lui. Tout le rebutait déjà. Il n'était pas homme à vacances et encore moins en compagnie de ces deux femmes. L'une qui l'ennuyait et l'autre qu'il n'aimait pas. Il avait du mal à se l'avouer mais pourtant c'était vrai. Il ne supportait Christelle que quand il la voyait peu le soir après le travail et le week-end qu'il se débrouillait toujours par écourter. On ne pouvait pas dire que sa belle-mère soit une femme détestable au contraire, c'était le genre de femme à toujours vouloir votre bien mais seulement de la façon dont elle voyait ce bien.

- Tu vas devoir te reposer mais, je te connais, tu vas t'ennuyer très vite alors je sais comment t'occuper.

Il en frémissait d'avance.

Le soir quand ils se retrouvèrent couchés dans le même lit, il se dit qu'elle attendait certainement qu'ils fassent l'amour. Au bout de quatre semaines, elle devait forcément en avoir envie et s'il montrait son désintérêt, il éveillerait ses soupçons. Il devait donc jouer le mec à jeun depuis longtemps et qui n'attendait que ça. Pas si facile, après le surmenage causé par les appétits de Léa, il était plutôt sur les rotules. Mais il n'avait pas le choix. Il s'exécuta donc en faisant très attention de retrouver les gestes qui leur étaient familiers. Il se dit tout de même, qu'un jour, il tenterait bien avec elle quelques petits jeux qu'il avait pratiqués avec Léa. Elle aimerait peut-être ça. Elle avait bien acheté le livre où le type faisait bien pire. Un peu de piment dans leur couple ne serait pas pour lui déplaire, il en avait eu un avant-goût. L'idée de ces fantaisies érotiques l'aida à trouver du plaisir à ces retrouvailles et leurs ébats furent un bon moment. Le plaisir de Christelle lui fit se sentir bien, il avait retrouvé ses marques. Il retrouvait la sérénité de sa vie bien réglée et cela lui fit du bien.

Les jours qui suivirent s'étirèrent à l'infini. Visite des sites remarquables qui ne l'étaient que sur les guides, des églises qui avaient une fâcheuse tendance à se ressembler toutes, des musées locaux poussiéreux et sans grand intérêt, il suivait Christelle qui voulait tout lui montrer. Elle était joyeuse, il ne pouvait que paraître content. Il ne pensait pratiquement plus à Léa. Elle ne faisait plus partie de sa vie, si toutefois elle en avait fait partie. Elle n'avait été qu'une invitée, il l'avait raccompagnée à la porte, elle n'avait rien laissé que son parfum dans la maison. Avait-il bien pensé à aérer avant de quitter l'appartement ? Il avait changé les draps, les avait portés à la blanchisserie. Il avait demandé à la femme de ménage de bien nettoyer tout à fond car il voulait que sa femme retrouve une maison impeccable. Il espérait qu'il avait bien pensé à tout. Il n'avait pas parlé d'elle à Christelle. À quoi bon, une simple stagiaire qu'il avait coachée pendant un mois. L'air de la mer lui avait redonné un semblant d'allant, il dormait mieux et même s'il se sentait toujours flotter à côté de ses pompes, il tenait le coup. Il se laissait porter et si ça ne le rendait pas heureux, ça le soulageait. Le poids de la vie s'amenuisait.

Romain avait été content de revoir son père mais les copains l'occupaient à part entière. Il avait tenté de lui proposer des activités entre hommes comme le devait un père mais le garçon avait toujours des projets dont il ne faisait pas partie. C'est ainsi, pensait-il, je ne suis qu'un vieux con de père qui n'est vraiment plus dans le coup. Pourtant Léa était plus proche de l'âge de Romain que du sien et elle avait voulu passer du temps avec lui et pas seulement au lit, elle ne l'avait pas trouvé si vieux. Avec Romain, ça ne marchait pas. Il n'était pas capable de se sentir comme les autres. Passer du bon temps avec des amis, apprécier les joies de la famille. Être un bon père. Il ne savait pas. Était-il trop jeune et comme son fils ne se rendait pas compte que le temps filait et qu'ils rataient toutes les occasions ou alors, il était réellement trop vieux et son fils était inaccessible. Il n'était plus capable d'avoir des élans incontrôlés, de mépriser le danger comme les jeunes mais il n'avait pas encore la sagesse de renoncer sans amertume.

Il se mit à réfléchir. C'était une des composantes de son mal-être, le sentiment de quitter la jeunesse, de ne pas se sentir vieux mais dans un no man's land qui ne voulait rien dire. Il y a l'enfance, l'adolescence, un trou puis la vieillesse. Comment appeler ça ? L'âge adulte ? Les jeunes vous regardent comme si vous n'étiez plus des leurs, les vieux vous toisent de la hauteur de la sagesse qu'ils ont acquise et vous, où êtes-vous ? Vous vous sentez encore un peu fou comme les jeunes, déjà beaucoup moins tout de même et vous n'avez pas envie d'être sages. Si jeunesse savait, si vieillesse pouvait avait coutume de rabâcher son père. Pouvait-il encore ? Savait-il vraiment ? Il essayait vainement de répondre à ces questions. Il pouvait encore satisfaire une femme, même une plus jeune, il l'avait prouvé mais il savait qu'il ne savait pas grand-chose. Savoir profiter de la vie par exemple. Il avait beau essayer de chasser ces sombres pensées, elles revenaient au galop. C'était son naturel à lui.

Les vacances se terminèrent sur ce triste constat, il s'enfonçait lentement mais sûrement dans une léthargie mortifère qu'il n'expliquait pas et un refus de se résigner sans pour autant essayer de s'en sortir.

En rentrant à la maison, il retrouva un peu de calme. Fini la contrainte d'être toute la journée ce qu'il n'était pas, un mari attentionné, un père aimant, un beau-fils respectueux et tout ça en mode vacancier. Christelle faisait le tour du propriétaire comme chaque fois qu'elle rentrait chez elle après une longue absence. Il se moquait d'elle. Craignait-elle qu'une horde de vandales aient occupé les lieux pendant leur absence ? Non, disait-elle, elle était contente de retrouver sa maison et elle adorait en reprendre possession pièce par pièce.

- C'est quoi cette tache sur le canapé ?

Une foule de souvenirs lui revint en mémoire. Il n'avait pas besoin de ça.

- C'est Brécart. Je l'ai invité un soir à prendre un verre, il a renversé le sien. Je n'ai pas osé me précipiter avec une éponge pour ne pas le gêner et après, il était trop tard. Le whisky avait marqué.
- Je croyais que tu ne pouvais pas supporter Brécart.
- Il était tout seul, moi aussi et s'il est imbuvable au boulot, il n'est pas si désagréable à l'extérieur.
- Je ne sais pas comment on va faire pour ravoir le canapé.

Elle se moquait de Brécart, de savoir qu'il était si seul qu'il s'était senti obligé de l'inviter. Elle se moquait de ce qu'il avait bien pu faire pendant son absence, elle ne pensait qu'à son canapé gâché. Il était contrarié. Qu'est-ce que ça pouvait lui faire, à lui, une tache sur le canapé quand il s'interrogeait sur le sens de sa vie. Elle ne trouva rien d'autre à redire heureusement. Il ne l'aurait pas supporté. Il pensait déjà au plaisir il aurait à retrouver son bureau même avec celui de l'affreux Brécart à côté.

La pile de dossiers qui l'attendait lui fit chaud au cœur. Elle représentait des heures d'attention loin de sa femme, de son vague à l'âme, de ses questions existentielles. Elle représentait beaucoup de temps qu'il pourrait maîtriser et une bonne raison de s'oublier totalement. Le secteur était encore calme, il travaillait sans hâte, juste pour s'occuper l'esprit.

Pendant ce temps Christelle s'attaquait au rangement. La femme de ménage avait bien travaillé, le mois de célibataire de Renaud n'avait laissé aucune trace, à part bien sûr, la tache sur le canapé. Elle irait voir sur internet s'il y avait une recette pour le ravoir. Elle vida les valises, mit la lessive en route et se dit qu'elle avait bien mérité une petite pause. Elle s'assit dans le salon, prête à allumer la télé. Elle avisa soudain un petit post-it près du téléphone. Elle se releva, curieuse. Il y avait seulement un numéro de téléphone, aucun nom. Qu'est-ce que cela pouvait être ? Une pizzeria à laquelle Renaud aurait commandé des pizzas. Elle en était sûre, il n'avait mangé que des cochonneries pendant son absence. Elle avait beau lui faire la guerre, elle ne parvenait pas à le faire manger sainement et c'était encore pire depuis qu'il traînait cette morosité qui lui empoisonnait la vie. Mais ce n'était pas son écriture. Un de ses collègues qui lui aurait donné son numéro ? Brécart peut-être ? Pourtant dans la boîte, ils avaient un organigramme avec tous leurs numéros et ils s'envoyaient plutôt des e-mails. Christelle n'était ni curieuse ni suspicieuse pourtant ce numéro l'intriguait. Elle essaya de l'oublier et se concentra sur une émission culinaire. Elle aimait cuisiner et était toujours à la recherche d'idées originales. Elle ne pouvait cependant pas s'empêcher de tourner le regard vers le petit bout de papier jaune qui la narguait sur le guéridon. Elle demanderait à Renaud, il lui donnerait une explication toute simple. Pourquoi se troubler avec ça ? Elle décida de sortir et d'aller voir une amie. En rentrant à la maison, elle avait oublié le post-it.

Lorsqu'il revint à la maison, Renaud l'embrassa distraitement, posa sa serviette, son téléphone portable près du post-it et alla directement se déshabiller dans la salle de bains pour prendre une douche. C'était trop tentant. Elle se saisit du portable de Renaud, chercha dans les contacts. Le numéro était bien enregistré mais aucun nom ne lui était ajouté. Restaurant, pizzeria ? C'était plus fort qu'elle, elle en doutait. Elle n'était pas jalouse et ne voulait pas l'être mais elle n'aimait pas le désordre, surtout dans la vie. Là, le désordre c'était de ne pas savoir et de ne pas chercher à savoir. Il n'y avait qu'une solution pour ramener l'ordre, elle composa le numéro mystérieux. Une voix féminine lui répondit, elle ne dit rien laissant l'autre parler.

- Allô, c'est toi, Renaud ? Je vois que tu ne m'as pas oubliée. Nos soirées torrides te manquent. Je suis désolée mais je suis actuellement à Oslo, j'avais besoin de vacances. Après tout ce que tu m'as fait connaître j'étais plutôt fatiguée. Si tu veux, je te recontacterai à mon retour.
- …
- Je vois, tu fais encore le mystérieux, tu veux me faire languir. Tu connais ça. Je n'ai encore jamais trouvé un amant aussi imaginatif que toi. J'ai adoré tes jeux. Je suis pressée, je te laisse. Je rentre à la fin du mois si tu veux appelle-moi. À un de ces quatre.

Sur ce, un clic et la voix s'était tue. Christelle n'avait pas dit un mot. Elle entendait encore : je n'ai pas encore trouvé un amant aussi imaginatif que toi… Tu veux me faire languir… Tu connais ça… Soirées torrides… Petits jeux. Elle était atterrée. Renaud un amant imaginatif ! Elle faillit se mettre à rire. Amant oui mais imaginatif ! Elle n'avait pas encore bien intégré ce qu'elle avait entendu mais le mot amant faisait son chemin inexorablement dans son entendement. Du cerveau, il était descendu dans sa gorge qui se serrait petit à petit. Elle commençait à manquer d'air. Une rage froide la saisissait. Il l'avait trompée. Elle se doutait bien que ce n'était pas la première fois, elle n'était pas naïve et lui pas assez futé pour qu'elle ne s'en soit pas aperçue. Elle n'avait jamais rien su de ces aventures passagères, elle les avait simplement senties. Elle avait eu souvent envie de mettre les pieds dans le plat, elle n'en avait rien fait et s'en était félicitée. Elle tenait autant que lui à sa vie calme et tranquille. Mais là ce n'était plus la même chose. Elle avait carrément eu une vision de ces turpitudes. La voix d'abord, une voix juvénile, une voix enthousiaste, la voix d'une très jeune fille sans complexe et certainement très délurée. Et puis l'amant imaginatif, comme si elle les avait vus faire, elle imaginait très bien, elle avait lu le livre. Toutes ces choses qui l'avaient excitée, elle les voyait faites par Renaud à cette jeune fille. Elle ne pouvait que constater qu'elle était passée à côté de bien des choses. Avec elle, Renaud avait été un amant bien banal, elle n'avait pas eu droit à plus. Sa vie sexuelle n'avait pas été nulle mais plate, elle avait été privée de toutes les fantaisies, de tous les jeux délirants qu'elle ne croyait possible que dans les livres. Elle s'était toujours dit que ce n'était pas pour eux, son éducation ne l'avait pas poussée à croire ça possible dans une vie de couple établi, dans une famille. Mais s'il l'avait sortie de ses préjugés, elle n'aurait pas demandé mieux que de le suivre. Renaud avait osé, était sorti des sentiers battus qu'il connaissait par cœur pour trouver des plaisirs inédits, peut-être dangereux, en tout cas exceptionnels comme le disait cette donzelle. Mais ce n'était pas avec elle ! Elle ne se souvenait même plus comment c'était au début de leur relation mais elle était sûre qu'il n'y avait rien que de très conventionnel. Ses yeux s'ouvraient tout à coup, elle n'avait eu que ça, un amant qui ne lui avait pas laissé un souvenir impérissable, un amant dont elle n'avait jamais dit : waouh. Un petit orgasme quelconque, presque hygiénique. La fureur grandissait, envahissait la pièce. Christelle se voyait sur le point d'exploser mais ce n'était pas de plaisir. Qu'il la trompe, elle pouvait le concevoir mais qu'il lui ait toujours refusé ce qu'il avait donné à l'autre et dont elle avait toujours eu secrètement envie, elle ne lui pardonnerait jamais. Elle ne se disait même pas, qu'elle n'avait jamais rien demandé, qu'elle aurait pu le faire, qu'elle aurait pu prendre l'initiative, la frustration et la rancœur l'avaient submergée. C'était à lui de faire les propositions de varier le menu. Il ne l'avait jamais fait et elle s'y était habituée. Elle aurait pu passer toute leur vie comme ça. Après tout, elle n'était pas privée de sexe et ce n'était pas si mal. Mais voilà, ce n'était que pas si mal. Qu'est-ce qu'elle avait bien pu faire cette gourgandine pour donner toutes ces idées à Renaud, idées satisfaisantes et même plus puisqu'elle était prête à recommencer. C'était peut-être elle qui avait cette imagination débordante, si c'était elle qui menait la danse et faisait à son mari des tas de choses dégoûtantes. Oui, c'est ça et ce benêt de Renaud avait été exceptionnel de se laisser faire. Elle l'avait trouvé fantastique parce qu'il était passé par toutes ses fantaisies. Mais non, elle avait bien dit que c'était Renaud l'imaginatif. Elle se sentait prête à lui arracher les yeux, le castrer et cette fois ce serait elle qui serait imaginative sur la manière de le faire. Elle se voyait déjà, un couteau, une machette, une tronçonneuse à la main. Un marteau, des clous, des fers rouges, elle ne manquerait pas d'idée pour traiter l'amant imaginatif. Il hurlerait mais ce ne serait pas de plaisir et elle en prendrait, elle du plaisir. Il ne serait plus jamais imaginatif.

Renaud, inconscient de ce qui se passait si près de lui, s'attardait sous la douche. Il faisait traîner, gagnait du temps avant d'attaquer la soirée, semblable à toutes les autres soirées. Ennuyeuse. Lorsqu'il revint au salon, il ne s'attendait pas à la tempête qui allait fondre sur lui. On avait transformé la douce Christelle, celle qui disait toujours oui, qui était toujours contente en une folle furieuse qui ne lui laissa pas le temps d'un soupir avant de déverser sur lui une logorrhée qui n'en finissait plus et à laquelle il ne comprenait rien. Il avait bien entendu quelques bribes : amant imaginatif… Qui c'est cette sale pute ?… Exploser au lit… Et moi alors… Jamais… Salaud… Impuissant congénital… Mou du cerveau et du sexe… Pédophile… Couper tes attributs… Finir à la hache… Jamais… Il essayait de reconstituer l'objet de ce déferlement d'insultes qui ponctuaient des phrases à peine cohérentes. Il se doutait bien que cela avait à voir avec Léa mais il ne comprenait pas comment Christelle avait pu être au courant dans un si court laps de temps. Ce matin, elle était encore normale, elle lui avait préparé son petit-déjeuner, il l'avait embrassée avant de partir, elle était comme d'habitude. Même quand il était rentré, elle n'avait rien dit. Elle lui avait même demandé comment avait été sa journée. Et tout à coup, elle s'était transformée en folle furieuse, le menaçant de le castrer et pire encore. Il essaya de la calmer, de la faire s'expliquer clairement pour qu'il puisse se défendre mais elle semblait dévaler une pente et rien ne pouvait l'arrêter. Elle était rouge, elle éructait. Une vraie harpie. L'angoisse commençait à le gagner. Il n'avait jamais vu sa femme dans un tel état. Il pressentait une catastrophe imminente. Le coup d'arrêt tomba.

- Tu fais ta valise et tu te tires.
- Mais, chérie…
- Si tu dis encore un mot et si tu ne disparais pas, je ne réponds de rien.

Elle avait soudain changé de ton, les derniers mots avaient été prononcés calmement, elle ne criait plus. La froideur, la noirceur de son regard faisait comprendre à Renaud qu'il n'avait aucune chance de pouvoir discuter.

- Ta valise, et ne traîne pas !

Il était pétrifié, ses jambes le portaient à peine, il se sentit tomber dans un gouffre. Il se retint à la poignée de la porte. Il ne reconnaissait plus cette femme qui n'avait rien à voir avec sa Christelle. Elle ne le regardait plus, elle partit s'enfermer dans la cuisine en laissant tomber ces derniers mots d'une voix blanchie par la colère.

- Dans un quart d'heure au plus tard tu as quitté la maison définitivement.

Il n'avait plus aucune force. Il ne pouvait pas lutter contre cette femme qui n'était plus que haine. Comment cela avait-il pu arriver ? Il se reprit, toute sa volonté tendue, s'éloigner au plus vite. Il alla chercher sa valise, entassa quelques vêtements au hasard, attrapa son portefeuille et son téléphone et sortit sans se retourner. Il savait qu'il ne reviendrait jamais, que sa vie était foutue, que c'était de sa faute et qu'il regretterait toujours. Maintenant, il n'avait plus rien, il n'était plus rien. Il n'avait pas compris mais il savait.

Il entra dans le premier bar venu, il avait besoin de quelque chose de fort. C'est en sortant son téléphone pour regarder l'heure machinalement, qu'importaient les heures à présent, qu'il eut l'idée de regarder dans l'historique des appels. C'était bien ça, le numéro de Léa s'était affiché. Cette idiote l'avait appelé et Christelle avait pris l'appel. Mais, en regardant mieux, il vit que c'était un appel sortant. C'est Christelle qui avait appelé. Comment avait-elle pu savoir ? Il n'avait pas mis le nom de Léa dans ses contacts. Alors, il se souvint du post-it que Léa avait laissé et qu'il avait oublié d'enlever près du téléphone. Elle l'avait trouvé et intriguée par ce numéro, elle avait appelé. Dieu seul sait ce que Léa avait dit. Si Christelle n'avait pas parlé, elle devait avoir pensé que c'était lui au bout du fil. Il comprenait mieux les propos de Christelle à propos de ses relations sexuelles avec Léa et des détails qu'elle avait donnés. Il commanda un autre whisky double. Il se laissa glisser dans l'ivresse, il se sentait si faible. Il n'avait pas mangé depuis midi et il était presque dix heures du soir. Il était anéanti. Il ne lui restait plus qu'à se trouver un hôtel. Il choisit le plus proche car il n'osait pas reprendre sa voiture, imbibé comme il l'était. Se tuer n'aurait aucune importance mais il ne voulait pas tuer un innocent.

Le concierge de l'hôtel ne fut pas surpris de voir débarquer ce type hagard, ivre, qui ne savait plus ce qu'il disait, il en avait vu d'autres. C'était un hôtel bas de gamme mais propre, heureusement pour lui. Il se coucha immédiatement tout habillé. Tout courage l'avait quitté. Un cataclysme avait englouti sa vie, il ne surnagerait pas, il n'était plus qu'une épave. Christelle ne lui pardonnerait jamais et il n'était même pas sûr d'avoir envie qu'elle le fasse. Il ne voyait plus l'avenir, tout était noir. Son téléphone se mit à sonner. Christelle ? Léa ? Il ne répondit pas. Il n'avait plus rien à dire et n'aurait jamais plus rien à dire à personne. Quand la sonnerie s'arrêta, il fut soulagé. Il regardait fixement le plafond comme pour y trouver une tâche, une fissure, une toile d'araignée, un cadavre de mouche qui arrête son regard mais le plafond était immaculé. Il se dit que c'était désespérant. Il glissa son regard vers les murs peints en beige sale mais là non plus rien ne retint son regard. Rien à quoi se raccrocher, il glissait, glissait vers le néant. Il ne lutta plus. Il finit par s'endormir. Il reprit conscience au milieu de la nuit. Que faisait-il dans cet hôtel miteux ? Il se leva, jeta un dernier coup d'œil à son téléphone portable, un réflexe. C'est Léa qui l'avait appelé mais elle n'avait laissé aucun message. C'était mieux ainsi. La parenthèse s'était refermée. Il enfila sa veste et sortit sans rien emporter. Il n'avait plus besoin de rien. Il ne reviendrait pas. Il s'enfonça dans la nuit. C'était la seule chose à faire, aller se perdre pour de bon.

AVIS DE RECHERCHE.

Nous recherchons Monsieur Renaud Dréval, quarante et un an, 1 m 87, cheveux bruns, yeux bleus.

Monsieur Dréval a quitté la chambre d'hôtel qu'il occupait depuis qu'il n'habitait plus au domicile conjugal, le lundi 1er septembre. Il n'a emporté ni ses papiers, ni son téléphone ni sa carte de crédit. Il n'a plus donné signe de vie depuis un mois.

La famille invite toute personne qui aurait dc ses nouvelles à téléphoner au 01 XX XX XX XX

3

Derniers jours de juillet. Il en était toujours à se demander ce qu'il allait faire, partir en vacances avec sa famille ou atermoyer encore puis finalement rester à travailler quand Guilbert, le big boss, entra en trombe dans son bureau.

- Ah Dréval, je vais avoir besoin de vous.
- Bonjour, Monsieur Guilbert, que puis-je faire pour vous ?

Il avait compris le ton ironique de Renaud.

- C'est bon, Dréval, plus besoin de simagrées entre nous.

Pour Guilbert, le simple fait de dire bonjour, d'être juste poli était des simagrées. Pour qui se prenait-il, le vieux singe ? Il était unanimement détesté et ce n'était pas sans raison. Le voir ainsi débouler de si bon matin n'était pas de bon augure.

- Non Monsieur, vous avez raison.

Il parvenait difficilement à dissimuler un ton sarcastique mais c'était inutile, L'autre était si pressé qu'il ne se souciait guère du ton de Renaud. Qu'importe ça lui faisait du bien.

Il redoutait quand même ce que l'autre allait lui demander. D'habitude, il convoquait ses subordonnés lorsqu'il avait une communication à leur faire. Il les faisait monter à son étage, les faisait attendre pour bien montrer qu'il était débordé mais ne descendait jamais aux étages inférieurs rencontrer ses inférieurs.

- Voilà, nous devons recevoir une stagiaire pour tout le mois d'août, j'ai besoin de vous pour vous en occuper. Brécart est trop pris et moi je suis attendu au siège. Vous savez ce que c'est. Il n'y a que vous qui puissiez la prendre en charge.
- Mais je n'ai jamais fait ça !
- Ne vous en faites pas elle est en dernière année de Sup de Co, vous n'aurez qu'à lui montrer le fonctionnement de la maison. Ça ne devrait pas vous prendre plus qu'une heure ou deux.

Après, elle se débrouillera comme une grande.
Je vous revaudrai ça.

Un courant d'air, la porte claque et Guilbert a déjà
disparu. Renaud n'a pas eu le temps d'en dire plus. C'est
ça, m'occuper d'une gamine fraîchement sortie de l'école,
une nana aux dents longues qui n'aura de cesse de
prendre sa place et pour peu qu'elle ait une poitrine
avantageuse et un beau corps aura toutes les chances d'y
parvenir. Plus jeune, moins payée et qui en voudra, une
chance pour la direction. Ou alors ce sera une bonne
élève, perfectionniste qui passera son temps à pinailler et
ne le lâchera plus, une grassouillette binoclarde qui
voudra absolument tout savoir. Peut-être aussi une
demoiselle « je sais tout » qui lui en remontrera, tout sera
ringard voire obsolète, y compris lui. Elle aura une foule
d'idées pour tout changer genre « ça sent le moisi ici, il
faut aérer » et hop un grand coup de balai. Non, c'était
hors de question, pas envie de s'empoisonner la vie avec
une stagiaire. Au diable, Guilbert, il allait pour de bon
partir en vacances. C'était un clin d'œil du destin, un petit
coup de pouce pour prendre sa décision. L'idée d'une
quinzaine au bord de la mer ne l'enchantait pas du tout
mais le coup de la stagiaire ne passait pas. Brécart est trop
pris ! Et puis quoi encore ? Brécart était à la botte du
boss et ça lui rapportait, la preuve. Il n'aurait pas à se
coltiner la nana, lui. Renaud avait toujours été conciliant,
assidu et fiable, pourquoi n'avait-il pas la cote ? Il ne se

l'était jamais expliqué et aujourd'hui c'était flagrant, à lui la corvée. Mais ils en seraient pour leurs frais les deux lascars. Exit Dréval ! À eux de pouponner. Dréval allait tremper son derrière dans l'océan. Bye, bye les mecs, à bientôt. En vacances Dréval ! Il se sentait en pleine révolte. Un trou d'air dans son marasme. Il reprenait du poil de la bête et ce grâce à Guilbert. Ça lui faisait du bien. Ils allaient voir ces deux couillons ! Jamais pendant toutes ses années de bons et loyaux services selon la formule consacrée, il n'avait éprouvé une telle colère. On le prenait pour le toutou de service, pour la dernière roue de la charrette, pour le bon à tout faire. C'était trop ! Il prit le temps d'envoyer un mail à Guilbert :

De Renaud Dréval, service marketing.

À Jacques Guilbert, Directeur Général.

Navré, Monsieur Guilbert. Vous ne m'avez pas laissé le temps de vous dire que j'avais posé mes congés pour les premières semaines d'août et que vous aviez, vous-même, signé ma feuille de congés. Par conséquent, je ne peux m'occuper de votre stagiaire.

Avec tous mes regrets et mon plus profond respect.

Renaud Dréval

Il avait bien écrit « votre » stagiaire, pour bien lui faire comprendre que c'était à lui de se débrouiller avec elle.

Il rangea son bureau, prit ses affaires et ne cliqua sur envoyer que quand il fut sur le point de quitter son bureau. Il éteignit son ordinateur. Guilbert ne pourrait pas le retenir. Il éteignit aussi son portable pour qu'il ne puisse pas le joindre et, d'un cœur léger, il partit en vacances.

En arrivant à la maison, il annonça la bonne nouvelle à Christelle. Son cœur n'était déjà plus aussi léger. Il avait béni la stagiaire qui était venue à point pour le forcer à prendre enfin sa décision mais il n'était plus tout à fait aussi sûr qu'elle soit la bonne. Il s'était laissé emporter par sa colère. Il n'avait pas aimé le ton de Guilbert et sa façon de lui imposer cette corvée qui ne relevait pas de ses attributions. Il avait détesté la remarque : Brécart est très pris. Et lui, il ne faisait rien ? Brécart était ce faux cul qui sait se positionner et qui évite toujours les mauvais coups. Il était aussi celui qui vous fait se sentir le mouton noir tout en vous faisant croire qu'il était votre meilleur ami. Il avait réagi à cette montée de rage et voilà qu'il se demandait comment il allait pouvoir supporter quinze jours d'inactivité, quinze jours en tête à tête avec sa femme dans une station balnéaire surpeuplée, lui qui détestait la mer la chaleur et les locations inconfortables. Il lui avoua qu'il n'avait pas donné suite au projet de saint Jean de Luz, il avait trop tardé et à présent tout devait être complet.

- Ce n'est pas grave, mon chéri, nous irons à Trouville avec maman et Romain. Elle va être

123

contente de nous avoir. Romain est toujours avec des copains et elle est bien seule.

Il ne pouvait pas lui dire qu'il était accablé. Quinze jours avec Christelle et en prime sa belle-mère. Il ne détestait pas Jeanne qui était plutôt une bonne personne. Mais justement trop bonne. Elle vous poursuivait de ses bienfaits pensant toujours vous faire plaisir mais sans se demander une minute si ça vous plaisait à vous. Vous lui aviez dit une fois que vous aimiez la blanquette, elle vous en servait à chaque fois que vous alliez manger chez elle. À vous en dégoûter à tout jamais. Elle allait jusqu'à lui tricoter des pulls. Par chance, le costume était obligatoire au bureau ce qui le dispensait de les porter devant les collègues. Elle lui offrait des cravates pas toujours très discrètes. Il avait dû subir quelques réflexions ironiques sur le choix de ses cravates. Le pire était qu'on ne pouvait jamais lui en vouloir. « L'enfer est pavé de bonnes intentions » semblait avoir été inventé pour elle. Il devrait donc subir tout le bien qu'elle lui voulait, car elle lui en voulait du bien, elle l'aimait beaucoup. Il était le chéri de sa fille adorée ce qui lui valait le grade de gendre idéal. Elle serait aux petits soins pour lui à lui en donner la nausée et il devrait toujours avoir l'air du gendre comblé. Il ne se sentait pas en état d'endosser le rôle. Et si, par malheur un jour, il se manquait, Christelle ne lui pardonnerait jamais, elle adorait sa mère.

Christelle toute guillerette s'empressait déjà d'aller faire sa valise.

- Je te mets deux maillots de bain, au cas où…

« Au cas ou… » était le maître mot de Christelle, elle achetait au cas où, elle gardait tout au cas où, elle emportait au cas où, elle économisait au cas où, Renaud était sûr qu'elle mangeait au cas où, qu'elle dormait au cas où, qu'elle rêvait au cas où et même qu'elle l'aimait au cas où… Au cas où, un jour, il ne serait plus là, qu'il soit emporté par une terrible maladie, écrasé par un camion ou attiré par une gourgandine, elle l'aimait tant qu'elle le pouvait encore. Après, il serait trop tard et elle s'en voudrait tout le reste de sa vie. Alors au cas où…

- Je mets aussi ton jogging et tes baskets, ce serait bien que tu te remettes à courir ou alors on pourrait louer des vélos. Un peu de sport ne nous ferait pas de mal.

Du sport ! Renaud avait le sport en horreur. C'était, pour lui, une perte d'énergie, de temps. Il avait hérité de son père un corps joliment musclé et les activités courantes avaient suffi à le conserver.

- Pourquoi veux-tu que nous fassions du sport ?

- À notre âge, il faut penser à notre corps, il se dégrade si vite. Tu ne voudrais pas devenir ventru et tout flasque.

Christelle avait le don d'appuyer là où ça faisait mal. Il avait presque atteint la moitié de sa vie si on s'en tenait à l'espérance de vie du français moyen et l'idée de l'échéance finale le terrorisait. Il ne supportait pas de penser à la déchéance que la vieillesse offrait. Il n'en parlait jamais mais plus il avançait en âge plus il redoutait de devenir comme son père, sourd comme un pot, perclus de rhumatismes, et ses capacités mentales de moins en moins fiables. Son père avait déjà un âge avancé quand il était né et il était mort à presque quatre-vingt-six ans mais ça ne le rassurait pas. Il l'avait vu les dernières années de sa vie, très diminué et souffrant, c'était devenu, pour lui, intolérable. Il ne voulait pas devenir ce fantôme d'homme qu'il avait enterré. Sa mère, elle, avait eu la chance de mourir en pleine force de l'âge, en pleine possession de sa beauté, d'un cancer foudroyant à quarante ans. Renaud savait qu'il vivrait vieux, tous les hommes de sa famille mouraient vieux mais toujours dans un triste état. Lorsqu'il regardait ses cheveux commencer à grisonner, ces maudites rides qui se creusaient autour de sa bouche, il paniquait. Il ne craignait pas trop pour sa beauté, il était plutôt bel homme et il croyait au charme des tempes grises, aux marques viriles du temps mais c'était quand même les premiers signes avant coureurs d'un délabrement inéluctable. Qu'est-ce que le sport pourrait bien y faire ? Lui endurcir un peu le ventre, regalber ses mollets mais il ne lui redonnerait jamais de cellules neuves. Il décida tout de même de laisser ses illusions à Christelle si elle croyait qu'elle allait faire du sport et rester éternellement jeune. Libre à elle mais elle ne l'entraînerait pas dans ses délires.

Ça commençait bien les vacances ! Comme toujours quand il ne voulait pas polémiquer avec sa femme, il se réfugiait dans la salle de bains. Il avait toujours aimé la salle de bains, avec ses couleurs douces, cette rigueur hygiénique, l'eau, le parfum des cosmétiques. Lorsqu'il était dans ce cocon parfumé entouré de vapeur d'eau, il lui semblait que rien de grave ne pouvait l'atteindre. C'était comme une enveloppe de protection pour son corps nu. Il était à l'aise, il avait tombé le costume et avec tous les artifices dont il devait se parer pour paraître en société. Et lorsque l'eau chaude coulait sur lui, il pouvait voir ses noires pensées disparaître dans la bonde avec l'eau sale. Il sortait toujours de la salle de bains, régénéré. Tant que son corps gardait la chaleur de la douche, il avait un moment de répit.

C'était aussi le seul endroit de la maison où il était seul, loin des bavardages de Christelle, du bruit des jeux vidéo de Romain ou de la télévision. Il revivait dans le silence avec comme seul bruit de fond le ruissellement de l'eau. Un chant doux et relaxant à ses oreilles fatiguées.

Christelle lui avait souvent fait des reproches : je ne sais pas ce que tu fais dans cette salle de bains, tu es pire que les femmes. Pourtant tu ne t'épiles pas, tu ne te maquilles pas. Tu as pensé à la facture d'eau ? Cela lui faisait tant de bien qu'il se moquait de la facture d'eau comme de ses anciennes chaussettes trouées. Tout ce qui pouvait le soulager n'avait pas de prix. Et puis ce n'est pas écolo, disait-elle encore. Pareil pour l'écologie, il n'en avait que faire. Il n'avait plus assez de courage pour se soucier du coût de l'assainissement, de la pollution des océans et tout le reste. Son monde partait à vau l'eau, alors pour ce qui était du monde en général !

- Bon, chérie, je te laisse. Je te fais entièrement confiance. Je sais que tu penseras à tout, comme d'habitude.

Mais elle ne l'écoutait pas, trop occupée à compter ses caleçons, ses paires de chaussettes comme s'ils partaient pour six mois en plein désert. Il se déshabilla en pensant une fois de plus qu'il avait fait la bêtise de sa vie en prenant ces congés. L'eau chaude coulant sur son corps lui apporta un peu de réconfort. Il se tâta les biceps, le ventre, les cuisses, tout tenait encore bon. Pour le sexe, ça pouvait aller aussi. Ce n'était plus aussi bouleversant que vingt ans plus tôt mais il tenait bien la cadence. Christelle l'excitait encore, peut-être un peu moins souvent mais il n'avait plus rien à se prouver. En tout cas, elle n'avait pas l'air de se plaindre de ses prestations. Tout était donc pour le mieux. Mais pour combien de temps encore ?

Bon, allez, arrête de te masturber le cerveau… À chaque jour suffit sa peine… Mais qu'est-ce que c'est que cette connerie ?….Essaie de te montrer un peu plus gai… La gaieté vient en riant… Tu veux rire, on ne peut pas vivre tout le temps un sourire béat accroché à sa face, prenant tout pour du bon pain comme si la vie était un jardin de roses… Non mais on peut essayer… L'avenir sera alors moins sombre… Mais l'avenir est là, juste devant nous, le présent n'est qu'une illusion, demain c'est aujourd'hui avant qu'on ait le temps de voir. Peine d'aujourd'hui, peine de demain, c'est la même. Essayer de l'oublier serait une perte de temps.

Il avait peut-être raison, Rémy, il nous couvrait une petite dépression ou alors de la schizophrénie. De la schizophrénie, c'était ça. Il était habité par un autre, un mec dépressif qui le tirait vers le bas. Lui, il n'aurait pas demandé mieux que d'être optimiste, confiant en lui-même et dans la vie mais l'autre ne lui permettait pas. Le plus souvent c'était l'autre qui menait la danse. Le gai Renaud n'était pas de taille à lutter. Fous-moi la paix sale pessimiste, tu me bouffes la vie ! Mais il criait en vain, le sombre ne le lâchait pas.

- Qu'est-ce que tu fais, tu parles tout seul et ça fait bien longtemps que tu es sous cette douche brûlante. On ne se voit plus dans la vapeur et tu es rouge comme une écrevisse. Par cette chaleur, une douche chaude, tu n'es pas bien ?

Il n'aurait donc jamais la paix ? Il se sentait ramolli par l'eau chaude, il était bien et elle venait lui faire la morale. IL était sur le point d'éclater. Par moments, Christelle avait le don de lui taper sur les nerfs. Il la vit qui commençait à se déshabiller.

- Tu fais quoi ?
- J'ai envie d'un petit câlin, Est-ce trop demander à son mari ? Ce n'est pas souvent que tu es là en fin d'après-midi, j'ai envie d'en profiter.
- Là, dans la salle de bains ?
- Pourquoi pas, de te voir nu comme ça, ça m'a donné envie.

Christelle ne s'était jamais comportée comme ça. Renaud n'avait aucune idée de sexe en tête à ce moment. Il pensait encore à son avenir professionnel qui venait d'en prendre un coup. Il se doutait que son départ aurait des répercussions mais il n'imaginait pas lesquelles. Bah, avec son ancienneté dans la boîte, il ne risquait pas grand-chose. Ce n'était vraiment pas le moment pour la gaudriole. Il regardait, consterné ses attributs masculins qui refusaient toute activité. Les soucis, sa paix troublée par sa femme ne lui permettaient pas de jouer les amants fantastiques.

- C'est tout l'effet que je te fais ?
- C'est la chaleur de la douche, je me sens tout mou.
- C'est le cas de le dire !

Le ton railleur de Christelle ne faisait rien pour arranger les choses. Si Renaud n'était pas macho, il avait gardé la fierté du mâle et il n'aimait pas qu'on mette en doute ses capacités à satisfaire une femme. Même dans un tel moment, il aurait voulu garder la face. Il essaya de se concentrer sur les images érotiques qu'il projetait dans son cinéma personnel quand il en avait besoin. D'habitude ça marchait. Il démarrait au quart de tour. La régularité de la vie sexuelle pendant des années de mariage usait parfois quelque peu les ardeurs. Il allait chercher des artifices pour se mettre en condition. Christelle, pleine de bonne volonté essayait de l'aider. Il finit par avoir une érection correcte mais sa performance fut plutôt piètre. Il avait sauvé l'honneur c'était déjà ça et Christelle n'avait pas l'air mécontente mais il ne pouvait s'empêcher de culpabiliser, elle méritait mieux. Elle ne fit aucun commentaire, mais elle n'en faisait jamais et il prenait son contentement comme acquis. Elle prit place sous la douche. Il s'emballa dans un drap de bain et sortit. Il avait besoin de prendre un verre. Il se versa une bonne dose d'alcool. Depuis un certain temps, il avait pris l'habitude de ces verres et il forçait toujours un peu la dose. Il se disait parfois qu'il était sur la mauvaise pente, que s'il continuait ainsi, il allait finir alcoolique mais il n'y pouvait rien. Sa raison n'était plus assez forte, rongée par la mélancolie. Il s'installa sur le canapé pour regarder un film à la télé auquel il ne comprit rien. Son esprit était trop occupé ailleurs que sur l'écran. Il s'était forcé à faire l'amour à sa femme qu'il aimait pourtant. Mais l'aimait-il, l'aimait-il encore et l'avait-il jamais aimée ? Il ne savait plus répondre à toutes ces questions qui le hantaient. Qu'est ce qui déglinguait la machine ? Jusqu'à il y a encore peu, tout était simple, le boulot, la famille, tout roulait. Il n'avait rien vu venir. Quand il avait commencé à se poser toutes ses questions, il se voilait la face, c'était le stress, la fatigue, l'âge qui s'avançait. Il faisait tout pour les refouler. Il s'était enfoncé un peu plus dans le travail, il avait fui autant qu'il avait pu la famille, mais ça l'avait rattrapé.

Il entendait Christelle chanter dans la salle de bains. Elle avait une jolie voix. Il ne l'avait jamais remarqué. Mais quand aurait-il pu le remarquer ? Il était déjà parti ou pas encore rentré quand elle prenait son bain et elle ne chantait jamais ailleurs dans la maison ou alors elle chantait quand il n'était pas là. Était-ce lui qui l'empêchait de chanter ? Provoquait-il une atmosphère de tristesse quand il était là ? Il aimait bien sa voix. Mais, elle, l'aimait-il vraiment ? Elle faisait partie de sa vie depuis si longtemps. Il l'avait trompée mais pas souvent avec des collègues de sa boîte, lors de séminaires, des coups furtifs, elles étaient toutes mariées, et sans importance. L'avait-elle su ? Il espérait que non, en tout cas, elle ne lui en avait jamais parlé. Il était certain qu'elle ne l'avait jamais trompé, il s'en serait tout de suite aperçu et Christelle n'était pas femme à tromper son mari. Mais si cela avait été le cas, il lui aurait pardonné sans problème. Du moins le croyait-il sincèrement. Il n'était pas jaloux, il était un homme moderne, pourvu que leur vie de couple n'ait pas à en pâtir. Ses coucheries à lui n'avaient jamais été une menace pour leur couple. Il ne l'aurait pas permis.

Alors, pourquoi redoutait-il tant de passer une semaine avec sa femme et son fils ? Bon, il y avait bien la belle-mère mais il savait très bien que ce n'était pas elle le problème, tout juste une gêne. Il tenta de se raccrocher au film, trop tard ! Impossible de reprendre le fil de l'action. Il éteignit la télé, alla passer un caleçon et un tee-shirt. Christelle était dans la cuisine en train de préparer le repas. Il prit un livre, parcourut quelques pages, reprit les premières pour essayer de comprendre mais, désabusé, il laissa tomber le livre. Les jours à venir allaient être très difficiles. Ils mangèrent en silence, ou plutôt, lui mangea en silence. Christelle parlait, elle n'arrêtait pas. Il ne l'écoutait pas mais elle ne semblait pas s'en apercevoir. Il lui proposa de débarrasser la table tandis qu'elle allait voir son feuilleton préféré. Il traîna un bon moment dans la cuisine avant d'aller se coucher. Il repensait à la séance dans la salle de bains. Il ne se souvenait pas avoir déjà fait ça dans la salle de bains mais c'était aussi la première fois que Christelle prenait l'initiative. C'était toujours lui qui proposait. Elle ne disait jamais non mais il ne l'avait jamais entendu lui dire ; fais-moi l'amour. L'aurait-il souhaité ? Il n'en était pas sûr. Il était encore de la vieille école : l'homme propose et la femme dispose. Il avait toujours proposé. Il avait rarement été repoussé, il n'insistait jamais. La femme disposait. Certaines femmes lui avaient fait comprendre qu'elles seraient disposées mais aucune ne lui avait jamais proposé franchement. Cette attitude de Christelle le perturbait. De plus elle l'avait surpris au moment où il n'était pas au mieux de sa forme et ça l'avait gêné. C'est sans doute ça qui l'avait perturbé au point d'avoir du mal à se mettre en condition. Il n'avait plus de complexe à avoir avec sa femme depuis des années mais ça lui restait tout de même en travers de la gorge.

Quand Christelle entra dans la chambre, il fit semblant de dormir, il redoutait qu'elle lui demande encore de lui faire l'amour. Cette fois, il ne le pourrait certainement pas. Sa fierté de mâle était en jeu. Il était ankylosé car il n'osait pas bouger tant qu'elle n'était pas endormie. Il détestait être hypocrite, se cacher, dissimuler comme s'il avait quelque chose à se reprocher. Il fit des cauchemars toute la nuit. Il rêva qu'il était parti en vacances avec Brécart, ils passaient leur temps à se faire la guerre et quand ils rentraient enfin, une horde de stagiaires avaient pris leur place. Elles leur sautaient dessus en hurlant : des hommes, des hommes ! Mais ils étaient impuissants tous les deux. Alors elles les écharpaient.

Quand il se réveilla le lendemain matin une armée de gnomes furieux jouaient de la batterie sur ses tempes. Il allait devoir faire des kilomètres sur des routes encombrées en écoutant sa femme et sa belle-mère bavarder interminablement. Café, aspirine, la dose, et il se sentit un peu mieux. Le reste de la famille était joyeux, comme pour lui faire sentir encore plus qu'il n'était pas au diapason. Le petit-déjeuner était animé : Christelle faisait projet sur projet et Romain échafaudait déjà des stratégies pour occuper ses journées sportivement. Ils démarrèrent très tôt. Le trajet ne posa pas de problème pour un premier août, à peine quelques ralentissements, il reprenait confiance. Ce n'était pas si terrible, le soleil brillait, les gnomes avaient quitté son crâne, vaincus par la drogue et les femmes n'avaient pas été très loquaces, sa belle-mère avait dormi un bon bout de temps. Romain avait les écouteurs vissés aux oreilles comme d'habitude et lui essayait de ne pas trop penser. On n'ira pas jusqu'à dire qu'il se sentait bien, il était seulement un peu plus décontracté. La maison qui les attendait à Trouville n'était pas bien grande mais suffisamment pour quatre. Trois chambres, deux salles de bains, une grande terrasse et un bout de jardin garni généreusement de verdure. Pas de vis-à-vis, et très calme. Christelle commençait déjà à remplir les armoires tandis que Jeanne improvisait un repas avec ce qu'ils avaient apporté. Renaud se réfugia sur la terrasse avec une bière. Dans cette maison inconnue, il se sentait étranger comme un invité de dernière minute qui ne connaît pas bien ses hôtes. Il n'avait aucune envie de rester là. Il avait toujours détesté les lieux nouveaux. Il se souvenait des vacances avec ses parents qui changeaient d'endroits tous les ans, pour visiter le plus possible de nouveaux paysages disaient-ils. Il enviait des amis qui allaient passer leurs vacances chez leurs grands-parents ou dans des maisons qui se transmettaient de génération en génération. Ils se retrouvaient dans des endroits qu'ils connaissaient, qui leur étaient familiers depuis toujours. Il imaginait qu'ils retrouvaient avec la plus grande joie les jouets qu'ils avaient laissés l'année précédente, la balançoire au fond du jardin à la chaîne un peu rouillée, les trou sous la fenêtre qui avait toujours été là et par où, il entrait des monstres, disaient-ils, la glycine du mur qui bougeait sous le vent et qui leur faisait croire qu'il y avait quelqu'un à la fenêtre. Ils se faisaient peur. Ils savaient ce qu'ils feraient le lendemain, promenade sur les vieilles bicyclettes qui avaient déjà appartenu à leurs parents dans les petits chemins qu'ils connaissaient par cœur, pêche à la ligne dans la rivière sous le pont qui les avait attendus ainsi que les copains du village qui leur faisaient fête avant de leur montrer les nouveautés. Lui devait à chaque fois prendre possession des lieux, S'y habituer, se refaire des amis et quand il se sentait enfin en terrain connu, c'était la fin des vacances et il ne reverrait jamais cette maison ni ces amis. Il était toujours heureux de rentrer même si cela signifiait la fin des congés. Il retrouvait la chambre qui était la sienne depuis sa naissance et il se sentait à nouveau chez lui.

Pour l'instant, il aurait donné beaucoup pour pouvoir quitter Trouville, mais pour aller où ? Il n'avait pas envie d'être là mais il n'avait pas non plus envie d'être ailleurs. Il avait fini par comprendre qu'il était étranger partout mais surtout étranger à lui-même et que partout où il serait, il serait avec lui-même, cet étranger.

- Chéri, viens manger, tu dois être épuisé après ce voyage !

Manger, parler, tout lui paraissait si pénible, des efforts, toujours des efforts à faire, ça ne finirait jamais. Aurait-il la force de continuer longtemps ?

- J'ai fait avec ce que j'avais mais demain je vous ferai de la vraie cuisine. Ce n'est pas parce que l'on est en vacances qu'on ne doit pas manger correctement. Surtout Romain qui est en pleine croissance et vous, Renaud, qui n'avez pas très bonne mine. Dites-moi ce qui vous ferait plaisir, j'irai faire les courses. J'ai vu en supermarché tout près d'ici, ce sera pratique et je me renseignerai aussi sur les jours de marché.

Ce qui lui ferait plaisir :

1) Qu'on lui foute la paix
2) Être ailleurs
3) Se rouler en boule quelque part et attendre l'hiver ou le printemps prochain ou la mort.
4) Ne plus être lui-même.
5) Être décérébré.
6) Ou alors complètement insensibilisé.
7) Pouvoir disparaître sans laisser de traces.

Malgré sa bonne volonté envahissante sa belle-mère ne pourrait jamais lui faire ces plaisirs. Au fond, il l'aimait bien et il n'avait aucune raison de la peiner.

- Vous savez, Jeanne, ce que j'aime le plus ce sont les légumes et les crudités feraient très bien l'affaire, les fruits aussi. Ne vous embêtez pas à faire la cuisine, il fait chaud et vous êtes en vacances.
- Mais ça me fait plaisir de gâter mes enfants.

En voilà au moins une qui avait le plaisir facile. Un peu de cuisine, la présence de ses enfants. Il aurait tant aimé être fait de ce bois.

Il s'attarda longtemps sur la terrasse mais quand il vint se coucher, Christelle l'attendait.

-   On n'arrive pas à dormir avec cette chaleur. Tu sais ce qui me détendrait et m'enverrait directement au cœur du sommeil le plus profond ?

Il le savait, hélas et cette fois encore il ne pouvait pas se défiler. Malgré les images pornos convoquées, les caresses de Christelle qui y mettait beaucoup d'application, il ne fut pas en état de la satisfaire. Que lui arrivait-il ? Cette absence de libido n'était pas coutumière. Il allait vraiment mal. Les quelques aventures extraconjugales qu'il avait eues, des aventures d'un soir, les occasions qui se présentaient, s'étaient toujours bien passées. Il n'aimait pas ces femmes mais avait toujours réussi à les contenter. Il n'était pas un amant extraordinaire, il n'avait pas cette prétention mais quelques-unes n'auraient pas demandé mieux que de renouveler l'expérience. Il n'avait jamais accepté, une fois suffisait, pas d'ennuis, pas de suites. Du sexe de passage, ludique et sans lendemain. Non, il n'avait jamais rencontré de difficultés. Dès la rentrée il irait consulter un sexologue. Il y a quelque temps cette idée l'aurait fait bondir. Il aurait eu honte mais à présent, il n'éprouvait plus rien et si ça pouvait lui simplifier la vie il n'hésiterait pas à se soigner. Que ferait-il quand Christelle se verrait délaissée le plus souvent ? Elle irait s'imaginer qu'il avait une maîtresse, elle lui ferait la vie dure. Il ne voulait pas l'imaginer. Il voulait la paix et si la paix était de donner son dû à Christelle, il ferait tout pour.

- Tu es vraiment fatigué, tu avais vraiment besoin de vacances. Mais ne t'en fais pas ça ira mieux demain après une bonne nuit de sommeil. Bonne nuit mon chéri, je vais essayer de dormir.

Il sentait la déception dans sa voix. Il aurait pu lui procurer du plaisir autrement mais il n'en avait pas le courage. Ça ira mieux demain lui avait-elle dit et elle le croyait sans doute mais pas lui. Il était foutu, il était en train de devenir impuissant. Cela le terrifiait comme le début de la fin. À son âge ! Les pensées les plus terrifiantes se succédaient dans la tête de Renaud. Il devait se reprendre, parer au plus pressé. En attendant des remèdes prescrits. Il se retourna vers elle et entreprit de la caresser. Il avait encore une langue et des doigts. S'il parvenait à la faire jouir, il serait tranquille pour un jour ou deux. Christelle n'exigerait pas ses faveurs chaque soir, à moins que l'air de la mer ne booste sa libido. D'habitude, elle n'était pas très portée sur la bagatelle. Ce qui l'intriguait d'ailleurs, deux fois en deux jours. Que lui arrivait-il ? Elle avait peut-être pensé que son manque d'ardeur était dû à une liaison et elle faisait tout pour le reconquérir. Si elle savait comme elle se trompait. Ce qui l'empêchait d'être performant ce n'était pas une autre femme mais quelque chose de bien plus grave. Il mit toute l'énergie qui lui restait et ce ne fut pas vain car après l'envolée elle s'endormit immédiatement. Il en fut soulagé, l'angoisse se faisait moins pressante mais elle était toujours là. Qu'allait-il devenir ? Jusque-là, il avait réussi à donner le change. L'entourage de toute façon ne voit que ce qu'il veut voir et se refuse à interpréter les changements qui pourraient affecter sa vie. Christelle le regardait-elle encore vraiment ? Il y a tant de choses auprès de nous que nous ne voyons plus. Romain était trop jeune, trop occupé à découvrir la vie pour voir que son père n'allait pas bien et Jeanne était tellement obnubilée par sa recherche du bien-être des autres qu'elle confondait les autres avec elle-même. Il allait bien pouvoir profiter un certain temps du prétexte de fatigue que Christelle lui prêtait mais combien de temps encore. Il n'était pas fatigué par son travail, il n'était pas fatigué d'avoir conduit des heures, il était fatigué de tout et surtout de la vie.

Les jours suivants s'écoulèrent, ils ne firent que ça. Il se laissait mener par Christelle sans aucune volonté propre. Il mimait l'intérêt qu'il prenait aux promenades, aux visites et autres occupations balnéaires. Il était passé champion du paraître, il n'essayait plus de réfléchir, il subissait. Il découvrit que si ça n'était pas très satisfaisant, c'était néanmoins très facile et pour finir reposant. Christelle était radieuse, elle allait nager tous les matins tandis qu'il paressait au lit tentant de retrouver assez d'énergie et d'envie pour se lever. Elle prenait une légère teinte abricot qui lui allait très bien. Elle était calme sereine et n'avait manifesté de désir sexuel qu'au bout de trois jours. Il avait réussi à obtenir une érection convenable mais pas très sûr de lui, il avait prolongé les préliminaires manuels.

- J'aime bien ta nouvelle manière de faire, il était temps que l'on change un peu, ça devenait trop attendu. On s'enlisait dans l'habitude et c'est usant pour la libido.

Que voulait-elle dire par là ? Elle n'avait pas l'habitude de faires des commentaires. Elle se contentait parfois de lui dire que ça lui avait plu mais jamais plus. Il ne répondit pas, ne sachant quoi dire. D'ailleurs, elle s'endormait toujours après. Il n'avait jamais vu une femme s'endormir aussi brusquement qu'elle.

Ces quinze jours n'en finissaient pas. Il avait pris au moins cinq kilos. Il n'avait plus guère d'appétit, même moins mais il ne voulait pas blesser Jeanne qui s'éclatait en cuisine et leur servait des repas aussi lourds que copieux. Christelle avait beau protester que c'était trop, peine perdue, Jeanne n'allait pas se priver de chouchouter ses enfants comme elle disait, elle était sûre que tout au long de l'année, ils ne mangeaient rien ou des cochonneries. Romain passait plus de temps avec les copains qu'il s'était fait qu'avec eux. Là encore, Christelle protestait mais Jeanne le soutenait. Il fallait que le petit chéri à sa mamie s'amuse, il serait temps qu'il redevienne sérieux à la rentrée qui serait dure, il rentrait en seconde. Plus il aurait pris du bon temps pendant les vacances, plus il serait en forme pour affronter les terribles études. Personne ne lui demandait son avis et Renaud préférait qu'il en soit ainsi ce qui le dispensait de s'intéresser à la marche de la famille. Christelle s'était inscrite à un cours de gymnastique. Elle avait voulu l'y entraîner mais il avait refusé catégoriquement. Il avait été docile jusque-là mais la gymnastique c'était au-dessus de ses forces.

- Je n'ai pas envie d'aller m'aligner avec des bonnes femmes en collants fluo pour faire des mouvements ridicules.
- Merci pour les bonnes femmes en collants fluo, c'était à la télé dans les années soixante-dix, gym tonic. Ce n'est plus la même chose et il y a des hommes.
- Mais il n'y aura pas moi. Vas-y, éclate-toi, j'ai encore de bons bouquins à lire.
- Tu ne sais pas ce que tu manques ? C'est bon de sentir son corps travailler, c'est une saine fatigue.
- Peut-être que je me prive de beaucoup de bienfaits mais je te rappelle que je suis en vacances, j'ai envie de faire ce qui me plaît.
- Bon, comme tu voudras.

Et elle n'avait plus insisté. Il était au moins tranquille deux heures chaque matin. Christelle à la gym, Jeanne au marché qu'elle adorait et Romain dieu sait où. Il lisait un peu, regardait la télé ou ne faisait rien. Il aimait de plus en plus ne rien faire. Lui qui avait toujours été actif, qui ne supportait pas l'oisiveté, ça rend fou disait-il, il passait tout son temps libre les yeux dans le vague en essayant de ne penser à rien et il y parvenait parfois. Il allait s'asseoir sur un banc, regardait passer les gens, et il y en avait. Il les regardait mais sans vraiment les voir. Il attendait que le temps passe. Il passait, lentement mais sûrement. Il comptait les jours. Quinze jours ce n'était pas si long à l'échelle d'une vie. Pourtant ces jours lui paraissaient des vies. Il parvint à tenir jusqu'à la fin de son séjour. Il n'était pas fâché de rentrer à la maison et de reprendre le travail. Christelle, Jeanne et Romain restaient encore jusqu'à la fin du mois. Il avait accompli son devoir conjugal, comme on disait dans le temps, une ou deux fois. C'est lui qui avait décidé. Il s'en était tiré honorablement ce qui l'avait un peu assuré sur ses pouvoirs. Mais il avait encore eu recours à ses mains la plupart du temps, les caresses lui permettant de palier une pénétration un peu sommaire. Ce qui, heureusement ne déplaisait pas à Christelle.

Elle se manifesta à nouveau le dernier soir.

-   Tu vas partir demain et on ne se reverra que dans quinze jours, tu ne veux pas un petit câlin ?

Pourquoi pas ? Il allait être tranquille pendant deux semaines, il pouvait bien se dépenser encore un peu. Puisqu'il n'était pas totalement impuissant.

-   Tu as peur que j'aille en voir une autre pendant ces quinze jours ?
-   On ne sait jamais !
-   Je n'y pense même pas.
-   Avec les hommes il faut toujours se méfier.

Et elle s'était mise à rire. Elle pouvait bien rire et lui faire une confiance aveugle, ce n'était pas maintenant qu'il était limité dans le domaine du sexe qu'il allait chercher une autre femme. La sienne lui causait assez de tracas.

-   Mais tu sais que tu es unique, pour moi.
-   Alors prouve-le.

Il était au pied du mur. Elle avait commencé par lui faire un petit strip-tease, c'était nouveau. Elle se faisait aguichante, le frôlait de ses seins, se reculait pour qu'il puisse l'admirer, elle revenait en laissant traîner ses mains sur son corps. Une vraie chatte en chaleur. Il ne la reconnaissait pas. La température ambiante semblait avoir beaucoup d'effet sur elle. Il se concentra au

145

maximum. Il savait les points forts de Christelle et s'y attaqua. Elle ronronnait d'aise. Il reprit confiance et fut surpris de l'enthousiasme dont elle fit preuve. Elle n'était jamais en reste mais cette fois, elle était de plus en plus audacieuse. Son audace fut contagieuse, il se laissa emporter et ils eurent les plus vives sensations depuis longtemps. Il dut bâillonner Christelle qui manifestait bruyamment son plaisir. Il n'avait pas envie d'ameuter sa belle-mère ni son fils. Elle retomba épuisée entre ses bras. Il se dit qu'elle était bien belle ainsi assouvie. Il se renouvela la promesse d'aller chez le sexologue. Il avait pour un moment oublié ses tracas mais ça pouvait toujours lui reprendre. Elle avait eu une bonne idée à le provoquer ainsi. L'air de la mer lui convenait, il fallait en convenir. Il allait presque regretter de partir. Mais il n'était pas certain qu'il pourrait assurer plus, il valait mieux qu'il s'éloigne.

- Que vais-je faire pendant quinze jours ? Je crois que je vais prendre un amant.
- Si ça peut te faire plaisir.
- C'est tout l'effet que ça te ferait.
- Je ne pense qu'à ton bonheur.
- Hypocrite, c'est parce que tu n'en as plus rien à faire de moi.
- C'est ce que tu penses ?
- Je vois bien que je ne te fais plus autant d'effet.

- Ce n'est pas vrai. Mais si je ne suis plus assez performant, l'âge est là, je t'autorise à aller chercher plus loin ce qui te conviendrait mieux. Un jeune Apollon bien pourvu.
- Alors c'est ce que je vais faire. Et tu ne pourras t'en prendre qu'à toi. On ne laisse pas sa femme pendant quinze jours sans sexe.
- Surtout ne m'en parle pas.
- Si. Je te raconterai tout, tu verras ce sera marrant.
- Comme tu voudras.
- Bon assez de bêtises, je tombe de sommeil.

Et elle s'endormit aussitôt. Christelle, un amant ! Après tout, ça lui éviterait peut-être de devoir encore se tracasser pour la rendre heureuse. Un autre qui le ferait à se place. Oui, mais ça voudrait dire quoi ? Qu'il ne voulait plus d'elle, qu'il se moquait bien de la savoir dans les bras d'un autre. Et elle plaisantait sur le sujet. Il était de plus en plus surpris par lui-même, par elle ?

Tu files vraiment un mauvais coton… Comment un homme peut-il souhaiter que sa femme ait un amant… Tu ne dirais vraiment rien… À voir…

Il débloquait complètement.

Il avait pris le train pour rentrer afin de laisser la voiture à Christelle. Il aimait bien le train. Il ne le prenait pas très souvent. Être ainsi assis nulle part puisque le lieu changeait tout le temps, laisser ses pensées vagabonder au fil des paysages qui défilaient, lui faisait toujours du bien. Il avait l'impression d'être à l'abri de tout, Inconnu, dans un lieu inconnu, nulle part fonçant vers le futur. Il aurait voulu que le train lui fasse faire le tour de la planète inlassablement sans jamais lui demander de descendre. Il passerait sa vie ainsi flottant dans l'univers à la vitesse de la locomotive. On ne lui demandait rien dans le train, il n'était entouré que d'inconnus qui n'en avaient rien à faire de lui et lui n'avait que faire d'eux. C'était reposant. Une solitude au milieu des autres. Une solitude, un point mouvant dans l'univers, ça lui allait très bien.

L'appartement lui parut immense. Il retrouvait la solitude. Dans cet appartement si bien rangé, dans ce silence, il se sentait oppressé. Il détestait l'ordre. L'ordre c'était pour le bureau, bien obligé, les dossiers, les pièces comptables se devaient d'être bien organisés, impossible autrement de travailler. Mais à la maison, c'était différent. L'ordre était le contraire de la liberté, le symbole de la contrainte et où être libre, sinon chez soi. Christelle était une maniaque de l'ordre. La maison ressemblait à un magasin de meubles. Tout était où il devait être, le meuble choisi et placé conformément aux règles de l'esthétisme. Le bon bibelot au bon endroit. Rien qui dépasse, rien qui puisse retenir le regard, le regard devait glisser. Les magasins étaient inhabités, pas besoin de créer une atmosphère, un lieu d'intimité, de chaleur. Ils étaient seulement faits pour vendre et organisés pour que l'on passe devant les meubles et qu'on ait envie de les acheter. On n'achetait pas l'ambiance. Chez lui, c'était comme ça, il n'avait pas envie de s'attarder. Il pensait aussi que la passion de l'ordre était un manque d'imagination. C'était tellement plus simple d'aligner, de trier, de classer, de cacher tout ce qui dépasse. Il n'était pas pour le désordre généralisé, il n'aurait pas eu envie de passer son temps à chercher les choses dont il avait besoin mais il n'aurait pas été contre un livre abandonné sur la table basse, une écharpe sur le dossier d'une chaise, un verre vide sur le plan de travail de la cuisine, un papier sur la console de l'entrée, quelque chose qui dise que quelqu'un vivait là. Mais il fallait toujours que Christelle passe derrière lui et avec une rage suspecte fasse disparaître toute trace de son passage. Il avait donc toujours l'impression de rentrer dans un magasin de meubles. Il n'en avait jamais parlé à Christelle, elle n'aurait pas compris, elle avait l'ordre dans le sang. Elle ne se plaignait jamais lorsqu'il laissait traîner ses affaires, il soupçonnait que le rangement était pour elle une passion et il imaginait qu'elle n'attendait que ça pour se livrer à son passe-temps favori : ranger. Il avait d'ailleurs remarqué qu'elle n'avait aucune imagination ce qui renforçait sa théorie. L'ordre était pour elle sacré, une religion, un sacerdoce. Quand elle rentrait de chez des amis désordonnés elle regardait son chez-elle, émerveillée en disant : je ne sais pas comment ils font, je ne pourrais jamais vivre dans un tel souk. Elle ne s'était jamais demandé où, lui, aimerait vivre. Car le plus souvent, il avait trouvé l'intérieur de ces amis accueillant, chaleureux, si plein d'eux, habité. Parfois il rêvait de mettre à mal ce temple de l'ordre, de jeter par terre le contenu des placards, de semer tous les livres de la bibliothèque, de répandre les coussins sur le sol, il imaginait la tête de Christelle. Il était pratiquement sûr que, sans un mot, elle se mettrait à tout remettre en place. Elle mettrait son geste fou sur le compte de la fatigue, elle se dirait que les hommes n'ont aucune idée des bienfaits de l'ordre, qu'ils ne se préoccupent pas assez de l'état de leur lieu de vie et que c'était aux femmes à garder parfaitement en ordre le foyer. Dans sa tête tout était net et bien rangé, se mettre en colère, s'énerver serait une injure à l'ordre. Plus le temps passait plus il avait cet ordre en grippe. Il n'avait jamais vraiment l'impression d'être chez lui.

Pour fêter son retour, il laissa sa veste sur le dossier d'une chaise dans le salon, il jeta ses chaussures au travers de la pièce et il se sentit tout de suite mieux. Il ouvrit une bouteille de pur malt, il se fit couler un bain. Il ne prenait pratiquement jamais de bains mas ce jour de son retour, il avait envie de faire des choses qu'il ne faisait jamais. Il regretta sa décision, tremper dans une eau plus très nette et qui refroidissait ne lui apportait pas beaucoup de plaisir. Il se rinça sous une douche brûlante, le jet à fond, c'était quand même autre chose. Il enfila un jean propre et un tee-shirt et sortit marcher dans les rues pratiquement désertes. Tout le monde était en vacances, il ne les enviait pas, ses vacances avaient été si décevantes. Il marcha longtemps, d'un pas vif, il ne rencontra que des pépés qui promenaient leurs chiens. Il les dépassait très vite de peur qu'ils ne l'abordent pour lui parler. Les petits vieux s'ennuient et cherchent toujours quelqu'un pour leur raconter leurs pauvres vies. Il n'en avait pas envie, la sienne l'attristait déjà assez. Il voulait âtre seul loin des plages, des terrasses bondées, de la gym et des mets de sa belle-mère. Il goûtait le silence de la ville délaissée, l'air était encore étouffant malgré la nuit tombée mais il avait l'impression de respirer enfin. Il entra dans un bar, le plus désert qu'il avait pu trouver. Il commanda un alcool fort et le but au bar. Le barman n'était pas causant ce qui lui permit de rester plus longtemps. Il était presque minuit quand il rentra chez lui.

Le lendemain, il fut le premier à arriver au bureau. Il était presque heureux quand il accrocha sa veste au portemanteau mais tout de suite un fait étrange lui sauta aux yeux. Les quelques dossiers qu'il avait laissés en partant parce qu'ils n'étaient pas urgents et qu'ils pouvaient attendre son retour n'étaient plus là. La corbeille à courrier était vide. Il alluma son ordinateur, sa boîte mail professionnelle était pratiquement vide elle aussi. Ce n'était pas possible. En quinze jours, il aurait dû y avoir des dizaines de circulaires, des notes de service, il aurait dû aussi y avoir du courrier dans sa corbeille. Il attendait le passage de la secrétaire chargée du courrier, elle avait peut-être mis le sien de côté sachant qu'il était absent. Il commença à s'inquiéter quand il vit que depuis deux heures qu'il était là, elle ne s'était pas encore présentée. Même si elle était en vacances, elle aurait dû être remplacée. Il se décida à aller voir. Elle était bien dans son bureau.

- Ah, Monsieur Dréval, déjà de retour ? Avez-vous passé de bonnes vacances. Vous avez pourtant encore l'air fatigué.
- Merci, Mademoiselle Mercier, oui, les vacances ont été bonnes mais je crois avoir abusé du sport. Avez-vous mon courrier ?
- Monsieur Guilbert m'avait dit de porter votre courrier à Monsieur Brécart et je ne savais pas que vous rentriez aujourd'hui.
- On ne vous l'avait pas dit ? Pourtant c'était prévu.
- Non, sinon, je vous aurais apporté celui d'aujourd'hui. Vous trouverez votre courrier chez Monsieur Brécart.
- Chez Monsieur Brécart ?
- Oui, Monsieur Dréval, j'ai obéi aux ordres.
- Vous avez bien fait, je vais voir. Maintenant, vous me donnerez à nouveau mon courrier.

- Bien Monsieur Dréval !
- Mais vous, vous n'êtes pas en vacances ?
- Non, je partirai en septembre quand ma collègue sera rentrée.
- C'est bien, merci.

Son courrier à Brécart Qu'est ce qui était passé par la tête à ce vieux con ? Ses dossiers, ils étaient où ? Renaud sentait une rage blanche l'envahir. Il pressentait que ce n'était pas bon pour lui. C'était sans doute la stagiaire qui s'en était occupée, c'était complet. Pour un retour, c'était réussi ! Sa joie n'avait été que de courte durée. Il se doutait aussi que ce n'était qu'un début. Le vieux ne lui avait pas pardonné son refus et sa fuite. Il allait devoir affronter une zone de turbulence et il n'était pas d'humeur. Il retourna à son bureau. Il n'avait rien à faire. Il voulait se calmer avant d'aller chez Brécart. Il ne tenait pas à montrer qu'il était contrarié par les directives de Guilbert. Il fit quelques exercices de respiration et se répéta mentalement : Renaud, calme-toi !

Il n'était pas loin d'onze heures quand une grande fille au regard flou sous des lunettes épaisses se présenta avec une pile de dossiers sous le bras.

- Bonjour Monsieur Dréval, je suis Léa Gauthier, la stagiaire. J'ai vu que vous étiez rentré. Voilà les dossiers qu'on m'a confiés. J'ai cru comprendre que c'était les vôtres, vous aviez commencé à en suivre quelques-uns. J'ai pris ceux-là en priorité, je suis restée dans votre ligne d'attaque et j'en ai soldé la plupart. Il en reste encore un où deux que j'aimerais vous soumettre avant de les finaliser. J'ai fait ce que j'ai pu. Pour les autres, ceux qui sont arrivés pendant votre absence, nous pourrons les voir ensemble si vous voulez bien. Je crois avoir fait pour le mieux et j'accepterai volontiers toutes vos remarques. Je suis là pour apprendre.

Renaud en était resté médusé. Elle avait traité « ses » dossiers ; il était dans un monde parallèle, dans un mauvais film. Il faillit la renvoyer dans son bureau illico mais il se dit que ce n'était pas sa faute. Il se contenta d'un merci du bout des lèvres, peut-être un peu trop sec, il allait voir, il l'appellerait. Elle devina son état d'esprit car elle se retira sans insister.

- Je reste à votre disposition, quand vous pourrez.

Il se sentait sur le point de défaillir. Il occupa son temps jusqu'à midi à feindre de remettre de l'ordre dans son bureau qui était parfaitement rangé. Il alla consulter le journal interne, il n'y avait pas grand-chose. Tout tournait au ralenti. C'était le calme plat. À midi moins deux, il reprit sa veste et sortit. Il n'était pas allé chercher son courrier chez Brécart. Il avait réussi à se calmer et il n'avait pas envie de raviver sa colère, il verrait plus tard. En passant dans le bureau de Brécart, il s'entendit appeler.

- Alors mon vieux, elles étaient bonnes ces vacances. J'ai eu ton courrier, il n'y avait pas grand-chose d'intéressant. Tu n'as rien manqué. Je ne sais pas ce que tu as fait à Guilbert mais j'ai eu comme l'impression qu'il avait une dent contre toi. Il ne m'a rien dit mais je l'ai senti. À ta place j'irais le voir pour m'expliquer avec lui. Tu sais qu'il peut être un véritable charognard. Le mieux et de régler ses comptes à chaud.

Il n'avait pas de mots pour dire à cet enfoiré tout ce qu'il pensait de lui. Bien sûr qu'il savait pourquoi l'autre lui en voulait et il faisait l'idiot alors qu'il jubilait intérieurement. Renaud préféra se taire. Il ne voulait pas non plus que cet affreux Brécart se rende compte de son état d'esprit. Il serait trop content. Dans ce repaire de chacals il valait mieux ne pas paraître abattu. Ils auraient vite fait de le dévorer tout cru. Jouer les indifférents était le maître mot. Ne pas porter flanc aux attaques. Se parer à gauche, se parer à droite mais toujours le front haut et le regard droit.

- Tu as raison, c'est ce que je ferai, merci de m'avoir prévenu. Je passerai cet après-midi. Je ne crois pas qu'il y ait urgence. Je n'ai commis aucune faute. Ce n'est certainement qu'un malentendu. Pour le courrier demande à la secrétaire de me le déposer sur mon bureau.

Il serrait ses poings dans ses poches tout en rêvant qu'ils atterrissaient sur la sale gueule de ce traître. Il aurait fallu si peu pour qu'il réalisât son rêve. Brécart dut le sentir, il n'ajouta rien.

Renaud transpirait comme une fontaine, il étouffait, de rage, de désespoir, d'impuissance. Il alla marcher le long du fleuve. L'air était lourd et chargé de relents de vase et de pourriture qui montaient des eaux grises. Le fleuve était aussi vaseux que son humeur. Sa colère s'apaisait. Comment être en colère quand la lassitude vous submerge. La colère exige de l'énergie, la lassitude en était venue à bout. Il était totalement anéanti. Il resta longtemps assis sur un banc, tout effort lui paraissait inhumain. Il ne repartirait pas au travail, il avait besoin de mesurer toute l'étendue de sa disgrâce et de décider quelle stratégie adopter pour essayer de regagner sa place. Il avait compris, la tête de Brécart lui en avait dit long. Il entendait la voix de Guilbert : « À quoi vous attendiez-vous, Dréval, après m'avoir joué un tel tour. Vous n'êtes pas fiable, Dréval, et la société a besoin de collaborateurs sur lesquels on peut compter en toutes circonstances. Ce qui n'est visiblement pas votre cas. Non seulement vous avez déserté votre poste (inutile de lui rappeler qu'il avait signé sa feuille de congés) mais vous êtes parti sans crier gare. Je n'ai pas aimé du tout le ton de votre mail. Vous comprendrez donc que je suis dans l'obligation de prendre des sanctions. » Mieux valait ne pas anticiper la nature de ces sanctions. Il ne les supporterait pas. Il n'avait plus d'illusions mais il avait encore de la fierté. Il n'irait pas se faire humilier chez Guilbert. Il ne lui ferait pas ce plaisir. Il allait les laisser dans leur mauvais jus. Il ne voulait plus revoir leurs têtes de vautours. Il voulait les oublier. Et n'advienne que ce qui devait advenir !

Il rentra à la maison. S'apercevrait-on de son absence ? Était-il devenu un fantôme dans l'organigramme de la société ? Son avenir se perdait dans le brouillard mais il ne parvenait même plus à en être affecté. Il en avait vu d'autres tomber en disgrâce, parce qu'ils n'étaient pas assez performants, parce qu'ils étaient trop vieux, parce qu'ils ne correspondaient plus à l'image que voulait donner l'agence. Ils devenaient des zombies, jamais convoqués aux réunions, on ne leur confiait que des dossiers de moindre importance, des morts vivants. Ils n'avaient plus jamais d'avancement et ils n'étaient plus respectés par leurs subalternes. Il supposait que c'est ce qui l'attendait. Il était forcé de le reconnaître : depuis qu'il n'allait plus très bien, il avait perdu de son mordant et il était un peu à la traîne. Il avait espéré que cela ne se verrait pas trop mais il s'était visiblement fait des illusions. C'était inéluctable, il allait passer à la trappe. Le refus de la stagiaire avait accéléré le mouvement et

Guilbert en personne s'était senti offensé par son mail un peu cavalier. Il avait signé son arrêt de mort. En un mot, il avait perdu son job.

En retrouvant l'appartement vide, il se sentit soulagé. Si Christelle avait été là, il aurait dû expliquer, lui raconter, lui promettre de faire le nécessaire pour garder son travail, tout ce qu'il n'aurait pas été capable de faire. Il alla faire la sieste, dormir c'est tout ce qu'il avait trouvé pour fuir toutes ces pensées qui l'épuisaient. Sa tête lui faisait mal. Il avait dû prendre une insolation. Il était resté si longtemps sur ce banc en plein soleil. Il avala une aspirine et alla même jusqu'à chercher un somnifère dans l'armoire à pharmacie. Christelle en gardait toujours « au cas où ». Il s'endormit très rapidement. Il rêva qu'il se trouvait nu sur une plage bondée. Il y avait aussi tout le personnel de l'agence. Il était mal, très mal, il cherchait une serviette pour se couvrir les parties intimes mais il se rendait compte que personne ne le regardait. Les regards semblaient le traverser sans voir qu'il était nu. Très peu d'ailleurs regardaient dans sa direction. Il ne savait pas s'il devait s'en réjouir ou non. Il était seul et nu si vulnérable. Il se disait que s'il venait à mourir là, il n'y aurait personne pour mettre un voile sur lui. Au milieu de cette foule habillée, il était un étranger et les étrangers n'avaient pas le droit de vie. Alors, il se mettait à avancer vers la mer, il y rentrait et se mettait à nager jusqu'à n'avoir plus pied. Il se laissait couler, l'eau était chaude, il commençait à étouffer, il allait mourir pour de bon. Il n'avait pas peur, il était retourné dans le ventre de sa mère. Il avait de plus en plus chaud, il n'avait plus d'air dans les poumons. Il ne voyait pas encore sa vie défiler, c'était une fausse idée reçue. Il ne voyait plus rien, c'était la fin.

Il se réveilla en sursaut, il était en nage et le drap humide s'était plaqué sur son visage moite. Il se leva alla prendre une douche froide qui le remit un peu d'aplomb. Il allait passer une tenue confortable, prendre un bon livre et tenter d'oublier tout le reste. Il chercha vainement un short dans l'armoire, il en possédait peu, Christelle les avait emportés à Trouville et il les avait laissés là-bas dans le panier à linge sale. Il devait pourtant bien en rester des vieux quelque part. Dans la chambre tout un pan de mur avait été organisé en dressing, la partie gauche pour Christelle et la partie droite pour lui. Il y avait aussi un coin où étaient entreposés des sacs de voyages et autres accessoires mais aussi des sacs de vêtements non utilisés. À jeter ou à donner Christelle seule le savait. Elle était très organisée. Il allait voir s'il y trouvait son bonheur. Il avisa un sac qui contenait des vêtements qu'il supposa avoir été à lui. Avec un peu de chance il y aurait un short. Il tira le paquet. Un tas de lettres tomba sur le parquet. Drôle d'endroit pour ranger du courrier. Comment Christelle si ordonnée avait-elle pu mettre ces lettres derrière de vieux vêtements ? Curieux, il y regarda de plus près. Les lettres étaient décachetées mais elles avaient été remises dans leurs enveloppes, elles étaient adressées à une certaine Alice Dumont. Il ne connaissait aucune Alice Dumont. Au dos un expéditeur, Sébastien Legris et une adresse en la ville. Il ne connaissait pas plus ce Sébastien Legris. Qu'est-ce que ces lettres faisaient là ? Il lui traversa soudain l'esprit que ces lettres avaient été cachées. Par qui ? Par Christelle ? Mais pourquoi aurait-elle caché des lettres qui ne lui étaient pas adressées. Elle pouvait couvrir la liaison adultère d'une amie. Elle faisait office de boite aux lettres et les gardait pour sa copine afin que le mari cocu ne les trouve pas. Intrigué, il eut envie de les lire, il y trouverait peut-être une réponse à ces questions et ça l'excitait aussi. Un roman épistolaire ou mettre son nez dans les affaires des autres. Amusement comme un autre et qui pouvait s'avérer instructif, voire amusant. Il renonça à sa quête de short, il enfila un vieux jean et se dirigea vers le salon pour un peu de lecture. Comme un gamin qui va commettre une grosse bêtise et qui s'en réjouit à l'avance. L'indiscrétion n'est pas tellement recommandable mais il ne résistait pas. Il ne connaissait même pas cette Alice Dumont, il ne serait pas gêné s'il se trouvait en sa présence en sachant tout de sa vie amoureuse. Ce n'était pas comme si elle avait été une amie du couple et qu'il connaisse très bien son mari. Il lirait ces lettres puis il les remettrait à leur place et personne n'en saurait jamais rien. C'était vraiment très excitant et c'est de cela dont il avait besoin en ce moment. Pendant ce temps, il oublierait un peu les pensées qui le taraudaient. Il s'installa confortablement dans un fauteuil, il ne craignait pas d'être surpris et il ouvrit la première lettre. Il ne se sentait absolument pas coupable. Elle était datée d'il y avait presque deux ans.

Ma chère Christelle,

Je ne devrais peut-être pas vous écrire cette lettre. Il se peut que vous la trouviez inopportune et j'en serais navré. Mon but n'est pas de vous mettre dans une position difficile, j'ai beaucoup trop de respect pour vous ; mais je ne peux pas me taire plus longtemps. Il y a des choses qui vous rongent tellement qu'elles vous empoisonnent la vie et si je ne les exprimais pas je crois que j'en mourrais. J'ai retardé autant que j'ai pu ce moment de prendre la plume, ça devient une question de vie ou de mort, pour moi bien entendu. À vous voir si souvent, à respirer le même air que vous, à apprécier votre gentillesse et votre beauté car vous êtes très belle, et ne pouvoir vous traiter qu'en amie, j'en deviens malade. Chaque instant passé auprès de vous est pour moi une torture. Ma bouche cousue devient insupportable. Il y a des sentiments qui sont trop forts pour être gardés en soi, ils vous étouffent et la vie devient impossible. La mienne l'est devenue. Je ne pense plus qu'aux instants que je vais passer en votre compagnie, des moments où j'entendrai le son de votre voix, que je vous verrai bouger, vous activer si près de moi. Votre parfum me poursuis du matin ai soir et ême la nuit je rêve de vous. Au risque de perdre l'amitié que vous me portez, je dois vous le dire :

Je vous aime.

Il n'y a pas de jours où je ne souhaite vous prendre dans mes bras, vous couvrir de baisers pour vous faire sentir tout l'amour que j'ai pour vous et qui déborde de mon pauvre cœur. Il n'y a pas de jours où je ne rêve que vous répondiez à mes sentiments. C'est vraiment présomptueux de ma part, je n'ai pas grand-chose qui soit aimable, surtout par une personne de votre classe, j'ai si peu à vous offrir. Je m'autorise ce rêve qui me permet de vivre.

Mon sort est entre vos mains, la vie sans vous n'est plus possible. À vous de me rendre heureux ou de me désespérer. Dans ce dernier cas, je m'engage à disparaître à tout jamais de votre paysage. Je ne serai jamais un tracas pour vous. Je ferai en sorte que vous ne m'ayez plus jamais dans votre champ de vision. Mais je ne peux m'empêcher d'espérer. Je sais que je peux faire votre bonheur, il suffit que vous y consentiez, le mien serait au-delà de mes espérances.

Sébastien

P.S Afin de ne pas vous attirer d'ennuis, j'envoie cette lettre à Alice qui vous la remettra. Elle sait de quoi il s'agit, c'est mon amie la plus chère et ma confidente. Si vous voulez me répondre, ce que je souhaite le plus au monde et que vous voulez garantir la discrétion, vous pouvez aussi passer par elle. Elle a toute ma confiance.

Oui, le mystère était éclairci mais un autre encore plus préoccupant se faisait jour. Qui était cet imbécile de

Sébastien avec son style qui datait. Les lettres lui brûlaient les mains. Qu'avait bien pu répondre Christelle à cette déclaration ridicule au style ampoulé. Devait-il aller plus avant dans sa lecture. Mais il était trop tard pour revenir en arrière.

Pour qui se prenait-il, ce Sébastien néo-Werther. S'il voulait mourir d'amour, libre à lui, la mode était passée depuis au moins deux siècles. C'était presque à en rire. S'il avait lu ça dans un roman, Renaud se serait demandé si l'auteur ne se moquait pas de lui. Seulement là, il s'agissait de Christelle, sa femme et il n'avait pas du tout envie de rire. Il y avait fort à penser, vu le nombre de lettres que Christelle avait répondu et certainement de façon favorable à cet amour idiot que lui offrait ce faux romantique de Sébastien. D'ailleurs, qui était-il ? Où l'avait-elle rencontré et d'après la lettre, ils se voyaient souvent. Que pouvait-elle faire pour fréquenter de tels hurluberlus à longueur de temps ? Il devait faire partie d'une de ces associations où elle faisait du bénévolat. Il le voyait bien ce Sébastien, un vieux garçon qui trouvait un but à sa vie si terne en faisant œuvre charitable. Un type qui n'avait que les pauvres et les démunis, les handicapés, les vieux, les chiens perdus pour occuper son existence. Un qui donnait de son temps qui ne valait pas grand-chose pour pouvoir s'endormir le soir en se croyant un héros. Il le voyait très bien, avec une chemise à carreaux et un gilet de laine sans manche, pourquoi pas un nœud papillon, un début de calvitie et de grosses lunettes. Et ce vieux garçon avait été ébloui, il pouvait l'être, Christelle devait lui sembler un ange descendu du ciel. Il espérait être aimé d'elle, c'était pitoyable ! Ou alors dans un club de gym, puisqu'elle semblait tellement aimer ça qu'elle en pratiquait même en vacances. C'est ça et le Sébastien était un de ces rares mecs en collants, des muscles partout, peut-être même tatoué qui se démènent sur des tapis multicolores en compagnie de ces dames. Il aurait tout aussi bien pu être homo, mais non, il soupirait après Christelle. Elle ne lui en avait jamais parlé et pour cause ; Quoi qu'il en soit, vieux garçon ou bodybuildé, s'il mettait la main dessus, il passerait un mauvais quart d'heure. Comment pouvait-on s'appeler Legris, pourquoi pas Lerouge ou Levert et fantasmer sur sa femme ?

Bien décidé d'en avoir le cœur net, il s'empara de la deuxième lettre datée de quelques jours plus tard.

Chère, très chère Christelle,

Je n'osais pas en croire mes yeux. J'ai failli sauter, crier de joie comme un enfant découvrant ses cadeaux de Noël. Vous me proposez un rendez-vous, rien que vous et moi, pour parler. Vous ne me dites pas si vous partagez mes sentiments mais ça ne fait rien. Je ne suis pas pressé, j'ai tout mon temps. Vous ne m'avez pas rejeté, vous ne m'avez pas trouvé importun, le ton de votre lettre est empreint de bonté. Je conçois qu'il vous faut du temps pour analyser vos sentiments et je vous en laisserai autant qu'il vous en faudra.

Ma lettre vous a surprise, c'était à prévoir et je n'espérais pas une réponse favorable dans d'aussi brefs délais. J'ai hâte de vous voir en tête à tête, même si c'est dans un endroit public. Rien que vous et moi, c'est inespéré. Et pouvoir vous parler pour plaider ma cause et déposer tout mon amour à vos pieds. Rien que d'imaginer que nous serons seuls pendant un moment, que je pourrai contempler votre visage, près du mien et vous déballer tout ce que j'ai sur le cœur, il est prêt à exploser.

Sébastien qui ne vit plus que dans l'attente de ce rendez-vous.

Ouf, elle n'avait pas encore pris de décision. Pour parler disait-elle, il s'enflammait un peu vite le Sébastien ! Elle voulait peut-être lui faire comprendre qu'elle n'était pas intéressée mais qu'elle avait de la pitié pour lui, les femmes sont toujours flattées d'inspirer des sentiments même aux pauvres types. Car ça ne pouvait être qu'un pauvre type pour se monter la tête ainsi. Les femmes ont toujours pitié d'eux. Eux, ils aiment ça, ça leur donne de l'importance. Mais au fond, elles n'aiment que les forts, les vainqueurs, ceux qui partent bille en tête. Et lui, était-il un vainqueur ? Il l'avait été, incontestablement, il devait lui en rester quelque chose. Le vainqueur avait laissé bien des plumes dans la course à la vie mais il était encore debout. En tout cas, il n'aurait jamais écrit une telle lettre à une femme ! Non, elle ne pourrait jamais aimer un type pareil. Elle ne voulait pas le désespérer par une lettre trop froide. C'était bien de Christelle toujours trop bonne. Et puis, elle avait peut-être peur qu'il se tire une balle dans la tête. Ils sont capables de tout, ces fous qui se croient amoureux à en mourir. Il ne parlait pas de suicide mais si elle n'avait pas répondu, il en aurait certainement été capable ou du moins de le faire croire.

Renaud reprenait espoir. Pourtant il y avait encore toute une pile de ses lettres, c'était beaucoup pour une femme qui refusait les propositions de ce Sébastien. L'histoire n'en était pas encore à sa fin. Bon, elle avait dû le convaincre de rester ami avec elle et ils s'écrivaient en tout bien tout honneur, juste pour que le gars n'aille pas se pendre. Le doute s'insinuait pourtant en lui. Quelque chose lui soufflait que ce n'était pas si simple. Il pressentait qu'il n'était pas au bout de ses peines. Et il n'avait pas tort, la troisième lettre était explicite.

Chère, chère Christelle,

Je crois rêver, je suis au paradis pourtant bien vivant. Vous avez osé m'avouer que vous aussi, vous étiez attirée par moi. Attirée par moi, ce sont vos propres termes. Ils me comblent de joie. J'aurais aimé entendre que vous m'aimiez autant que je vous aime, je vous sens encore un peu réticente à vous laisser aller à vos sentiments. C'est normal et je vous comprends très bien. Vous me demandez un peu de patience, l'idée d'entamer une relation avec moi fait son chemin. Vous me dites que je vous plais et que vous avez envie d'un amant mais qu'on ne prend pas un amant comme ça à la légère. Il est certain que vous ne pourriez pas vous contenter d'un homme qui ne serait pas tel que vous le souhaitez en tous points. Vous dites aussi que vous voudriez mette une peu de fantaisie dans votre vie et que vous ne savez pas ce que j'attends d'une relation. N'ayez aucune crainte, je ne ferai jamais que ce qui est bon pour vous et ce que vous voudrez que je fasse. Vous doutez de ma patience. Sachez que de la patience, pour vous, j'en ai à revendre et je ne vous brusquerai jamais. Tant que je garde l'espoir que vous serez un jour à moi, je serai le plus heureux des hommes et quoi qu'il arrive, mon amour vous est acquis et c'est pour toute ma vie. Je serai toujours celui qui vous aime, qui vous servira et qui répondra à tous vos désirs. La relation entre nous sera celle que vous voudrez. Vous ne parlez pas d'amour, je le regrette mais qu'importe, je prends tout de vous-même les miettes. Venant de vous tout m'agréera. Vous serez ma maîtresse dans tous les sens du terme.

Sébastien.

Elle hésite encore, j'espère qu'elle va hésiter longtemps. Renaud commence à sentir que la situation lui échappe. Il y a quelque chose d'inéluctable dans le nombre de lettres. S'il cherche encore à se rassurer, il y croit de moins en moins. Il essaie de se souvenir comment était Christelle à cette date mais il n'y parvient pas. Il travaillait tellement qu'il ne voyait pas plus loin que le bout de son nez ; Il se le reproche amèrement. Il aurait dû être attentif à elle, il aurait pu se douter de quelque chose. Il est trop tard, à présent. On n'est jamais trop prudent avec les femmes et il se rend compte que la confiance aveugle qu'il avait en sa femme était bien mal placée. Il ne lui demandait jamais ce qu'elle faisait de ces journées, elle n'avait même pas à lui mentir. Il lui avait facilité la tâche en quelque sorte. Elle disait qu'elle envisageait de pendre un amant, elle voulait le tromper, mettre de la fantaisie dans sa vie. Et puis quoi encore ? Elle était devenue folle ! Il ne pouvait pas y croire. Elle allait s'en remettre à cet imbécile ! Elle hésitait mais elle n'avait pas dit non. Elle hésitait car elle ne savait pas ce qu'il attendait. Que croyait-elle ? Il voulait la sauter, il disait vouloir qu'elle l'aime, qu'il l'adorait mais c'était juste pour la mettre dans son lit. Et elle voulait y sauter. Ce n'était pas l'envie qui lui manquait, c'était visible, elle devait seulement craindre qu'il s'insinue un peu trop dans sa vie. Si elle n'avait pas répondu immédiatement aux propositions du gars c'est qu'elle voulait seulement un amant et non pas refaire sa vie avec lui. N'empêche, elle envisageait bel et bien de le faire cocu et avec fantaisie encore. Il ne s'était jamais douté qu'elle avait envie de fantaisie, il avait été bien aveugle. Quand il pensait à elle, sa femme, la mère de son fils la gardienne de leur foyer, il ne songeait nullement à la fantaisie. Avait-il eu tort ?

Il y avait encore une ou deux lettres qui indiquaient que l'affaire piétinait. Le dit Sébastien était un peu moins dithyrambique. Il commençait à s'impatienter. Il la sentait un peu fuyante. Elle n'était quand même pas si facile que ça. C'est à la cinquième que tout s'écroule pour Renaud.

Ma chérie,

C'est la consécration de ma vie, la raison pour laquelle j'ai été mis sur terre, ce qui donne tout son sens à mon existence : je suis à toi, tu es à moi. Enfin, je suis un homme complet, un homme heureux, je ne fais plus qu'un avec toi. Quand je t'ai tenue nue entre mes bras, le ciel s'est ouvert et j'y suis monté tout droit. J'ai cru voir dans tes yeux comme une idée de l'éternité. Tout ne sera plus pour moi désormais que la quête de ton plaisir. Tant que tu me donneras la joie de posséder ton corps, je ne serai que pour toi et par toi. Tu m'as dit que notre liaison devrait satisfaire à certaines conditions, j'accéderai à toutes tes demandes, sois en sûre, tu n'auras qu'à les exprimer. Elles feront loi pour moi. Quoi que tu me demandes, j'y suis prêt.

J'embrasse toutes les parties de ton corps que j'ai pu admirer et caresser en rêvant à la prochaine fois que je le ferai. Mais ne crois pas pour autant que je ne pense qu'à ton corps, j'ai toujours autant d'amour pour toi. Tu es la femme de ma vie. J'espère qu'un jour, tu ne me donneras pas seulement ton corps mais aussi ton cœur. Je suis toujours en attente mais j'attends avec moins d'impatience le jour où tu me diras enfin que tu m'aimes.

Ton Sébastien pour la vie.

Le monde de ce connard de Sébastien s'était illuminé et celui de Renaud venait de sombrer dans les ténèbres. Comment cet abruti avec sa langue du Moyen-Âge avait pu séduire Christelle ? Il devait avoir au moins cent ans le gars pour écrire comme ça. Il le voyait, vieux, pansu, libidineux et l'image de ce bouc nu et possédant sa femme lui donnait envie de vomir. Son ciel s'était ouvert, malheureusement il n'en était pas tombé des cataractes pour l'engloutir. Et Christelle avec, la salope qui se tapait un vieux. Il vérifia les dates, c'était bien ça, il y avait deux ans qu'elle se foutait de sa gueule. À moins que cette histoire n'ait été qu'un feu de paille. Mais il y avait encore beaucoup de lettres. Elle avait mené cette liaison jusqu'à aujourd'hui. Qui sait s'il n'était pas en ce moment à Trouville avec elle et sa belle-mère, la brave poire, elle devait les couvrir. Il prit la dernière lettre, elle datait d'il y avait quinze jours ; juste avant qu'ils ne partent en vacances. L'aventure durait toujours. Il ne savait plus quoi penser. Pendant qu'il se battait pour leur bien-être, elle s'envoyait en l'air avec ce bellâtre ! Ce qui ne l'empêchait pas de coucher avec lui quand il en manifestait l'envie. Il devait en convenir, elle ne refusait jamais, ne venait pas au devant mais était toujours partante. Elle avait un sacré tempérament sous ses dehors bobonne. C'est pour ça qu'il avait été surpris quand elle lui avait fait le coup de la douche la veille de leur départ. Il n'y comprenait plus rien. Madame avait un amant mais ça ne lui suffisait pas. Il y avait encore certainement des révélations dans le reste des lettres. Devait-il continuer sa lecture au risque d'en prendre plein la tête ou alors laisser tomber et tâcher d'oublier tout ce remue-ménage. Mais la curiosité est une bien traîtresse motivation. Cette histoire avait des relents de poubelle mais c'était plus fort que lui, il voulait savoir, il y replongea.

Mon amour,

Notre relation a pris un rythme de croisière, je commence à croire à sa réalité. Je m'y plonge donc avec délice. Hier tu m'as demandé de faire en sorte que nos rencontres soient exceptionnelles. Jusque-là, tu semblais être satisfaite, tu le manifestais clairement. Tout d'abord je me suis demandé ce que tu voulais dire par là. Tu avais ajouté : étonne-moi ! T'étonner ? Je pense que tu voulais simplement pimenter nos ébats. Ce que je me suis empressé de faire. Je n'étais pas coutumier de l'amour en conditions particulières, j'ai dû me documenter, merci internet et tu as eu l'air d'apprécier. Lorsque je t'ai pénétrée après t'avoir fouettée, je reconnais que c'était une réussite. Tu avais toi-même acheté des menottes et un fouet. J'osais à peine t'infliger ça mais tu l'avais exigé et tu m'encourageais à m'enhardir. J'ai eu du mal mais j'y suis parvenu. Je n'ai pas eu la main lourde, je ne pouvais pas mais ça t'a suffi. Tu souffrais peu mais tu as eu tant de plaisir que je croyais ne plus te voir t'arrêter de crier. Je suis très fier de moi car je ferais n'importe quoi pour te procurer ce que tu désires et que tu es en droit d'attendre de moi. Tu es tellement merveilleuse ! J'attends avec impatience notre prochain rendez-vous car j'ai encore beaucoup d'idées en tête et je suis sûre qu'il en est de même pour toi.

Je t'aime à jamais.

Sébastien.

Eh ben, il en a fait du chemin, l'amoureux transi ! Renaud ne parvenait pas à s'imaginer Christelle se faire fouetter.

Qu'est ce qui avait bien pu lui passer par la tête pour se livrer à ce genre de pratiques. C'est sûr, leurs rapports à eux restaient sur la mode classique. Elle n'avait jamais manifesté ce genre de demande. D'ailleurs aurait-il accepté ? Il était contre toute forme de violence même dans des rapports consentis. Il aurait pu faire une tentative pour lui plaire mais il n'y aurait même jamais pensé. Elle devait croire que ce n'était pas des choses qu'on demande à un mari. C'était pour ça qu'elle avait pris un amant. Il était floué sur toute la ligne. Toujours son sens de l'ordre ; Un mari pour certaines choses, un amant pour d'autres. Et l'autre qui obéissait comme un petit toutou, une vraie chiffe molle qui disait oui à tout. Il en retirait son compte. Il la frappait, sa femme qu'il avait toujours traitée avec le plus grand respect. Bon, elle le lui avait demandé pour pimenter la chose, mais tout de même, c'était un peu fort. Il lui montait tout à coup à la tête l'idée de l'avoir là et de lui donner une bonne correction et lui n'hésiterait pas à taper fort. Il ne lui ferait pas de cadeau. Ah, Madame veut de la violence, il était tout prêt à lui en donner. Du piment, à son retour, elle morflerait la chaude, il allait lui en donner !

À sa grande surprise il en était tout excité. Voyons voir ce qu'il avait encore en tête et ce qu'elle exigeait de lui.

Ma chérie,

Tu me demandes de te faire l'amour par écrit. Tu dis qu'ainsi tu pourras te faire plaisir en mon absence. Je ne sais pas très bien comment m'y prendre mais je vais essayer. Pour que mes mots me remplacent avantageusement je vais tremper ma plume dans la luxure.

Tu es là, encore tout habillée mais tes yeux en disent long, ce feu qui y brille dit ton attente. Je m'avance vers toi, j'ai envie de toi, déjà je ne pense qu'à ton intimité et je suis prêt. Tu me regardes avec, dans les yeux, un monde d'envies. Je n'ai pas envie d'attendre. J'arrache ta jupe, je déchire ton slip. Tu ne dis rien, tu ne bouges pas, debout toujours tu attends. Tu reste la maîtresse du jeu. Je prends sur moi pour retarder notre embrassement, je te regarde longuement, tu es si belle tu commences à rougir, tu t'impatiente. Tout le haut de ton corps est encore vêtu, sage, stricte mais je vois ta poitrine qui se soulève régulièrement, un peu trop vite. Le bas de ton corps est dénudé à ma merci. Je te fais mettre à genoux, je baisse la fermeture de mon pantalon. Tu as compris, tu acquiesces. Tu as l'art de me caresser avec tes lèvres puis avec ta langue. Je me sens sur le point d'exploser alors je te renverse sur le sol et je te prends brutalement, je te cloue au sol. J'ai relevé tes jambes et étalé tes bras en croix. Je ne veux pas que tu bouges, je veux que tu subisses. J'y mets toute la violence dont je suis capable. Je commence à prendre goût à cette violence qui ne m'était pas habituelle. Tu me révèles. Ton corps rebondit sur le sol dur. Tu gémis de plus en plus fort, je te fais mal mais je sais que tu aimes et bientôt tu cries à ameuter tout le voisinage. Je ne m'arrête que quand tu gis totalement épuisée. Je t'aide à te relever. Tu es tout *endolorie mais tu sembles assouvie. Je t'embrasse longuement, je finis de te déshabiller, je te couche sur le lit, tu trembles et je passe la langue par tout ton corps jusqu'à ce que tu éclates encore. Je suis tendre mais je sais que ce n'est pas ce que tu aimes le plus.*

J'espère t'avoir contentée. Ce n'est que sur le papier mais tu sais que je peux le faire réellement très bientôt. N'hésite pas à me faire toutes les remarques nécessaires pour que je fasse mieux la prochaine fois.

Toujours à toi.

Sébastien

Il la fouette, il lui fait mal, il la prend à la hussarde. Renaud se demande si le gars n'est pas un mythomane ou un érotomane qui croit à ses délires. Il s'est entiché de Christelle et la bombarde de sa prose érotique. Peut-être est-elle amusée et garde ses lettres pour en rire avec ses copines. C'est ça, il ne s'est jamais rien passé entre eux, ce n'est qu'une histoire sur le papier. Un jeu auquel Christelle s'est laissé prendre. Ça peut être très agréable de se voir inspirer toutes ces choses qui ne se feraient pas dans la réalité. Être la muse d'un écrivain érotique. Il était sûr qu'elle s'en amusait. Et qui sait, il en avait peut-être profité. Il regarda la date de cette lettre et essaya de se remémorer si elle avait eu plus d'ardeur dans leurs ébats. Il ne s'en souvenait pas. Renaud reprenait du poil de la bête. Bientôt, il montrera sa trouvaille à Christelle, elle lui expliquera tout, ils en riraient et ils feraient l'amour comme des bêtes en pensant à ce Sébastien. Elle les avait lues ces lettres, il pourrait lui proposer d'appliquer certaines des recettes de ce Sébastien. Ça pourrait réveiller sa libido défaillante. Il sent déjà qu'elle se réveille. Il allait acheter de la littérature érotique, ils expérimenteraient des scènes originales. Elle n'aurait pas envie de prendre un amant et lui retrouverait un peu d'intérêt à la vie. Il avait hâte maintenant de voir jusqu'où pouvait aller ce mec dans sa folie. C'était comme un film érotique et d'imaginer Christelle en héroïne ne lui déplaisait pas du tout. Il se voyait bien dans le rôle de ce Sébastien à l'imagination débordante.

Ma Christelle adorée,

Aujourd'hui nous avons inauguré une nouvelle phase de tes fantasmes : l'amour dans un lieu public. Nous nous étions retrouvés à la brasserie des Deux Vieilles. Il y avait beaucoup de monde. Le bruit était assourdissant, on entendait même plus le fond musical et il y avait une foule de serveurs qui flottaient de table en table. Nous nous sommes assis au milieu de la salle dans un compartiment, sur une de ces banquettes en cuir propres à ces vieilles brasseries. Tu étais placée contre le mur, j'étais assis à côté de toi, personne en face de nous. Nous avons commandé un thé. Tu n'avais pas mis de sous-vêtements. Tout en bavardant comme de vieux amis, je me suis tourné un peu pour ne pas être vu de la salle, je suis entré dans la fente de ton chemisier et je me suis mis à titiller la pointe de ton sein droit. Ta respiration s'est immédiatement accélérée. Ta voix est devenue plus rauque. Tu commençais à bafouiller. J'ai cessé ma caresse, tu as repris ton air habituel mais je sentais la frustration dans ta voix. J'ai attendu un bon moment, tu ne parlais plus, tu attendais, j'ai glissé la main sous la table, je suis remonté de ton genou à ta cuisse. Très lentement, histoire de te faire languir. Puis le long de la cuisse, tu as ouvert les jambes. J'ai pris tout mon temps pour arriver à ton entrejambe qui était déjà trempé. J'ai trouvé facilement ton endroit propice que j'ai un peu malmené. Tu étais devenue écarlate et tes yeux se voilaient, ton souffle passait bruyamment tes narines. Tu regardais fixement devant toi, luttant pour ne pas fermer les yeux. Tu faisais tous tes efforts pour rester silencieuse. Tu ne pouvais plus parler. Je parlais pour toi. Je te décrivais ce que j'allais faire. Des gens passaient dans l'allée près de notre table, les serveurs nous frôlaient, à chaque fois j'accélérais mes mouvements. Tu te cramponnais tellement à la table que tes doigts étaient tout blancs. Tu n'en pouvais plus de te retenir. Dans un souffle, tu m'as demandé d'arrêter, c'était trop, mais je n'en ai rien fait. Tu as mis la main devant ta bouche, tu étais prête à te bâillonner pour ne pas crier. Lorsque tu as décollé, j'ai cru que tu allais t'étouffer. Je t'ai tapé dans le dos comme si tu avais avalé de travers mais je suis prêt à parier que les gens autour de nous ont eu des soupçons sur nos activités. Ils n'ont pas osé nous faire de remarques mais ils nous regardaient bizarrement quand nous sommes sortis de la brasserie. Dans la rue, tu as éclaté de rire et tu m'as dit que tu n'avais jamais eu un ressenti d'une telle violence. Tu étais partante pour renouveler l'expérience une autre fois. Inutile de te dire que moi aussi.

Tu voulais que je te fasse le compte rendu dans mes lettres de tout ce que nous faisons afin que tu puisses t'en repasser le film. Une autre forme de jouissance. Je ne dis pas non, j'y prends aussi autant de plaisir que toi.

Toujours à ton service pour te plaire. Je t'aime de plus en plus.

Sébastien.

Il était fort ce type, très fort. Le génie de l'invention, il mériterait un prix littéraire : Christelle jouissant au milieu d'une brasserie pleine de monde. Il devrait écrire des romans au lieu d'écrire à sa femme. Malgré tout c'était plutôt bien joué, d'un réalisme stupéfiant. Renaud se prenait à imaginer la scène. Il pourrait un jour proposer à sa femme un tel petit jeu. Il était certain qu'elle refuserait mais lui adorerait ça. Il pourrait même la prendre par surprise un jour au restaurant par exemple. Elle n'oserait pas l'en empêcher de peur du scandale. Il lui demanderait de mettre un pantalon, il descendrait la fermeture éclair et le ferait très doucement, une fois qu'elle serait excitée, elle se laisserait faire ? Oui, ça pourrait être super. Il faudrait voir comment elle le prendrait. Ils n'avaient jamais envisagé de jeux coquins, c'était peut-être le moment. Et s'il réussissait son coup, merci Sébastien. Elle avait dû se marrer en lisant ces lettres, elle aurait pu lui en parler. Elle n'osait certainement pas. Elle devait penser que ça le mettrait en colère, qu'il ne la croirait pas, qu'il l'accuserait de le tromper. Il avait bien failli. Il la rassurerait, il avait confiance en elle.

Ma Christelle,

Tu as voulu me rendre la pareille, tu voulais me faire plaisir en public mais j'ai refusé. C'est la première fois que je te refuse quelque chose mais là, je n'aurais pas pu. C'est beau une femme qui jouit même si elle le fait discrètement mais je doute fort qu'il en soit de même pour un homme. Alors tu as eu une autre idée. Nous allions trouver un lieu insolite. Et tu as trouvé : une église. Nous ne croyons ni à Dieu ni à diable encore moins à leurs foudres et ça pourrait être amusant. Il n'était pas question de faire l'amour comme ça dans la nef, nous avions quand même le respect des croyants mais si nous trouvions un de ces vieux confessionnaux ce serait formidable. Nous avons fait trois églises avent d'en trouver un, ils les ont tous enlevés. Il y avait aussi des églises fermées. Enfin nous avons trouvé notre bonheur. Mais tu n'imaginais pas l'exiguïté de ces cabines. Nous étions si serrés qu'on n'aurait pu glisser une feuille à cigarette entre nous. Impossible de nous déshabiller même un minimum pour parvenir à notre but. Il nous a fallu ressortir pour découvrir nos parties intimes. Dans un des bancs, une vieille bigote dormait en ronflant, ça t'a fait rire, nous allions peut-être la réveiller et réveiller en même temps de vieux souvenirs pour elle à moins qu'elle n'ait jamais connu l'homme. Tu étais assise sur le siège qui avait servi aux curés confessant mais si étroit que tu ne pouvais ouvrir les jambes. Nous avons essayé une autre combinaison, j'étais assis sur le siège et toi sur moi mais ça n'allait encore pas, tu ne pouvais toujours pas écarter les cuisses. Il me fut impossible de me frayer un passage. Nous nous sommes mis debout et nous nous sommes frottés l'un à l'autre lentement, longuement, sexe contre sexe et nous avons fini par trouver une certaine jouissance. Nous avions tout de même fait pas mal de bruit En sortant du confessionnal, la vieille était bel et bien réveillée, en nous voyant elle s'est signée comme si elle avait vu Satan en personne, ce qui nous a bien fait rire. Elle n'a rien dit mais son regard valait toutes les flammes de l'enfer. Nous aurions pu laisser la porte ouverte, ça lui aurait fait des souvenirs. Nous l'avons saluée, elle n'a pas répondu. Sans doute de peur d'être damnée avec nous.

Voilà ma chérie, je sais que tu éprouveras encore du plaisir en lisant cette lettre et je voudrais être près de toi, sentir ton odeur et revoir ce moment-là, me remémorer ton regard qui s'égare et te voir t'envoler vers des contrées qui n'appartiennent qu'à toi et où tu trouves ta plénitude de femme. Je ne peux qu'être heureux de penser que c'est à moi que tu le dois. Je t'aime tellement. Je te promets encore des moments inoubliables et leur relation pas écrit pour doubler leurs effets.

Ton Sébastien.

Pour le coup, Renaud était assommé, il n'y avait donc pas de limites aux élucubrations du bonhomme. Mais il commençait par y prendre goût, c'était comme lire un de ces livres coquins qu'on avouerait jamais avoir lu même à son meilleur ami. Il y en avait des pages et des pages, le gars racontait tout. Chaque fois qu'ils avaient passé un après-midi ensemble, il reprenait tout dans une lettre pour qu'elle en profite encore et encore. Il avait pris sa femme comme héroïne de ses fables. C'était comme la série de livres pour enfants, Christelle dans un sex-shop, Christelle en cuir noir, Christelle en soumise, Christelle à l'école du sexe, Christelle aux cinq à sept torrides, Christelle possédée par le démon du sexe, Christelle exhibitionniste, Christelle et ses fantasmes, Christelle sans limites. Il avait flashé sur Christelle. Pourquoi pas, elle était belle sa femme ! Et lui, se mettait souvent à la place de cet inventif de Sébastien. Si Christelle avait été là, il se serait empressé de la déshabiller et de jouer une scène ou deux des inventions de ce Sébastien. Ce qu'il ne manquerait pas de faire d'ailleurs quand elle rentrerait. Ils pourraient lire les lettres ensemble pour pimenter l'affaire. Elle ne serait certainement pas contre puisqu'elle les avait gardées et donc lues.

Au bout d'un moment, c'était quand même un peu lassant, il était excité et se sentait terriblement seul. Il n'y avait plus que deux lettres.

Mon amour,

J'ai eu beaucoup de mal à accepter ta dernière demande. Je sais que tu m'aimes et que ce n'est pas seulement pour assouvir tes fantasmes que tu es avec moi mais comment faire cette fois pour te satisfaire pleinement sans que j'en souffre autant. Je dois déjà te partager avec ton mari. Tu ne m'as pas caché que tu étais mariée quand nous nous sommes rencontrés et tu as été claire, tu n'envisageais pas de te séparer de lui. Je savais à quoi m'en tenir, j'étais l'amant et c'était déjà inespéré. Je le vivais mal mais j'acceptais car c'était la seule façon de t'avoir.

Seulement quand tu m'as demandé de t'emmener dans un club échangiste, j'ai failli te dire non au risque de te perdre. Au final c'était de te perdre qui était encore plus inacceptable, j'ai donc cédé. Savoir que tu fais l'amour avec ton mari est déjà une épreuve mais je ne le vois pas et je m'efforce de ne pas y penser, te voir avec un autre, être le témoin de vos ébats et ne pas pouvoir y faire quelque chose, c'était au-dessus de mes forces. J'ai dû prendre sur moi. Je t'avoue que j'étais complètement paniqué. Je ne sais pas si je vais pouvoir te le raconter comme tu veux que je le fasse car c'est très douloureux pour moi. Si je te dis ça, c'est parce que je sais que je vais le faire et que tu vas pouvoir prendre cela comme la plus grande preuve d'amour que je puisse te donner. Tu vois que j'accepte tout de toi-même la souffrance. Tu vois, je ne sais plus très bien ce que je dis.

Je me suis renseigné, il y en avait un dans un quartier proche de chez moi. Tu étais ravie et je n'avais pas le cœur de gâcher ton plaisir mais je ne la menais pas large. Quand je t'ai vu t'habiller pour y aller je tâchais d'oublier que dans très peu de temps je serais l'homme le plus malheureux de la terre. Je m'étais préparé mais plus le moment fatidique était proche, plus j'étais mal. Tu avais mis le paquet. Tu ne porterais qu'un mince soutien-gorge avec deux trous qui laissaient passer le bout de tes seins, un slip aussi menu et de plus doté d'une fente pour laisser libre accès à la tienne. Tu ne m'as pas laissé te toucher. Tu as enfilé un chemisier transparent et une jupe qui ne faisait pas plus de quarante centimètres de haut. Pas de bas ni de collants. Sous ta veste tu étais déjà presque nue. Je te sentais terriblement excitée, j'en étais malade. J'aurais voulu te dire, n'y allons pas, je ne le supporterais pas mais tu m'as pris la main et je ne pouvais pas te résister. Nous sommes rapidement arrivés dans ce lieu de perdition. Dès l'entrée on était plongés dans une espèce d'antre à peine éclairée. On distinguait à peine les gens qui se trouvaient là. Des femmes presque nues, des hommes en chasse. Je me sentais comme un poisson hors de l'eau, j'avais du mal à respirer. Toi, tu rayonnais. Tu avais quand même un peu peur car tu ne me lâchais pas la main mais cette peur te galvanisait. Tu explorais le terrain sans vergogne. Il y avait de petites tables basses avec des tabourets tout autour. Tu m'as dirigé vers une table libre et tu m'as envoyé chercher à boire au bar. Quand je suis revenu avec nos verres, il y avait un couple assis à côté de toi. L'homme avait rapproché son tabouret et te touchait presque. Il était assez bel homme mais semblait plus âgé que nous, la soixantaine je suppose. Celle qui l'accompagnait avait bien trente ans de moins que lui, elle était jolie. Il a posé sa main sur ta cuisse. Tu m'as regardé d'un air triomphant semblant dire : c'est parti ! J'avais envie de hurler, de lui sauter à la figure mais déjà tu ne me regardais plus et il ne me restait plus qu'à assister au plus terrible spectacle qu'il m'ait été donné de voir. Il s'est levé, tu l'as suivi. Voyant que j'hésitais, j'aurais peut-être préféré que tu ailles seule avec lui mais il m'a dit : ne soyez pas timide, ma femme est là pour vous. Tu as ri. L'homme nous a entraînés dans une petite salle toute tendue de rouge, il y avait un peu plus de lumière mais elle était tamisée. Au milieu de la pièce, un lit gigantesque. Nous étions seuls tous les quatre. Il t'a demandé : vous aimez les fantaisies ? Tu lui as répondu : oui, bien sûr. Il t'a étendue sur le lit, il a relevé ta jupe jusqu'à la taille, il a ouvert ton chemisier. Il n'a pas touché à tes sous-vêtements qui avaient l'air de lui plaire. Il est allé dans le fond de la pièce où était placé un grand placard. Il est revenu avec des sortes de bracelets en cuir. J'ai remarqué aux quatre coins du lit de grandes attaches. Sans ménagement, il a tiré tes bras et tes jambes et a fixé tes poignets et tes chevilles aux attaches. Il avait tiré au maximum, tu ne pouvais plus bouger d'un millimètre. Tu me regardais toujours pendant que tu te laissais faire. Je voyais de fines gouttelettes de transpiration au-dessus de la lèvre supérieure. Tu étais prête à le livrer à lui. Il s'est alors adressé à sa femme qui pendant ce temps s'était mise nue. Elle n'avait encore pas dit un mot depuis le début de notre rencontre. « Mets-toi au travail ! ». Elle s'est approchée du lit et a commencé à te mordiller la pointe des seins, tu ne t'attendais pas à ça mais la surprise a été de courte durée, tu étais déjà au-delà de l'excitation, puis elle a glissé sa langue le long de ton ventre et s'est arrêtée plus bas. Elle était très attentive à bien faire. L'homme la tenait sous son regard. De temps en temps, elle levait la tête vers lui, il lui faisait signe de continuer. Tu commençais à perdre tes esprits, ton bassin se soulevait autant qu'il le pouvait et c'était peu mais tu cherchais la caresse. J'assistais impuissant à la scène, cette femme qui te faisait l'amour. Ton corps que j'aurais voulu pour moi, ton corps qui était ma plus grande joie, livré à ce couple pervers. Je serrais les poings. Quand il s'est aperçu que tu allais arriver au but, il a attrapé les longs cheveux de la femme et l'a tiré brusquement en arrière, il l'a jetée sur le lit à côté de toi. « Maintenant occupe-toi de lui » ! Elle s'est levée et s'est approchée *de moi. J'étais paralysé. Il avait pris le relais. Brutalement il te tordait la pointe des seins. Tu serrais les dents. Tu avais fermé les yeux. Regarde-moi ! Tu as rouvert les yeux, tu lui obéissais.*

Pendant ce temps, la jeune femme avait défait la fermeture de mon pantalon et s'activait. J'avais été excité en te voyant pâmée sous les caresses de cette femme, je voyais sa poitrine qui touchait la tienne, sa croupe qui s'agitait. Je ne l'étais plus du tout quand l'homme s'était approché de toi. Il te maltraitait et je ne savais pas quoi faire. J'avais envie de repousser cette femme. J'attendais que tu me manifestes ta volonté. Il est retourné au placard et s'est saisi d'un sex-toy d'une grosseur impressionnante. La panique commençait à me saisir mais tu ne me donnais aucun signe qui m'aurait permis d'intervenir. Tu attendais, passive la suite. Il avait un regard cruel, libidineux et possesseur. Il a promené l'engin sur tout ton corps, il insistait sur tes seins et sur ton ventre, tu haletais. Il l'a dirigé vers ta bouche. Il avait bel et bien pris possession de toi. Tout ton corps était tendu à craquer éperdu d'attente mais aussi de peur. Il prenait tout son temps afin de te laisser dans l'expectative de ce qui allait se passer. Debout entre tes jambes, il était ton maître. Il a planté brutalement l'engin en toi, tu as hurlé. Tout en imprimant un va-et-vient à l'objet, il se masturbait de l'autre main. La femme, voyant l'inutilité de ses actes, avait cessé de s'intéresser à moi, elle s'était couchée à tes côtés, elle avait posé la tête sur ton ventre et elle se caressait. Tu criais mais je ne pouvais pas savoir si c'était de douleur ou de plaisir. J'avais l'impression d'être dans un mauvais film qui durait une éternité. Je ne voulais plus rien voir mais ma volonté était brisée et malgré moi, je gardais les yeux fixés sur cet engin de torture. J'ai voulu m'avancer mais l'homme m'a hurlé : pas touche ! Et il continuait à agiter son terrible jouet dans ton antre délicat. Il accélérait la cadence puis il s'arrêtait et reprenait sans relâche. À chaque fois tu poussais un hurlement qui me glaçait. Tu as fini par lui crier d'arrêter, tu n'en pouvais plus, c'était insupportable, il refusait de lâcher l'affaire. Les larmes coulaient sur ton visage, ton corps tressautait comme s'il était électrisé. Tu l'insultais, le traitais de monstre, il riait. Je voyais la tache rouge en forme d'étoile que tu as juste en dessous du ventre qui était devenue presque noire, tes mains luttaient pour se dégager des liens. Je ne savais toujours pas si je devais intervenir, je ne savais plus rien, j'étais en plein cauchemar, je voulais mourir. C'est quand tu as tourné vers moi ton regard suppliant que j'ai sauté sur l'homme. Je l'ai frappé au visage. Il ne s'y attendait pas. J'ai arraché le sex-toy et je t'ai détachée. Il a dû voir la haine dans mes yeux car il m'a laissé faire mais il a ricané et s'adressant à toi : je croyais que tu aimais les fantaisies, je suis sûr que ça t'a plu malgré tout, en tout cas plus que de te faire sauter par ton mec impuissant. Reviens quand tu veux, je suis souvent là.

Je t'ai aidée à te rhabiller et je t'ai presque portée jusqu'à la voiture. Tu tremblais comme une feuille. Tu n'as pas dit un mot mais je sais que tu ne renouvelleras pas l'expérience. Je n'aurais jamais dû t'écouter ; j'ai détesté ça mais que n'aurais-je pas enduré pour toi. J'espère que tu pourras me pardonner d'avoir cédé.

À l'avenir, même si je dois te perdre, je ne t'exposerai jamais plus à ce genre de danger.

bouleversé.

Mon Dieu, c'était pire que tout. La tache rouge, comme ce type pouvait savoir que Christelle avait cette tache exactement là où il le décrivait. Et il se souvient, il regarde la date de la lettre, pas de doute, c'est bien ça, il avait entendu Christelle demander en urgence un rendez-vous chez sa gynécologue. Quand il lui avait demandé ce qui se passait, elle lui avait dit qu'elle avait attrapé un champignon mal placé qui la faisait beaucoup souffrir. Elle avait fait la grève des câlins pendant un bout de temps. Elle s'était fait défoncer par un sex-toy monstrueux dans un club d'échangiste, elle s'était laissé torturer par un sadique qu'elle ne connaissait même pas et l'autre abruti qui avait laissé faire. Ce n'était pas un roman épistolaire. Mais il le savait depuis longtemps et il avait refusé de l'admettre. C'était la triste et sale vérité, obscène hypocrisie. Non seulement elle l'avait trompé avec cet imbécile qu'elle menait pas le bout du nez mais elle cherchait le pire dans les pires endroits. Elle était devenue folle. Son monde venait d'être pulvérisé, il avait des difficultés à respirer, une terrible envie de vomir. Comment digérer ça, il n'y avait aucun citrate de bétaïne pour ça. C'était bel et bien la triste réalité. Christelle, sa femme était allée jusqu'au bout de ses turpitudes. Elle n'avait pas hésité à s'avilir. Puis elle était rentrée au domicile conjugal comme si de rien n'était. Elle lui avait fait sa tête de tous les jours, celui de la femme aimante qui n'a absolument rien à se reprocher. Il était dans tous ses états, la colère était en train de lui grignoter le cerveau. Il ne riait plus, il ne fantasmait plus, il avait des envies de meurtre. Il ne voyait plus sa femme se donner en public, il la voyait sur l'échafaud, sur le bûcher. Elle perdrait la tête pour de bon, elle brûlerait d'un autre feu. Il restait deux lettres.

Mon très cher amour,

Deux semaines sans te voir, deux années, deux siècles mais je sais que tu n'es pas bien et je ne peux pas t'en vouloir. Je comprends ce que tu as dû ressentir après cette aventure au club. Tu m'as avoué qu'à part la douleur que t'a infligée ce vieux fou, l'aventure valait la peine d'être tentée. Au début tu y as pris beaucoup de plaisir. La femme était une experte et tu aurais aimé qu'elle aille plus loin. C'était nouveau pour toi. L'homme t'a semblé un peu effrayant mais il était beau et maître le lui. Te sentir attachée, livrée à un inconnu te faisait te sentir libre et aventureuse. Tu voulais te dépasser, aller jusqu'au point de rupture. Tu voulais savoir ce qu'il te restait encore à explorer. Tu étais dopée par la peur quand tu as vu le type sortir ce monstrueux objet qui ressemblait à un sexe, tu avais envie de voir ce que cela pouvait faire. Tu avais été excitée, rien qu'à le découvrir. C'était aussi un de tes fantasmes. Tu étais là, sans aucun pouvoir à la merci d'un homme et tu ne voulais pas céder. Tu as essayé de supporter au maximum mais c'était vraiment trop, la douleur n'était plus tenable. S'il s'était contenté de te le faire sentir c'était déjà beaucoup, c'est quand il s'est acharné que ça a mal tourné. Tu voulais bien souffrir mais pas à ce point et il fallait que cela te procure du plaisir.

Tu en tremblais encore en m'en parlant mais je sentais que ton corps réagissait à ce souvenir. Ton envie était la plus forte. Je me suis contenté de te caresser doucement, pendant très longtemps. Tu t'es laissé aller. La terre n'a peut-être pas tremblé pour toi ce jour-là mais je sais que tu as passé un bon moment. Et tant pis si tu avais encore en tête des supplices un peu moins hard mais supplices néanmoins. On pourra envisager ça quand tu seras remise physiquement. Je n'ai pas pu m'épancher en toi mais tu n'as pas été avare de caresse non plus, mon plaisir a été complet, calme serein et pour moi très satisfaisant.

J'aime tout de toi, ta furie, ton imaginaire, tes délires, tes explosions, tes culots, tes exigences, tes candeurs mais surtout tes seins et ton sexe.

Sébastien.

Mon amour adoré,

Nous allons encore nous quitter pour quelque temps. Je hais les vacances. Tout ce temps que je passe à penser à toi sans pouvoir te toucher, à rêver à ce que je pourrais te faire pour entendre tes cris de plaisir, me rend fou. Je ne suis plus capable de travailler, je n'ai envie de rien et je passe des heures à t'imaginer là où je ne suis pas. Je sais que tu vas t'ennuyer, il te faut de l'action, du piquant et tes exigences sont sans limite. Il n'y a que moi qui puisse assouvir tous tes désirs même les plus inavouables. Je suis passé au sex-shop et j'y ai fait quelques emplettes qui je suis sûr te plairont surtout à tes adorables seins et ta somptueuse intimité. Le vendeur m'a fait l'article pour un objet dont j'ignorais tout à fait l'existence. Il s'agit d'une sorte de petit œuf que tu dois introduire en toi. Il y a une télécommande qui le fait vibrer. Il s'agit d'emmener la dame dans un endroit comme un restaurant par exemple ou un autre lieu public. Le monsieur a la télécommande dans la poche et l'actionne quand il veut, sans prévenir. Madame la sait et elle attend mais ne sait pas quand monsieur va déclencher la manœuvre. Il procure alors des sensations à la dame, Monsieur les contrôle, plus ou moins fortes. Madame doit garder une attitude correcte mais il paraît que c'est très difficile car l'engin est puissant. Je te laisse imaginer tout ce que l'on pourra faire avec ça. Je ne te parle pas de tous les outils pour te contraindre, les jouets un peu cruels, tu choisiras. Tout ça sera pour toi quand tu seras de retour. Tu peux y penser pendant cette absence, tu en seras tout excitée même de loin. Je mords le bout de tes seins, je t'attache bien serrée, je te fais languir très longtemps, puis je te laisse là. À toi d'imaginer la suite.

Bonnes vacances, surtout ne m'oublie pas moi je ne le pourrais jamais.

Sébastien.

La rage inondait le cerveau de Renaud survolté. Lorsqu'elle était venue le rejoindre sous la douche, elle avait en tête tout ce que lui avait écrit ce salaud. Elle n'en pouvait plus et il avait dû faire bien piètre figure avec son amour à la papa. Tandis qu'il la baisait, elle imaginait

189

toutes les cochonneries qu'elle allait faire avec les jouets du connard. Elle se passait le film d'horreur, la salope. Il se rendait soudain compte qu'il avait vécu toutes ces années avec une étrangère. Elle l'avait berné sur toute la ligne ou alors elle s'ennuyait tellement avec lui qu'elle avait dû chercher ailleurs et comme une cocotte-minute qui avait trop longtemps retenu sa vapeur elle avait fini par exploser. Et lui qui n'avait rien vu. Elle revenait de ses séances sadomasos si lisse et habituelle qu'il s'était laissé aveugler. Elle était toujours aussi docile. Il aurait dû se méfier, cette femme toujours si pleine de bonne volonté, toujours désireuse de lui plaire avait bel et bien des tendances à la soumission. Car dans ces récits érotiques elle a toujours le rôle de la victime. Il ne parle jamais de ce qu'elle pourrait lui faire, c'est toujours lui, ou un autre, qui agit. Lui ne connaissait que son côté, toujours contente d'être traitée avec délicatesse et voilà que derrière son dos elle se faisait ligoter, maltraiter et qui sait encore quoi d'autre et elle en jouissait. Lui qui avait toujours mis un point d'honneur à être doux, prévenant avec elle, elle ne rêvait que de violences. Une inconnue, une obsédée sexuelle, voilà ce qu'elle était. Il ne pourrait plus jamais vivre avec elle. Il ne serait jamais son petit toutou, son jouet sexuel comme l'autre. Maintenant qu'il savait ce qu'elle était réellement, il ne pourrait plus jamais, vivre avec elle, la considérer comme la mère de son fils, former une vraie famille avec elle. Elle serait toujours la folle de sexe qu'il avait découvert dans ces lettres et il ne le supporterait pas. Il ne l'avait jamais connue. Mais ce qui le désolait le plus, c'est qu'elle n'avait jamais trouvé son bonheur avec lui. Il était passé complètement à côté de cette femme. Il n'aurait jamais accepté d'aller dans un club échangiste, il n'aurait jamais accepté la violence mais il aurait pu consentir à certains jeux un peu limites. Elle ne lui en avait jamais parlé et lui, l'idiot, n'avait jamais imaginé qu'elle puisse aimer ça. Il l'aurait canalisée, il aurait fait en sorte qu'elle trouve leurs amours excitantes mais il avait tout perdu. C'était sa faute à elle, mais c'était quand même un peu sa faute à lui.

Il faisait nuit noire, il avait lu toutes les lettres et même s'il avait été excité par certaines, quand il avait imaginé que ce n'était pas sa femme qui était en cause mais l'image d'elle dans le cerveau de ce Sébastien, il en ressortait avec un profond dégoût quand il était entré dans la réalité. Son mariage était devenu une mascarade. Comment pouvait-elle être restée la même que celle qu'il avait connue, aimée et épousée quand elle sortait d'une séance sadomaso avec son mec. Il se le répétait en boucle. Premier prix de comédie ou alors une volonté de garder tout ce qu'il lui apportait comme confort de vie quel qu'en soit le prix en se payant la soupape de sécurité. À quoi pouvait-elle bien penser quand elle faisait l'amour avec lui, il valait mieux qu'il ne l'imagine pas. Sa fierté de mâle ne s'en remettrait pas. Mais en avait-il encore une ? Sous la colère et des envies de le tuer, il y avait quelque chose de plus profond. Il ne pouvait pas s'empêcher de se repasser les scènes décrites dans les lettres. Il la voyait très bien se pâmer tandis qu'un homme lui infligeait des supplices qu'elle avait du mal à supporter. Il voulait chasser toutes ces images mais elles refluaient sans cesse. Il se représentait dans la peau du bourreau. Ah, s'il la tenait, il lui en infligerait des tortures et elle pourrait bien hurler qu'on l'entende jusqu'en Chine, il la massacrerait. Elle aimait ça, elle en aurait pour ses sous. Il avait envie d'elle, là, maintenant, elle le dégoûtait mais ce n'était pas sa femme qu'il désirait mais la Christelle lubrique qui le mettait dans tous ces états. Il avait perdu sa femme mais il avait trouvé, à son corps défendant, un objet de fantasme. Il en avait vu des films, des images érotiques mais ce qu'il voyait maintenant l'excitait encore plus, avait plus de réalité et le rebutait. Il se dégoûtait lui aussi, il se masturbait comme un fou avec le corps de Christelle l'étrangère écartelée, le visage de Christelle, l'inconnue, déformé par la douleur qu'il lui infligeait, devant les yeux. Il tomba ensuite dans une sorte de coma. Il était entré dans un monde qu'il ne connaissait pas, un monde où il n'était plus qu'un animal, une bête lubrique. Pendant la lecture, il avait terminé la bouteille, il était ivre mort. Il jeta son verre contre le mur, il hurla puis tout devint flou et il perdit connaissance. Il dormit d'un sommeil agité peuplé de visions démoniaques. Il éventrait Sébastien qui avait la tête de Guilbert, il l'enterrait dans un terrain vague, les vers avaient envahi son crâne, Christelle riait comme une folle, et il l'attachait à un arbre près de du cadavre. Il la laissait là, elle finirait par mourir de faim et de soif.

Lorsqu'il se réveilla, il faisait encore nuit. Il avait l'impression de ne plus être lui-même. Un autre avait pris sa place et lui n'était plus rien, plus personne. Plus de femme, plus de travail. Plus rien de ce qui le faisait tenir debout, qui le faisait être un homme. Il enfila un tee-shirt, prit sa veste et sortit. Il avait besoin d'air, de quitter cet endroit où plus rien ne le retenait. Il devait chasser ces images qui ne le quittaient pas. L'image du nid familial puis l'image de ce qu'il avait découvert et qui avait tout sali tout saccagé. Elles tournaient dans sa tête dans une course folle qui l'empêchait de réfléchir.

Il claqua la porte derrière lui. Il avait laissé les clés à l'intérieur avec son téléphone portable et son portefeuille. Il n'en avait plus besoin. Il s'enfonça dans la nuit. Il ne reviendrait pas. Tout ça, c'en était fini pour lui.

AVIS DE RECHERCHE. DISPARITION INQUIÉTANTE.

Recherchons Monsieur Renaud Dréval, quarante et un ans, 1 m 87, brun, yeux bleus.

Le samedi 30 août, Monsieur Dréval a quitté son domicile sans emporter ni son portefeuille, ni son téléphone, ni sa carte de crédit, ni ses clés que sa famille a retrouvées dans l'appartement familial en rentrant de vacances. On n'a plus aucune nouvelle de lui depuis un mois.

Toute personne l'ayant aperçu est priée d'appeler le N° 01 XX XX XX XX

4

C'est un trente et un juillet que Guilbert entra en trombe dans mon bureau. Guilbert le number one de l'Agence. Je me suis demandé une minute comment il pouvait savoir où était mon bureau, lui qui ne descendait jamais de son nid d'aigle au sixième. Bureau panoramique qui occupait la moitié de l'étage. Je n'ai pas eu le temps de revenir de ma surprise.

- Ah Dréval, c'est vous que je voulais voir.
- Oui Monsieur, bonjour Monsieur.
- Bonjour, entre nous pas de salamalecs, n'est-ce pas ?

Il s'écarta pour faire entrer une grande fille dégingandée qui paraissait un peu gênée.

- Je vous présente Léa Gauthier, une stagiaire qui va passer le mois d'août avec nous. Je compte sur vous pour lui présente l'Agence, lui confier quelques dossiers et me faire un rapport sur ses capacités.
- Mais Monsieur…

Économie de mots, les mots sont du temps et le temps c'est de l'argent. Je n'ai pas eu le temps d'en dire plus, le vieux s'était éclipsé en marmonnant :

- Je vous le revaudrai.

Il me laissait seul avec la fille. Elle se tenait sur le seuil de mon bureau ne sachant sur quel pied danser. J'avais eu à peine le temps de me rendre compte de quoi il retournait. Je l'ai fait entrer et s'asseoir puis je me suis présenté.

- Je suis Renaud Dréval, directeur du service marketing.
- Léa Gauthier comme vous l'a dit Monsieur Guilbert. Je suis élève à H.E.C et je voulais faire un stage dans votre établissement pour en savoir un peu plus sur le milieu de la banque. Si possible pour postuler ensuite éventuellement. Je vous serais reconnaissante de m'apporter

votre aide car je suis tout à fait novice dans cette branche. Mon précédent stage était dans une boîte de commerce international. Ça ne m'avait pas beaucoup plu.

Elle était claire, nette et précise. Regard franc et sourire tout aussi franc. Elle pouvait plaire

- Je ferai ce que je pourrai, en ce moment c'est la période creuse, les vacances, je trouverai bien un peu de temps à vous consacrer.
- Je vous en remercie par avance et je ferai en sorte de ne pas trop vous ennuyer. Si vous avez quelques dossiers à me confier pour que je puisse les étudier et me familiariser avec les tâches qui pourraient m'être assignées.
- Je vais voir. Avez-vous un bureau pour vous installer.
- Oui, Monsieur Guilbert m'a donné un bureau juste au bout du couloir, nous serons presque voisins.
- C'est bien, voulez-vous un café ?
- Volontiers.
- J'appelle ma secrétaire.

Nous n'avons pas attendu longtemps, Nathalie est une perle. Tandis qu'elle disposait les tasses, je regardais cette Léa qui m'était tombée du ciel.

-   Merci Nathalie.

Cette fille était un peu réservée mais très sympathique. Elle n'avait rien d'une beauté fatale, un peu trop grande, un peu trop mince mais ses yeux annonçaient une intelligence peu commune et je ne pouvais m'empêcher de lui trouver beaucoup de charme. Elle était vêtue simplement d'un chemisier blanc et d'un tailleur gris, elle portait des talons hauts mais sans excès. Elle était maquillée très discrètement et ses cheveux étaient tirés en queue-de-cheval. Tandis que je cherchais dans mes classeurs quelque chose à lui donner, elle sirotait son café avec élégance. Je lui tendis quelques dossiers. Elle alla poser sa tasse près de la cafetière, les prit, et se disposa à quitter mon bureau.

-   Merci, Monsieur Dréval pour les dossiers et le café. Je vais m'y mettre et je reviendrai vers vous, si vous me le permettez, dès que j'en aurai fini.

Quand elle referma la porte, je ne sais pas pourquoi, j'ai soudain senti un vide dans mon bureau. Un coup de froid, par trente degrés en ce mois de juillet. Ce fut une impression diffuse que j'ai oublié presque aussitôt. Je me suis remis au travail. Je n'ai pas revu Léa de la journée.

J'avais pris la journée du lendemain pour emmener ma femme et mon fils au train. Ils partaient en Normandie où, lasse d'attendre que je me décide, Christelle avait loué une maison pour le mois d'août. Sa mère devait les rejoindre. J'avais promis de venir passer le week-end avec eux mais je suppose qu'elle ne devait pas se faire trop d'illusions. Elle me connaissait. La Normandie en été, ce n'était pas pour moi. Quand je suis rentré à la maison, ce soir-là, il y avait des valises partout, on aurait dit que toute la famille partait pour six mois. Christelle m'embrassa du bout des lèvres et repartit dans ses préparatifs. Comme d'habitude je suis allé prendre un verre et me mettre à l'aise. Il était encore tôt. Christelle papillonnait dans tous les coins de l'appartement, elle commençait à me fatiguer. J'avais envie d'aller prendre l'air.

- Je sors un peu pour te laisser le champ libre, je vois que tu as encore du travail.
- Je ne m'en sors pas, j'ai toujours l'impression d'avoir oublié quelque chose. C'est plus fort que moi, j'ai fait des listes, j'ai tout récapitulé, pourtant je crois toujours qu'il va nous manquer un élément essentiel qui va nous gâcher les vacances.

Elle était comme ça Christelle, jamais sûre d'elle et en état d'anxiété perpétuelle. Elle partait pour la Normandie et pas pour de désert saharien. Ce n'est pas elle qui allait m'aider à retrouver un peu de calme, un peu de sérénité. J'avais vraiment besoin de m'éloigner d'elle.

- Tu sais bien, que tu n'oublies jamais rien.
- Ce n'est pas vrai, tu te souviens l'année où j'avais totalement oublié les pyjamas de Romain, il a fallu que tu fasses le voyage en un week-end pour les apporter.
- J'ai toujours pensé que tu l'avais fait exprès pour que je vienne vous rejoindre. Tu aurais pu acheter des pyjamas au Monoprix du coin.
- Je n'aurais pas fait ça.
- Tant pis pour moi et mes illusions, je croyais que tu avais tellement envie de me voir.
- Je te l'aurais dit franchement.
- Tu n'avais donc pas envie de me voir. Ma fierté vient d'en prendre un coup.
- J'ai toujours envie de te voir.
- Oui mais pas en ce moment.
- Non, je suis trop occupée.

Elle était aussi comme ça Christelle, cash.

J'ai pris la rue qui menait aux quais

Je regardais cette foule qui se pressait pour aller nulle part, j'essayais de m'imaginer leurs vies. Parfois, je les voyais magnifiques comme celle de cette femme qui marchait d'un pas décidé, elle était certainement amoureuse, elle courait rejoindre un mari ou un amant, elle se voyait déjà dans ses bras. Comme celle de cet homme, là-bas, avec un costume et une sacoche d'ordinateur qui semblait très sûr de lui, prêt à croquer la fortune. Il avait une montre Rolex et une Porsche au garage. Celle de ce petit vieux qui tirait sur la laisse d'un gros chien paraissait moins heureuse, il était seul, ses enfants fixés au loin, il n'avait plus grand monde à qui parler. Il tirait le poids des ans et des douleurs, il marchait lentement cherchant des yeux quelqu'un qui lui ferait la conversation même quelques minutes. Celle de cette femme excédée qui tentait de maîtriser un gamin braillard et entêté était certainement très épuisante. Malgré tout, ils avaient tous l'air de s'accrocher à la vie. Ils allaient droit devant chacun à son rythme mais conscient du chemin à parcourir. Moi, je faisais du sur place et mes efforts pour me persuader d'avancer m'étaient aussi pénibles que vains. Je n'avais plus de but, aucune raison de me mettre en mouvement pour continuer. Je regardais toutes ces vies et me disais que la mienne ne valait vraiment pas grand-chose. J'avais perdu toute faculté de m'adapter, je me sentais à l'extérieur et je n'avais plus envie de frapper pour entrer. Je suis resté longtemps assis sur ce banc, il ne passait presque plus personne. Quand je me suis décidé à rentrer, Christelle avait terminé ses valises, elles étaient prêtes dans l'entrée. Il restait à passer la soirée avant leur départ. J'ai fait de gros efforts pour paraître naturel. Je suis allé me coucher tôt. Romain avait déjà disparu dans sa chambre pour chatter interminablement avec ses copains, Christelle achevait de ranger la cuisine, méticuleuse comme elle était ça durait toujours longtemps. Ce soir, comme elle allait quitter l'appartement pour un mois, il fallait que tout soit impeccable. Je ne dormais pas quand elle vint se coucher. J'avais chaud, le sommeil me fuyait comme souvent depuis un moment. Elle se colla contre moi ; j'étais déjà en sueur. J'avais très bien compris le message. Avant une très longue période de frustration puisque nous allions être séparés, elle demandait son dû. Je n'avais pas le choix. Je devais m'exécuter sous peine d'être accusé d'avoir une liaison. J'avais surtout une liaison avec la dépression. Mais Christelle n'avait jamais eu confiance en elle-même et elle croyait que comme tous les hommes, je ne pensais qu'au sexe. Si elle relâchait la pression je la quitterais ou j'irais voir ailleurs. Je n'étais pas très en forme, c'est le moins qu'on puisse dire. Où était-il le temps où nous passions de si délicieux moments à faire l'amour. J'aimais ma femme et j'adorais faire l'amour avec elle. Je peux même dire qu'au début de notre relation c'était ma principale préoccupation. Loin de refréner mes ardeurs, Christelle les encourageait. Mais le temps use tout, même le désir sexuel et dans mon cas le temps n'était pas seul en cause. Ce n'est pas seulement le désir sexuel qui en a pris un coup mais le désir tout court, le désir de tout. Tout ce que j'ai aimé, désiré, est devenu tout à coup fade et sans saveur. Ça s'est fait lentement subrepticement, chaque jour un peu plus. Quand je m'en suis aperçu, il était trop tard pour réagir.

Là, il me fallait trouver un fond de désir si je devais donner à Christelle ce qu'elle est en droit d'attendre de moi. J'ai trouvé, j'ai accompli mon devoir conjugal. Devoir conjugal, quelle pitié que cette locution ! Devoir, chose désagréable imposée par des diktats supérieurs. Tu dois, je dois, mais où est le plaisir ? Un peu quand même, ma mécanique n'est pas totalement hors d'usage, elle renâcle mais elle assure. Christelle s'est endormie et je commençais moi aussi à sombrer dans une sorte de léthargie qui m'autorisait à oublier un peu toutes les noires pensées qui me tiennent compagnie tout au long de la journée.

Le lendemain matin j'ai embarqué toute la famille dans le T.G.V. Quand j'ai vu le dernier wagon disparaître dans le lointain, j'ai été soulagé d'un grand poids. Ils allaient être heureux sans moi et moi je serais un peu mieux sans eux. Voilà l'appartement vide et moi encore plus vide. J'ai toute la journée devant moi, vacante, longue ligne droite sans relief, promenade, télé, rien de bien excitant. La liberté ne me contentait même plus. Mais qu'est-ce qui pourrait encore m'exciter. Je n'avais envie de rien. Je suis allé marcher, au moins ça me vide la tête. Je vais jusqu'au bout de mes forces, je suis rentré épuisé. Dix minutes d'une douche brûlante et je ne suis plus qu'une enveloppe vide, j'ai vaincu ma pensée en me servant de mon corps. Ça me fait du bien. Je me suis mis devant la télé avec le reste de la bouteille de whisky. J'ai trop bu, pas assez mangé, je n'en peux plus, autant aller me coucher, je ne me suis jamais couché si tôt. Demain je reprends le travail, je n'aurai plus à me demander ce que je pourrais faire. Les dossiers sont sur mon bureau, je n'ai qu'à prendre le premier, m'y plonger, trouver les solutions aux problèmes qu'il pose. C'est simple, je prends le deuxième et ainsi de suite. Facile.

Je suis arrivé très tôt. Réveillé aux aurores, lavé, habillé, je traînais dans l'appartement, je serais aussi bien au bureau. En passant devant le bureau qui avait été attribué à la stagiaire, j'ai entendu du bruit. La femme de ménage, très certainement mais c'était plutôt le bruit des touches du clavier d'un ordinateur. Je me suis avancé, curieux. La porte n'était pas fermée. C'était bien Léa Gauthier, décidément, elle voulait se faire bien voir. Un bon point pour cette petite, en espérant qu'elle ne soit pas trop lèche-cul. Elle m'avait entendu arriver.

- Bonjour Monsieur Dréval.
- Bonjour Mademoiselle Gauthier mais je pense que tous ces Messieurs, Mademoiselle, sont bien protocolaires. Vous pouvez m'appeler Renaud, je vous appellerai Léa.
- Comme vous voudrez.
- Déjà au travail Léa ?
- J'ai besoin de temps pour tout bien assimiler.
- Ne vous surmenez quand même pas !

- N'ayez crainte. C'est seulement que j'aime travailler et que je veux que tout soit parfait. C'est le plus gros de mes défauts. Je suis trop perfectionniste.
- Parce que vous avez tant de défauts ?
- Non, je fais semblant, les femmes parfaites font peur aux hommes.
- Vous simulez bien, je n'ai pas du tout peur de vous.

Elle s'était mise à rire et quelque chose d'étrange s'était produit en moi. Comme un voile de douceur qui m'aurait frôlé. Je voyais dans ses yeux comme des étincelles malicieuses et je me sentais soudain mieux. J'ai toujours aimé les yeux des filles, le miroir de l'âme dit-on. Si ses yeux sont le miroir de l'âme de cette fille, elle a une belle âme.

- Bon, je ne m'ennuie pas avec vous mais il faut que j'y aille. J'ai encore beaucoup à faire.

Je suis parti à regret dans mon bureau. J'avais plutôt envie de rester là avec elle. Il m'a fallu un moment avant de retrouver ma concentration et me mettre au travail. Je voyais toujours devant mes yeux le regard amusé de Léa. C'est fou, l'effet qu'il m'avait fait et on peut dire que depuis un certain temps plus grand-chose ne me faisait d'effet. J'étais en retard effectivement. Il n'était pas loin de midi quand j'ai levé les yeux de mon écran. J'ai eu

205

envie de la voir. Comme ça d'un coup, c'était vital. Je suis allé frapper à la porte de son bureau. Un besoin vital pour une vie que je ne considérais plus comme très importante. Je me surprenais.

- Léa ?
- Oui !
- Qu'est-ce que vous faites entre midi et deux ?
- Rien, j'ai apporté mon sandwich comme hier. Je comptais aller le manger sur un banc du square à côté.
- Je connais un petit restau tout près et pas cher, je vous invite pour fêter votre arrivée.
- Je ne sais pas si j'ose.
- Vous pouvez, je ne vous mangerai pas et j'ai un salaire plus que confortable. Et puis je pourrais peut-être faire passer l'addition en note de frais.
- Alors si c'est pour une note de frais, j'accepte bien volontiers. Si vous êtes renvoyé pour abus de bien sociaux ce sera de ma faute mais je ferai comme si je n'avais rien su. Je n'irai pas vous voir en prison. Je prendrai votre place.

Cette petite avait le sens de l'humour. Elle prit sa veste et me suivit. En chemin, je me demandais si j'avais eu raison de l'inviter. Je ne savais pas quoi lui dire. Je n'avais pas réfléchi. C'était pour moi comme un besoin et j'avais satisfait à ce besoin. Il était un peu tard pour me poser des questions.

Qu'est-ce qui te prend, Renaud… Tu fais n'importe quoi… Peut-être mais, après tout, le ridicule ne tue pas… Parce que tu te sens ridicule… Un peu… Qu'est-ce que je vais faire avec cette fille… C'est maintenant que tu te le demandes… Elle pourrait presque être ta fille… Oui mais elle ne l'est pas… C'est une simple collègue de travail… Tu invites souvent tes collègues de travail… Jamais… Alors… Bon, on verra bien… Tant pis pour toi…

Le restaurant était plein mais le serveur qui me connaissait nous a trouvé une petite table dans le fond. Pour être petite, la table était vraiment petite. Je pouvais détailler le visage de Léa en gros plan. Le front était un peu grand, le nez petit et légèrement retroussé mais les yeux pétillaient et la bouche pulpeuse le rendait beau. Je n'ai pas pu m'empêcher de laisser discrètement mon regard tomber jusqu'à la poitrine. Elle était menue mais bien présente sous le voile fin du chemisier. J'aurais voulu pouvoir la regarder plus longuement, j'ai toujours adoré les poitrines de femmes. Oui, pas que les yeux. Mais je ne voulais pas passer pour un porc et la mettre mal à l'aise. J'étais surpris d'être si curieux d'elle. Depuis que j'avais commencé par ressentir ces troubles existentiels je ne m'intéressais plus à grand-chose, même aux femmes. Non pas que je passe mon temps à lorgner sur les femmes mais je ne voyais pas pourquoi me priver du spectacle si charmant qu'elles peuvent donner. Spectacle que j'avais de plus en plus de mal à trouver charmant. Et, tout à coup, cette Léa me faisait retrouver mon vieux penchant.

Elle était peut-être intimidée car elle parlait beaucoup comme si elle craignait de voir s'établir un blanc dans la conversation. Trop occupé à la regarder et à feindre le contraire, je n'étais pas très bavard. Elle me racontait son parcours, d'où elle venait et encore une fois je me surpris à l'écouter sans ennui. Elle m'a aussi parlé de ce qu'elle aimait ; la lecture, le cinéma, le théâtre, elle n'était pas très sportive à son grand désespoir mais elle aimait les longues marches dans la campagne. Je me suis alors demandé si elle avait de belles jambes, je n'y avais pas fait attention, les marcheuses ont toujours de belles jambes. Il faudrait que je regarde. Qu'est-ce qui me prenait. Alors que je me laissais bercer par sa voix un peu rauque, je pensais à ses jambes. Malgré ça j'écoutais et j'aurais pu répéter tout ce qu'elle avait dit. Moi qui n'écoutais plus personne, dès qu'on me parlait plus d'une minute, je déconnectais, j'avais bu ses paroles.

Qu'est-ce que tu as Renaud… Moi… Oui, je te sens tout chose… Qu'est-ce que tu entends par là… Je sais pas, pas comme d'habitude… Moins… Plus… Moins ou plus… Les deux… Tu dérailles.

Le repas prit fin. J'avais l'impression que j'avais toujours été là, en compagnie de cette fille que je ne connaissais que depuis deux jours. J'avais passé un très bon moment. Je ne passais plus de bons moments, je passais seulement des moments qui me semblaient toujours durer, durer, vides et ennuyeux. En rejoignant mes quartiers, j'avais l'impression d'avoir froid, il faisait toujours trente degrés à l'ombre. Quand la journée s'est terminée, je suis passé devant son bureau mais je n'ai pas osé frapper. Elle était sans doute partie. Une longue soirée solitaire m'attendait. J'ai eu envie d'aller au cinéma. Envie que je n'avais pas eue depuis longtemps. En regardant les affiches, mon envie s'est dissipée mais je ne voulais pas passer encore une soirée devant la télé à boire.

Renaud, tu bois trop… Je sais… Tu vas finir alcoolo… Je sais… Mais tu es un adulte responsable… Je ne sais pas… Si, si…

J'ai choisi le film qui me semblait le moins mauvais. Par chance, il n'était pas si mal, du moins assez pour retenir mon attention. J'étais presque content en sortant.

Tu vois quand tu veux… C'est tellement difficile… On n'a pas dit que c'était facile… À quoi bon… Bon pour toi… Tu sais, toi, ce qui est bon pour moi… Non mais je sais ce qui est mauvais…

J'ai mangé sur le pouce et je suis allé me coucher avec un livre sur lequel je me suis endormi.

Encore un matin, c'est ainsi que je le sentais quand j'ouvrais un œil d'habitude. Encore un jour à tirer. Je m'en voulais de penser ainsi, j'étais en bonne santé, j'avais un toit, une famille, un bon job et je pensais, encore un matin ! Mais je n'avais plus honte, j'étais passé au-delà, que m'importaient les autres, les malades, les mourants, les sans-abri, les esseulés, les en deuil, je ne m'importais plus moi-même alors les autres ! Comment peut-on se soucier des autres quand la vie elle-même n'a plus aucun intérêt pour vous.

Pourtant ce matin-là, je n'ai pas pensé : encore un matin ! Je m'étais levé non pas le sourire aux lèvres, la joie au cœur mais sans être accablé par ce qui m'attendait. C'était tout à fait nouveau. Je me suis fait un bon café que j'ai bu en regardant le journal du matin à la télé. Mauvaises nouvelles en chaîne mais je ne me sentais pas particulièrement triste. J'ai même fredonné une chanson qui soulignait une pub pour voitures. Un voisin, s'il avait regardé par ma fenêtre aurait pu penser que j'étais un homme heureux de vivre. Qu'y avait-il ce matin de spécial ? J'étais seul, une journée de travail m'attendait, je n'avais pas gagné au loto, je ne relevais pas de maladie, c'était inexplicable. Je ne m'en étais vraiment rendu compte qu'en prenant mes clés de voiture. Que se passait-il ? C'était comme ça, autant en profiter sans essayer d'analyser. C'est quand je suis passé devant le bureau de Léa que j'ai compris. Il était vide. Ma déception était à la mesure de la surprise. J'étais déçu comme l'enfant à qui on a promis une sortie et qu'il pleut ce jour-là. On ne m'avait rien promis, je ne m'étais même pas rendu compte que j'attendais quelque chose. Je restais hébété. Léa n'était pas là ! Et la machine à suppositions s'est mise en route. Elle avait trouvé le travail trop pénible, il ne lui plaisait pas, elle avait trouvé mieux ailleurs, elle avait démissionné, elle ne reviendrait plus. Elle avait eu un accident. Elle m'avait trouvé trop collant, pas assez sérieux. Elle m'avait pris pour un vieux con et elle n'avait pas envie de me fréquenter. Elle était morte, écrasée par un camion, victime d'une méningite foudroyante, d'un tueur fou. Un tourbillon d'idées plus folles les unes que les autres assaillait mon cerveau.

C'est quoi, ça Renaud… Je ne peux pas y croire… Elle est partie… Et alors… Elle n'est plus là… J'ai bien compris mais qu'est-ce que ça peut te faire… Je ne sais pas… Alors… Ça me fait quelque chose… Quoi… Je me fais du souci pour elle… Tu la connais à peine… Et alors…

J'étais là comme un idiot devant la porte de son bureau vide, le cœur battant, sans force pour aller plus loin. Gagner le mien et essayer de me mettre au travail, c'était tout ce qui me restait à faire mais je continuais à penser à ce qui avait bien pu arriver à Léa et ça ne me laissait pas en paix. J'ai avalé deux cafés, passé trois coups de fil qui m'ont fortement contrarié, j'avais tout juste été poli. Moi qui attache toujours la plus grande importance à l'impression que je donne. Je crois même que je m'étais emporté contre un de nos gros clients qui n'honorait pas ses engagements.

Où est passée ta patience légendaire Renaud… Sais pas… Tu es sûr… Certain… Ne sois pas hypocrite… Non je te jure… Gros naïf, va.

Tout allait de travers. C'était plus que le marasme habituel, c'était le malaise. Je respirais mal, je transpirais, mon pouls s'accélérait. Je pensais que j'allais faire une crise cardiaque, moi qui avais un cœur d'athlète. Je venais de franchir encore une étape dans la dégringolade.

À onze heures, Léa se présente à mon bureau.

- Bonjour Renaud.

Mon cœur fit un bond, j'ai pris une profonde respiration et il m'a semblé, tout à coup, que tout mon corps s'allégeait. Que le soleil entrait tout entier dans mon bureau. J'ai senti mes lèvres s'entrouvrir dans un sourire.

- Vous arrivez bien tard !
- Je devais passer au bureau du personnel pour finaliser mon contrat de stage. Je vous ai manqué ?

Elle avait dit ça sur le ton de la plaisanterie. Elle était loin de se douter que c'était vrai. Je venais d'en avoir la preuve. J'étais soulagé et j'avais conscience que je n'avais fait que l'attendre.

C'est sûr tu regardais ta montre toutes les dix minutes… Moi… Qui d'autre, vous n'êtes pas cent dans ce bureau… C'est parce que je trouvais le temps long, des dossiers si ennuyeux… Tu veux le faire croire à qui… Pas de comptes à te rendre… Ouais, c'est ça…

- Bien sûr. J'ai failli appeler la police.

J'ai répondu sur le même ton. Je ne savais pas quoi dire d'autre.

- Pour leur dire quoi ? La stagiaire a fugué.
- Non. Elle a peut-être eu un accident. Elle a été dévorée par un loup ou un ogre ; Il en rôde ces temps-ci dans les parages. Ils m'auraient traité de fou mais ils seraient partis à votre recherche quand je leur aurais expliqué que vous étiez indispensable à cette société.
- Indispensable, dites-vous ? Il n'y a que vous pour l'avoir remarqué. En tout cas, c'est gentil de vous soucier de moi.
- Il n'y a pas de quoi Mademoiselle.

Elle éclata de rire, son rire clair, franc. Je la vois encore. Elle tenait à la main un pain aux raisins. Quand elle était apparue dans l'encadrement de la porte, j'avais eu l'impression qu'on allumait la lumière, que les nuages s'étaient dissipés après une journée de pluie. Je m'étais soudain senti soulagé, j'étais devenu aérien. Elle mordait dans son gâteau et je le regardais comme si c'était le plus beau spectacle que j'aie jamais vu. Gourmandes, ses lèvres s'attardaient dans la pâte sucrée. J'en avais l'eau à la bouche et ce n'était pas que pour le gâteau.

- J'ai deux ou trois choses à voir avec vous, si vous avez un peu de temps cet après-midi.

J'avais tout le temps pour elle, tout mon temps. Je ne pensais qu'à passer du temps avec elle.

- On mange ensemble à midi ?
- Non, je regrette mais j'ai donné rendez-vous à une copine. On se voit cet après-midi.

D'où me venait cette déception soudaine ? La lumière avait baissé d'un ton.

Elle ne va pas manger avec toi… Et alors… Redescends sur terre… Écrasé comme une galette… On a éteint ta lampe… Tu as de ces images… Tu ne t'imaginais tout de même pas qu'elle ne pensait qu'à passer tout son temps avec toi… Non, je ne suis pas idiot… Quoique…

Elle était sortie de mon champ de vision, j'aurais voulu la retenir. J'ai retenu ma voix qui voulait la rappeler. Mais pour quel motif ? J'ai étouffé un soupir. Je me suis remis au travail mais je la voyais sans cesse, là, mangeant son pain aux raisins. Je crois que je n'oublierai jamais cette image. Je relevais la tête, espérant qu'elle serait là à nouveau en train de me regarder. Déçu à chaque fois.

Soudain, ce fut clair : inconcevable et pourtant vrai, j'étais un idiot qui ne voit rien : j'étais tombé amoureux de cette fille. Il avait fallu un pain aux raisins pour que je prenne conscience de ce qui me tombait dessus. Car c'était quelque chose qui me tombait dessus. Je ne m'étais dit à aucun moment : elle est très bien cette fille, je la voudrais bien dans mon lit. À aucun moment je ne l'avais considérée comme une aventure possible. À aucun moment, je n'avais eu le sentiment que je pourrais aller plus loin avec elle que l'entente cordiale que nous avions. Elle n'avait fait que me manquer quand elle n'était pas là. Me manquer à en souffrir.

Tu avais pourtant bien regardé sa poitrine, ses jambes… Vieux réflexes d'homme… Tu mens… Non, je te jure… Même pas une minuscule arrière-pensée… Non, vraiment… J'ai du mal à te croire.

C'est à mourir de rire… Toi, Renaud Dréval, quarante ans et des poussières, amoureux de cette gamine… Elle a quoi… Vingt-cinq ans… Tu ne nous l'as jamais faite celle-là... Et alors... Je n'ai rien demandé... Ça me tombe dessus... C'est vrai, tu ne t'attendais pas à celle-là... Et maintenant, tu vas faire quoi... Rien... Mais encore... Je ne sais pas ce qu'on fait dans ces cas-là.

Le fait est que je ne voyais déjà plus qu'elle. Ce n'était pas la plus belle fille, Christelle était bien plus jolie à son âge mais il se dégageait d'elle quelque chose d'impalpable quelque chose à laquelle je ne pouvais pas résister. Les phéromones sans doute. Ces petites choses qui font que les êtres humains se rapprochent inexorablement. On dit que ces rapprochements qu'on sent nécessaires à notre bonheur sont le gage de bons résultats pour la reproduction. Les phéromones vous dirigent vers la personne avec laquelle vous avez le plus de chances d'assurer au mieux votre descendance.

Ben voyons, tu n'imagines tout de même pas te reproduire avec elle... Et puis les phéromones doivent agir dans les deux sens... Je sais... Tu ne vas pas t'imaginer qu'elle est ou qu'elle va tomber amoureuse de toi... Je n'imagine rien, je ne pense rien, je subis, je suis fou d'elle, c'est tout... C'est vraiment tout... Tu n'aurais pas une idée derrière la tête... Non... Menteur... Je n'en ai pas eu le temps.

J'étais amoureux comme un ado, il n'y avait rien à faire. Je me suis mis à rire, comme ça, tout seul. Je me moquais de moi mais ça me faisait du bien. Il y avait si longtemps que je n'avais plus ressenti quelque chose ! J'aurais pu retrouver la joie de vivre, m'enthousiasmer pour un projet mais j'étais simplement tombé amoureux. Je n'étais qu'un vieux fou mais ça me faisait plaisir. La vie était belle ! Je ne me faisais aucune illusion, je n'espérais rien mais je me laissais aller à cet état bienfaisant qui ne durerait peut-être pas. Tout avait changé depuis que j'avais vu Léa et son pain aux raisins et que j'avais pris conscience de cet état amoureux.

Je suis allé manger seul, je planais encore. C'est drôle d'être amoureux, plus rien n'a la même apparence, plus rien n'a la même odeur, la même lumière. J'avais oublié.

À deux heures précises, elle s'est présentée ses dossiers à la main. Elle s'est installée près de moi pour m'exposer ses problèmes. Je me demandais comment j'allais pouvoir me comporter depuis que j'avais découvert mes sentiments pour elle. J'avais un mal fou à me concentrer en la sentant si près de moi. Je n'arrêtais pas de me répéter : j'aime cette fille, mon Dieu comme j'aime cette fille ! Je respirais le même air qu'elle, son parfum me flattait les narines, le reste du décor avait disparu. J'écoutais sa voix chanter. Rien de bien musical dans les cas qu'elle m'exposait mais c'était pour moi comme un chant religieux qui vous hypnotise et vous réconforte.

Elle ne s'apercevait pas de mon état. À peine s'interrompit-elle une fois pour me lancer un regard interrogatif. Je me suis repris immédiatement.

- C'est dur de se concentrer pendant la digestion !

Voilà, j'allais passer pour un vieux à qui il faut impérativement sa sieste.

Ah, ah, on ne veut pas passer pour un vieux… Monsieur veut faire le jeune… Elle le voit bien ton âge… Arrête de te ridiculiser… Tais-toi !

L'après-midi passa comme une flèche. J'avais travaillé avec elle, nous avions plaisanté. Elle était à l'aise avec moi et moi, j'étais au paradis avec elle. Elle est partie ranger ses affaires, je l'ai entendue quitter son bureau mais j'étais heureux à l'idée de la revoir le lendemain.

J'ai pensé à elle toute la soirée. Je n'ai pas rêvé d'elle mais j'ai bien dormi. Il y avait longtemps que je n'avais pas aussi bien dormi. Il y avait encore des moments où je ressentais mes vieux démons. Il me suffisait de revoir une de ses expressions, d'entendre à nouveau l'éclat de son rire, de sentir ses doigts qui me frôlaient en me passant une feuille de papier et ils faisaient marche arrière.

Tu l'aimes, oui mais après… Je ne pense pas à après… Tu sais bien que ton amour est impossible… Tu crois que je ne le sais pas… Tu vas être malheureux… Il n'y a déjà pas d'amours heureux, alors le tien… Quoi le mien, c'est de l'amour, c'est tout… Tu vas morfler… Je sais, je n'y peux rien… Aucun espoir de t'en sortir… Oui mais… Il n'y a pas de mais… Tu n'es pas né sous la bonne étoile… Tu crois que je ne m'en suis pas aperçu… Mais là, tu fais fort… Arrête ! Le ravi de la crèche, voilà ce que tu es, mon pauvre Renaud… Tu as vu cette fille… Tu as été vaincu… Tu ne vois pas plus loin que le bout de ton nez… Tu vas y laisser des plumes… Tu es un homme et un homme ça ne soupire pas en vain… Tu ne vas pas rester comme ça à la regarder comme une friandise sans avoir besoin de la goûter… Fous-moi la paix avec tes prédictions de malheur… Pour l'instant je savoure, c'est tout… Tout… Oui.

J'avais oublié qu'on peut voir le soleil, les fleurs et les petits oiseaux, qu'on peut considérer les heures qui passent comme des cadeaux. Je retrouvais des sensations oubliées que je n'aurais même pas pu décrire. J'allais revoir Léa, j'allais lui parler, la regarder vivre. Une parenthèse, un bonus. J'en devenais bête et ça me faisait du bien. Encore un peu et j'aurais écrit des poèmes naïfs.

Complètement azimuté, le gars… Irrécupérable !

Ce matin, elle était arrivée avant moi. La porte de son bureau était ouverte, je la voyais déjà penchée sur ses paperasses, ses cheveux cachaient son visage. Elle était absorbée. Elle fit un bond quand je frappai délicatement.

- Ah, c'est vous, Renaud ! Bonjour. Je ne vous avais pas entendu arriver.
- Bonjour, Léa. Tout va bien ?
- Oui, merci.
- Alors, je vous laisse, à plus tard.

Ce bref échange avait embelli ma journée commençante. Je n'avais pas osé lui demander si l'on pourrait manger ensemble. J'avais peur d'un refus, je préférais rester dans l'expectative. Je serais bien resté là, sur le seuil de sa porte rien que pour la regarder pendant toute la matinée. Mais il y a ce que l'on a envie de faire et ce que l'on peut faire. Un homme ne peut pas rester ainsi à contempler une femme qui ne lui est rien, dommage mais Léa ne m'était rien. Et même si je regardais Christelle comme ça, elle me dirait :

- Pourquoi tu me regardes comme ça ? Je vais mourir, c'est ça ? Ou alors c'est toi qui vas mourir !
- Non ma chérie, je veux simplement rester là à te regarder parce que je t'aime et que je ne veux pas te quitter.
- Toi, ça ne va vraiment pas.

Alors Léa ! Elle me prendrait tout simplement pour un fou ou un prédateur sexuel. Jusque-là, j'avais été le collègue sympathique, ce qui me permettait de passer d'agréables moments en sa compagnie, je n'allais pas gâcher ça sous prétexte que j'étais amoureux d'elle. Je suis allé dans mon bureau en traînant les pieds. À peine installé, le téléphone se mit à sonner.

-   Dréval, je peux vous voir ?

Pas de bonjour, pas de s'il vous plaît, c'était bien Guilbert. Qu'est-ce qu'il pouvait bien me vouloir ? Je l'aurais bien fait poireauter un peu mais vu mon état euphorique, j'étais indulgent. S'il savait, ce pauvre imbécile, qu'on peut être heureux dans sa boîte, il n'en reviendrait pas.

-   J'arrive tout de suite.

Je ne lui ai tout de même pas dit bonjour mais Guilbert était un homme qui vivait à grande vitesse et ne se souciait jamais des détails. Il ne l'avait même pas remarqué.

-   Oui, Dréval, je crois que j'ai été un peu impulsif quand je vous ai pratiquement imposé la stagiaire. J'y ai repensé. Si vraiment, elle vous embête, je peux voir avec Brécart.

Pas d'excuses. En temps normal, je me serais empressé de me débarrasser de ce poids, surtout pour enquiquiner Guilbert. Oui mais voilà. Léa n'était pas un poids pour moi. En m'imposant la stagiaire, Guilbert ne s'était pas douté une seconde qu'il fichait ma vie en l'air. Il la fichait en l'air mais, en même temps, il m'offrait quelques jours inoubliables. Et je ne voulais surtout pas confier ma stagiaire à Brécart. Cet imbécile qui serait capable de lui faire des avances. Je le connaissais, avec les femmes, il se comportait comme un porc. Elles le fuyaient toutes. Pas question d'exposer Léa. De toute façon, il n'était pas question que je m'en sépare.

- Ça ne m'embête pas du tout, Léa est charmante, elle s'intéresse vraiment à son travail et elle est capable de se débrouiller toute seule. Elle ne me prend pas beaucoup de temps. Quant à moi, je suis ravi de pouvoir l'aider. Tout va très bien, Monsieur Guilbert, vous n'avez aucun souci à vous faire.

S'il savait, ce vieux schnock !

- Bon, alors je suis rassuré. Si cela n'interfère pas trop avec vos tâches habituelles. Vous savez que le bien-être de mes collaborateurs est ma priorité.
- En ce moment, tout le monde est en vacances, tout tourne au ralenti.

- C'est vrai, en tout cas, je vous remercie Dréval.
  Je vous le revaudrai.

Il l'avait déjà dit. Je ne l'ai ni remercié, ni salué, j'ai quitté son bureau. Il ne faut tout de même pas exagérer.

À Midi, Léa est apparue. Je dis bien apparue car, comme à chaque fois c'était comme une apparition au sens religieux du terme. Quand je la voyais ainsi dans l'encadrement de ma porte c'est comme si elle était descendue du ciel, rien que pour moi. J'aurais presque pu me mettre à genoux et prier. C'est dire l'état de folie dans lequel elle me mettait.

- On va manger ensemble ?
- Oui, avec plaisir.

Le mot était faible.

- Au restaurant du marché, ce n'est pas mal et pas cher.
- D'accord.

J'aurais été d'accord pour n'importe quoi. Je serais bien incapable de dire ce que j'ai mangé. Je me souviens seulement du regard de Léa sur moi. Je la mangeais des yeux. Je faisais tout mon possible pour qu'elle ne s'en aperçoive pas. Je ne sais pas si j'y suis parvenu. Léa était à l'aise. Je n'ai donc pas trop pesé sur elle. Nous avons parlé de tout et de rien. C'était surtout elle qui parlait.

Elle me parlait d'elle de sa vie, moi j'ai toujours eu horreur de me livrer, je ne sais pas parler de moi. Christelle me l'a si souvent reproché. On ne sait jamais ce que tu penses, disait-elle. Elle avait raison. Déjà enfant, je ne me livrais pas mais cela ne gênait pas beaucoup mes parents, ils n'avaient guère le temps de s'occuper de moi. Ils travaillaient tout le temps. Mon inclination naturelle s'était donc renforcée et il n'y avait personne à qui je me confiais vraiment. Je gardais tout bien enfoui au fond de moi. C'est peut-être ça qui m'avait amené à la dépression. Quand Rémy, le seul ami que j'avais et qui me connaissait un peu avait suggéré que je pourrais aller consulter un psy, j'avais trouvé son idée ridicule. Je ne pourrais jamais parler de moi et de mes malaises profonds à un parfait étranger tout psy qu'il soit.

J'écoutais Léa et j'ai aussi parlé un peu de moi. Elle ne m'interrogeait pas mais elle avait une façon bien à elle de susciter les confidences. Malgré la crainte que j'avais de laisser transparaître les sentiments que j'éprouvais pour elle, j'ai réussi à lui donner une idée de ce que j'étais. J'étais loin de tout révéler mais c'était déjà beaucoup pour moi. Peu m'avaient ainsi poussé à me dévoiler. Elle s'étonna que je ne sois pas parti en vacances avec ma femme et mon fils. Je ne savais pas quoi lui donner comme explications. Je ne pouvais tout de même pas lui avouer que je m'ennuyais avec eux. Je ne l'avouais même pas à moi-même. J'ai invoqué mon horreur de la mer, de la promiscuité en ces périodes estivales, de l'oisiveté. Je ne l'ai sans doute pas convaincue. Elle a dû croire que mon couple battait de l'aile, elle n'avait peut-être pas tout à fait tort. Je mourais d'envie de lui demander si elle avait quelqu'un dans sa vie. J'aurais pu le faire, elle n'était pas obligée de me répondre et nous avions assez établi le contact mais je n'aurais pas pu supporter de l'entendre me dire que oui. Elle n'avait rien laissé entendre qui puisse me le donner à penser. Chaque fois qu'elle évoquait un pan de sa vie, elle disait toujours « je » et non « nous ». Ça me rassurait. J'espérais que ce « je » était seul au monde avec moi.

Il fut vite temps de retourner à l'Agence.

- Merci Léa, j'ai passé un très bon moment.
- C'est moi qui vous remercie de déjeuner avec moi et de prendre le temps de m'écouter. Vous auriez sans doute des choses beaucoup plus importantes à faire.
- Mais c'est un plaisir. Je ne suis pas masochiste et je ne considère pas que mes fonctions au sein de l'agence exigent que je me sacrifie. Vous êtes une personne très intéressante. Je n'ai pas à me forcer et j'ai bien le droit de prendre du bon temps.

Elle parut heureuse de ma réponse. Intéressante, elle l'était mais ce n'est pas ce que j'aurais eu envie de lui dire.

Et qu'est-ce que tu aurais eu envie de lui dire… Par exemple qu'elle était fascinante, que je voudrais passer tout mon temps avec elle… Que je respirais mieux quand elle était là… Que je respirais tout court… Que j'étais le plus heureux rien qu'à la regarder manger… En un mot que j'étais fou d'elle… Que je ne voudrais plus la quitter… Et bien d'autres choses encore mais qui seraient absolument incorrectes… C'est bien ce que je pensais… Pauvre fou.

J'ai passé tout l'après-midi à me remémorer tout ce qu'elle avait dit, tous les gestes qu'elle avait faits, toutes ces petites choses qu'on veut mettre de côté pour les garder précieusement dans la boîte à souvenirs. Lorsque j'ai quitté mon bureau, elle travaillait encore. J'ai poussé sa porte.

- Vous travaillez encore, vous êtes vraiment passionnée.
- Je voulais juste finir.
- Alors, bonsoir. À demain.

À demain, ça sonnait comme un espoir, comme une promesse. Mais elle ne le savait pas. Je n'avais aucune envie de rentrer seul chez moi.

Réveille-toi Renaud, tu commences à perdre la tête... Cette fille n'est pas pour toi... Je le sais... Ne te laisse pas aller... Trop tard... Tu vas tomber de haut... Je sais... Quand elle partira... Arrête... Tu crois vraiment que tu vas rester comme ça longtemps... Comment... Comme un amoureux transi... Que veux-tu que je fasse d'autre... Ce n'est qu'une échappatoire... Une quoi... Une échappatoire, tu n'étais pas bien dans ta peau, tu avais perdu le goût de tout, la déprime et te voilà à nouveau frais comme un gardon, à soupirer après une minette... Quoi... Sois sérieux... Tu ne peux pas être amoureux, c'est une fuite en avant... Et après, tu retomberas dans ta déprime... Je m'en fous... Et ce sera bien plus grave... Réfléchis... Je suis bien, on verra plus tard pour le reste... Quand il sera trop tard... Arrête... Ne me dis pas que tu espères qu'elle va te tomber dans les bras... Je suis amoureux mais je ne suis pas fou... À voir !

Je me tenais tous ces discours mais ça ne me faisait pas avancer. J'essayais surtout de ne pas laisser libre cours à mon imagination. Surtout pas de cinéma personnel. Ne pas l'imaginer dans mes bras, dans mon lit, ne pas imaginer ce que je pourrais lui faire. Ne pas... Trop tard. J'avais bu la moitié de la bouteille de whisky qui traînait depuis longtemps dans le bar. Nous ne buvions pratiquement jamais d'alcool, le vin mis à part. J'étais parti dans des scénarios pour le moins suggestifs avec Léa dans le rôle principal. Le téléphone sonna. C'était Christelle.

- Comme ça va, mon chéri ?
- Ça va très bien !
- Ça va bien ? Il y avait bien longtemps que je ne t'avais pas entendu dire ça. Tu as une drôle de voix.
- Je suis fatigué, j'allais me coucher.

Je n'avais pas envie qu'elle pousse plus loin son questionnaire.

- Et toi, ça va ?
- Très bien. Romain s'est fait des tas de copains, maman s'éclate au marché et dans la cuisine. Elle nous gave. Moi, je me suis inscrite à la gym et au yoga, je me suis fait des tas de copines. On rigole bien. Je vais nager tous les jours. Je suis en pleine forme.
- C'est très bien, profite.
- Tu as beaucoup de travail ? Tu pourrais peut-être venir nous rejoindre pour le pont du 15 août. Ça te reposerait un peu et ça nous ferait plaisir.

- C'est une très bonne idée. Pourquoi pas ?
- Bon, on t'attend. Sinon, rien de neuf ?
- Guilbert m'a mis une stagiaire dans les pattes.
- Une stagiaire, comment elle est ?

Je sentais une pointe d'inquiétude dans la voix de Christelle. D'habitude elle n'était pas jalouse. Aurait-elle un sixième sens ou alors c'est dans ma voix qu'elle avait senti quelque chose d'étrange. Je n'aurais pas dû lui parler de la stagiaire. Mais c'était plus fort que moi, elle occupait tellement mes pensées que ça m'était sorti tout seul.

- Plus que quelconque. Le genre « bonne élève », tailleur strict et chignon pas vraiment une vamp.

Léa n'avait rien d'une vamp, c'est vrai, mais j'avais un peu forcé le trait, je ne tenais pas à ce que Christelle se fasse des idées. (Qui n'en seraient pas d'ailleurs. Sauf qu'il ne s'était rien passé et qu'il ne se passerait rien entre Léa et moi). Aimer sans coucher, est-ce tromper ? Je n'en savais rien.

- Ça t'intéresse ?
- Je voulais dire au travail, je ne suis pas jalouse. J'ai confiance en toi.
- Elle est sérieuse même un peu trop zélée, je n'avais pas besoin de ça mais Guilbert n'aime

pas qu'on lui refuse quelque chose et ce n'est pas le moment de se le mettre à dos.

- Si je comprends bien, ça te donne un surcroît de travail.

- Je m'en remettrai.

- Bon, je te laisse aller te coucher. Rappelle-moi pour me dire pour le 15 août. Je t'embrasse.

- Moi aussi ainsi que Romain, mes amitiés à ta mère.

- Clic !

Pourquoi avait-il fallu que je parle de Léa à Christelle. J'avais besoin de parler d'elle, même pour dire des banalités. Christelle était bien la dernière personne à qui j'aurais dû parler de Léa. Mais, après-tout, je ne l'avais pas trompée. C'est jouer sur les mots. Si je lui disais que j'étais follement amoureux d'elle, elle se sentirait immanquablement trompée même si je n'avais jamais couché avec Léa et elle aurait raison car j'avais bel et bien envie de Léa, de l'envie aux actes, il n'y a qu'un pas. Je ne le franchirais peut-être jamais mais si l'occasion se présentait, je serais bien incapable de refuser. Toutefois je n'étais pas responsable de ce qui m'arrivait. J'allais aller me coucher et essayer d'oublier tout ce qui me passait par la tête et me troublait au plus haut point. Je fis d'horribles cauchemars. Léa hurlait partout que je l'avais violée, Guilbert l'incitait à porter plainte et faisait un rapport sur moi. On allait me renvoyer. J'étais interrogé par la police, j'allais finir en prison. Christelle allait m'assassiner. J'avais beau dire que j'aimais cette fille et que je ne lui ferais jamais de mal, j'étais devenu la bête à abattre. On vous connaît Monsieur Dréval, vous êtes un sordide prédateur, beaucoup de femmes se sont plaintes de vous, Léa n'est pas la première. Je me suis réveillé soulagé. Ce n'était qu'un mauvais rêve qui me punissait de mes pensées inappropriées.

Comme tous les matins, quand je la vois, c'est la fête. Elle me dit bonjour en souriant et la journée s'illumine. Elle est de moins en moins timide, je la sens à l'aise avec moi. Si elle savait tout ce qui me passe par la tête, elle le serait sans doute moins mais je sais très bien donner le change. Je joue à merveille le gentil collègue un peu plus âgé et qui ne demande qu'à l'aider et seulement l'aider. Je sens qu'elle me fait confiance. Seulement pendant que je lui fais la conversation, je me délecte à deviner ses seins sous le léger chemisier, quand elle se lève mon regard s'appesantit sur ses fesses dans ma ligne de mire. Néanmoins je reste parfaitement neutre dans ma voix. Elle ne se doute vraiment de rien et je prie pour qu'il en soit toujours ainsi. J'ai de plus en plus de mal à détourner mes yeux de ses charmes. Si je n'avais pas été amoureux, il y a déjà longtemps que j'aurais tenté ma chance mais je ne supporterais pas d'être rejeté. La savoir en colère contre moi, me crucifierait. Je préfère souffrir en silence de mes frustrations que de risquer de la perdre. Rentré chez moi, je noyais cette frustration dans l'alcool. À ce train, je deviendrais bientôt alcoolique.

Je tins une semaine. Je la voyais chaque jour, j'avais oublié ma mélancolie et j'étais heureux. Frustré à mort mais heureux. Je n'avais jamais connu ça. J'avais aimé Christelle et je l'aimais encore mais je n'avais jamais connu cette folie qui changeait tout. J'avais reconnu en Christelle la femme qu'il me fallait, celle dont les qualités m'avaient attiré et dont les défauts ne m'avaient pas repoussé. C'était la femme de ma vie et elle l'était restée mais elle n'avait jamais soulevé en moi cette insouciance, cette envie de tout jeter pour commencer autre choses, ce désir de m'oublier, de croquer dans la pomme, de me laisser soulever par un grand vent de déraison, d'âtre l'ado que je n'ai jamais été. C'était totalement irrationnel et ça me plaisait. Je laissais parler mon cœur et non plus ma raison. Je m'étais toujours méfié du cœur, je le laissais exploser. Je rêvais de larguer la grand-voile vers des contrées inconnues de moi, de faire les choses les plus folles, je ne me reconnaissais plus. Je m'étais toujours méfié des passions, j'aimais tiède. Peur de souffrir, sans doute. Là, je savais que j'allais souffrir mais je m'en foutais, je ne voulais même pas y penser.

J'avais eu des aventures, je n'étais pas un homme exemplaire. Des coups d'un soir lors de séminaires, avec des collègues mais toujours avec celle dont je savais que cela n'irait pas plus loin. On se disait au revoir et merci le lendemain matin et c'est à peine si je les reconnaissais quand je les rencontrais à nouveau. Pour moi, aucune importance. Aucune ne m'avait jamais donné l'envie de poursuivre l'aventure au-delà d'un soir. Aucune interférence dans les vies de couple. Là, c'était vraiment autre chose. Quoi ? Je ne savais pas. C'était indéfinissable, une découverte.

Au bout d'une semaine à soupirer comme un gamin attardé, je n'en pouvais plus. Tous les jours Léa me devenait de plus en plus indispensable. Je passais d'excellents moments en sa compagnie mais désespérément, j'en voulais plus. Je me lassais de jouer les mentors, les bons amis, j'étais las de devoir feindre de la considérer seulement comme une collègue. Elle était toujours agréable et naturelle avec moi. Quand elle s'approchait trop près, je me sentais très mal, je devais me battre contre mes bas instincts qui me disaient : prends-la dans tes bras, bascule-la sur le bureau et advienne que pourra ! Mes mains me démangeaient de toucher son visage, ses seins et tout le reste. Tout en elle m'attirait et m'inspirait des pensées vraiment pas catholiques. C'était des aimants contre lesquels je devais lutter et c'était très difficile, de plus en plus difficile. Elle ne s'apercevait de rien. Elle me parlait de bilans, de schémas, de courbes. Moi, je ne pensais qu'à ses courbes à elle, qu'à des schémas de nos deux corps enlacés, au bilan des compétences que je saurais lui montrer. Elle était toujours habillée correctement, petit tailleur, chemisier, chaussures à talons et cheveux attachés, je la voyais cheveux lâchés en tenue minimale dans un film dont je serais le héros. Comment allais-je pouvoir tenir ? Et ce n'était pas seulement de sexe dont j'avais besoin, c'était aussi de tendresse. J'avais envie de la tenir au creux de mes bras, de sentir son corps près du mien de lui caresser la joue le front. J'avais envie de l'embrasser doucement, délicatement, de lui parler d'amour en lui chuchotant des mots doux. Tout cela se mêlait pour me rendre fou.

Le deuxième vendredi soir, à l'idée de passer le week-end seul, week-end prolongé par le 15 août, je n'étais pas enchanté. J'avais bien entendu téléphoné à Christelle que je ne pouvais pas venir. La voiture était en panne et je n'avais pas trouvé de garage, tous en vacances. Je ne sais pas si elle m'avait cru, je n'avais pas trouvé sa déception très convaincante. Elle ne devait pas avoir vraiment envie que je vienne traîner ma mauvaise humeur ou ma mélancolie dans ses activités. Ou alors, elle avait rencontré quelqu'un.

C'est ça Renaud, tu veux te dédouaner en pensant que Christelle te trompe… N'importe quoi… Alors pourquoi penses-tu ça… Je ne sais pas, c'est venu comme ça… Ça t'arrangerait bien, avoue… C'est vrai, je déconne vraiment en ce moment… Je ne te le fais pas dire…

J'ai tenté ma chance. Je savais que Léa aimait le théâtre, après bien des hésitations, je me suis décidé à lui demander si elle ne voulait pas sortir avec moi le lendemain soir. En tout bien tout honneur avais-je précisé. Premier prix d'hypocrisie. J'avais envie de le croire moi aussi mais je n'étais pas sûr d'être tout à fait honnête. Elle avait ri et elle avait accepté en montrant, à ma grande surprise un enthousiasme certain. J'ai réussi à dénicher deux places pour une pièce à succès avec des acteurs connus. Nous étions convenus que je passerais la prendre à dix-neuf heures trente, nous irions manger après le théâtre. J'attendais mon cadeau de Noël avec impatience. J'ai passé la journée du samedi en me demandant si je n'avais pas rêvé et comment je pouvais avoir cette chance que Léa veuille bien sortir avec moi. Je tremblais qu'elle me téléphone pour me dire qu'elle avait oublié qu'elle devait aller chez ses parents, une vieille tante ou je ne sais quelle autre obligation. J'avais envie d'éteindre mon portable, ainsi elle ne pourrait pas me joindre pour se défiler.

Tantôt je pensais que mon charme avait agi sur elle et qu'elle était, elle aussi, tombée amoureuse de moi, tantôt je me disais que c'était trop beau pour être vrai qu'elle ne me considérait seulement comme un ami avec qui passer une bonne soirée au théâtre, que je n'étais pas un homme à la faire fantasmer, trop vieux, pas assez beau. Je me masturbais l'esprit, j'étais crevé. J'ai pris la ferme résolution d'arrêter de me poser des questions, j'allais passer cette soirée avec la fille dont j'étais amoureux, que demander de plus. Plus, justement, inutile de le nier, je voulais plus et je n'avais aucune idée de ce que je pouvais espérer. Bah, on verrait bien !

Je m'étais interdit de boire, j'avais trop peur d'être désinhibé et de me laisser aller à une conduite qui la ferait fuir et qui me ferait perdre toute chance d'aller plus loin. Surtout ne pas perdre le contrôle !

Ce fut un après-midi long et pénible, je n'avais rien fait et j'étais passé mille fois de l'euphorie la plus complète à la détresse la plus profonde. Ma nature profonde avait fait durer bien plus longtemps les périodes d'angoisse que celles de joie. J'en venais à regretter d'avoir invité Léa, d'avoir ouvert la porte à des interrogations sans fin. Puis l'instant d'après j'étais tellement heureux de l'avoir fait.

Quand, enfin, il fut l'heure de m'habiller, ce fut encore un autre problème. Que met-on pour sortir avec une fille de son âge ? Je ne pouvais tout de même pas me déguiser en gamin de vingt ans. D'ailleurs je ne connais pas leur code vestimentaire. J'ai opté pour le jean, chemisette et veste. En me regardant dans la glace, je me suis trouvé beau mais c'était peut-être seulement de l'autosuggestion. Est-on encore beau à quarante ans aux yeux d'une gamine de tout juste plus de vingt ans ? J'ai procédé à un examen sévère. Les cheveux, encore drus et juste quelques fils plus clairs mais très peu, le visage, pas vraiment de rides et encore un regard vif, des traits réguliers, une mâchoire volontaire comme on disait, moi, je dirais virile, à peine un voile sur le ventre mais je ferais des efforts pour le rentrer. Des jambes musclées. Je ne me trouvais pas trop mal. Mais j'avais le regard d'un homme de quarante ans et pas celui d'une fille de vingt-cinq. J'étais peut-être un peu trop complaisant avec moi.

J'étais enfin prêt à aller retrouver la femme que j'aimais. Ce n'était pas rien. Elle m'attendait devant chez elle, un bon point en sa faveur. Mais ça ne m'aurait pas gêné de l'attendre. L'attente est souvent le meilleur moment car on a encore toutes ses illusions. Dès que l'être aimé est là, on est confronté à la réalité et je redoutais cette réalité. Son sourire en me voyant arriver m'a enchanté et un peu rassuré. Par chance, j'ai trouvé à me garer tout près du théâtre. Nous nous sommes glissés dans la foule qui entrait. Je n'étais pas peu fier de me trouver en compagnie de Léa au milieu de tous ces couples vieillissants.

Toujours optimiste Renaud... Tu ne t'es pas dit qu'ils pensaient que tu sortais ta fille... Rabat-joie... Ben quoi, ça peut être l'image que vous donniez... Je préfère penser qu'ils imaginaient que je sors ma maîtresse... Comme tu veux, mais je le pense... Alors garde-le pour toi et ne gâche pas ma soirée...

Nous étions bien placés, au huitième rang, le meilleur, très près de la scène, mais pas dans les premiers rangs avec vue sur les pieds des acteurs et assez loin pour éviter leurs postillons. À l'entrée une ouvreuse nous avait remis des flyers avec un résumé de la pièce. Installé sur mon siège j'ai voulu le consulter mais il était tombé quand j'avais retiré ma veste. Je me suis penché pour le ramasser et sans le vouloir ma main a touché la jambe de Léa. Un frisson m'a parcouru. Je ne savais pas si je devais m'excuser ou faire celui qui n'a rien remarqué. J'ai opté pour la deuxième solution d'autant que je n'avais senti aucun mouvement de recul de la part de Léa.

Durant toute la pièce, je n'osais plus bouger. Je n'ai pas tout compris, mon esprit était trop parasité par la présence de Léa à mes côtés. Je voyais son bras nu sur l'accoudoir du fauteuil entre nous, En pensée, j'y posais la main. Je n'avais que quelques centimètres à parcourir pour sentir sous mes doigts la douceur de sa peau. Quelques petits centimètres et je prendrais possession de son bras. Son bras qui était si près de sa poitrine. J'irais tout doucement, millimètre par millimètre. Elle ne s'en apercevrait pas tout de suite. Elle ne retirerait pas son bras, je laisserais ma main tout le temps qu'il faudrait pour qu'elle s'habitue et seulement très longtemps après j'irais plus loin. J'avais tout mon temps, la pièce était longue. Pourtant, ce n'était qu'un rêve, je ne le pouvais pas. Je me revoyais dans la peau du gamin de quinze ans que j'avais été quand j'avais la nuque de Sophia sous les yeux au lycée. Pendant toute l'année, j'ai rêvé que je balayais sa queue-de-cheval, que je caressais sa nuque, j'ai rêvé de la nuque de Sophia que je ne voyais pas mais que j'imaginais sous les cheveux. Sa nuque blanche et si douce qu'elle me faisait fantasmer sans que je ne l'aie jamais vue tandis que je me faisais plaisir dans mon lit le soir. Je n'ai jamais touché la nuque de Sophia. À la fin de l'année, elle était partie dans une autre classe et j'étais bien trop timide pour lui avoir jamais parlé. Là, j'avais quarante ans et Léa était plus près de l'âge de Sophia à l'époque que du mien actuellement. Mais je fantasmais tout autant sur le bras de Léa.

La pièce finie, j'ai eu l'impression qu'elle n'avait duré que deux minutes tant j'étais bien dans cet espace clos si près de Léa. Nous sommes allés manger une salade dans un bistrot près du théâtre. Léa avait été emballée par la pièce. Elle n'avait pas eu de motif de distraction et elle n'en avait pas manqué une miette. Elle n'arrêtait pas de faire des commentaires. Je ne pouvais guère lui répondre, je n'en avais gardé qu'un vague souvenir et je ne pouvais lui commenter les pensées qui avaient été les miennes, tout au long. Elle ne semblait pas s'en soucier trop à son enthousiasme, elle poursuivait sa critique dithyrambique. Je la regardais, je me laissais bercer par sa voix un peu rauque qui me donnait des frissons. Mes yeux dans ses yeux, j'étais au paradis.

Je l'ai raccompagnée, il était déjà très tard. En me quittant, elle m'a embrassé sur la joue.

- Merci Renaud, j'ai passé une excellente soirée.

- J'espère que nous renouvellerons l'expérience.

- Avec plaisir !

C'était trop, je ne sais pas ce qui m'a pris, sans doute le désespoir de la quitter, là sur le trottoir, je l'ai embrassée, un baiser léger sur ses lèvres. Un baiser sans appuyer, juste pour sentir ce que cela pouvait faire. J'ai réalisé trop tard l'audace de mon geste. Elle ne m'a pas repoussé mais elle n'a pas non plus répondu à ce baiser. Elle a juste souri et elle est partie. Elle ne s'est pas retournée. Je ne savais pas quoi penser. Elle n'avait pas semblé en colère ou choquée, elle avait peut-être considéré ce baiser comme quantité négligeable, juste un point final sur une soirée agréable. Je m'en voulais de m'être laissé entraîner par ma libido. Et si elle allait réfléchir, se rendre compte de ce que je voulais d'elle, m'en vouloir, qu'elle ne veuille plus avoir affaire avec moi. Si elle me prenait pour un dragueur du dimanche, un vieux cochon qui n'en voulait qu'à son corps. Qu'avais-je fait ?

Il est bien temps de te poser des questions... Tu te doutais bien que ça allait arriver... À force de jouer avec le feu... Tu vas avoir bonne mine maintenant... Ne me culpabilise pas plus que je ne le fais... Tu n'en feras jamais d'autres... Oui, ça devait arriver et c'est arrivé, et alors... Tu sais très bien ce que je veux dire... Je sais, je suis un vieux con énamouré et je perds les pédales... Mais j'aurai au moins tenté ma chance... Qui ne risque rien n'a rien… Et tu crois que tu vas avoir quelque chose. Arrête… On verra demain…

Le lendemain dimanche était comme tous les dimanches, un jour vide. Rues vides, magasins fermés, je m'apprêtais à le passer vide aussi. Enfin, pas si vide puisque rempli de la pensée de Léa. Je n'avais rien à faire qu'à me repasser les images de notre soirée, les mains de Léa qui dansaient devant mes yeux, la voix de Léa qui me racontait dieu sait quoi, les seins de Léa qui bougeaient quand elle parlait, les jambes de Léa que j'avais effleurées, les lèvres de Léa que j'avais goûtées. Cent fois, je remettais ces scènes dans mon cinéma personnel. J'étais excité comme un puceau. Rien depuis bien longtemps ne m'avait autant excité. Je retrouvais mes sensations d'homme dont la dépression m'avait privé. Je me sentais revivre. Oui mais jusque quand ?

J'avais traîné en pyjama toute la matinée remettant toujours à plus tard d'appeler la famille. Le téléphone sonna. Ça devait être Christelle qui s'impatientait, ça faisait plusieurs jours que nous ne nous étions pas parlé. Je les avais totalement oubliés, Christelle, Romain et ma belle-mère.

- Allô Renaud ?

C'était elle, c'était Léa. Je ne m'y attendais pas.

- Oui.

C'est tout ce que j'avais trouvé à répondre.

- Je vous dérange ?

Comment pouvait-elle demander si elle me dérangeait. Rien ne pouvait me déranger venant d'elle.

- Non, je m'apprêtais juste à me préparer à manger.
- Alors, je vous invite, c'est bien mon tour.

Elle m'invitait, c'était aussi merveilleux qu'inattendu. Elle ne m'en voulait pas pour ma hardiesse de la veille au soir. Je me suis bien gardé d'en parler.

- Bien volontiers.
- Cette fois, c'est moi qui passe vous chercher.
- Laissez-moi le temps de faire un brin de toilette, je suis encore en pyjama.

Pourquoi avais-je dit ça, j'étais ridicule. Un vieux qui traîne en pantoufles. J'aurais dû lui dire que j'étais allé faire un jogging. J'ai vraiment l'esprit de l'escalier.

- À midi et demie, devant chez vous.
- D'accord !

Je ne touchais plus terre. J'ai foncé à la salle de bains, douche vite fait, rasage, à midi j'étais prêt. Je tournais en rond dans l'appartement. J'essayais de ne pas me faire trop d'illusion, ce n'était qu'un repas. Mais j'avais beau faire, mon imagination galopait.

Je te connais Renaud, tu es en train de t'emballer… Elle m'a invité… Elle a peut-être apprécié mon baiser… Holà… Quoi… Tu te vois déjà au lit avec elle… Pas au lit avec elle, lui faire l'amour, ce n'est pas pareil… Tu vois, je te le disais bien, tu t'emballes… Et alors ! On peut rêver, non… Rêver, à condition de savoir que ce n'est que rêver… Arrête !

Puis je me suis dit qu'elle voulait me voir pour mettre les choses au point. Elle n'avait pas été outrée ou contrariée par ma tentative mais elle voulait me faire comprendre qu'elle n'était pas intéressée par une relation avec moi. Elle était assez élégante pour m'inviter à manger et me dire cela calmement mais fermement. Elle m'assurerait de son amitié, elle ne m'en voulait pas du tout. Elle comprenait. J'étais un homme, elle une jeune femme mais je ne devais pas me faire d'illusions, il n'y aurait jamais rien entre nous. Je paniquais. Comme réagirais-je si c'était ça ? Si mes espoirs étaient réduits à néant ? Comment pourrais-je le supporter ? Je ne pourrais plus la voir, ce serait impossible. D'abord parce que j'aurais trop honte mais aussi parce que la voir chaque jour tout en sachant que je ne pourrais jamais avoir plus que de l'amitié, ça me terrifiait. Il restait encore une semaine de stage. Ce serait l'enfer. J'allais lui téléphoner que j'avais une indisposition subite, je gagnerais du temps et je garderais encore espoir un peu. Mais c'était plus fort que moi.

À midi et demie, je suis descendu, elle était là souriante.

- On va à la campagne, j'ai un ami qui tient un petit restaurant très bien, je l'ai appelé pour réserver.

Un ami qui tenait un restaurant. Mon sang ne faisait qu'un tour. Et si elle m'emmenait là-bas pour me présenter son petit ami, histoire de me faire comprendre que mon baiser était inutile. Il n'y aurait pas façon plus radicale de régler la situation. Je voyais déjà ma tête. J'en aurais pleuré. J'étouffais d'appréhension.

Bon, elle ne m'a pas présenté le cuistot comme son petit ami, je recommençais à respirer. La cuisine était très simple mais très bonne. En fait, cela m'importait peu, avec elle je serais allé dans la plus infâme des gargotes. Je me détendais. Pendant tout le repas, nous avons bavardé comme de vieux amis. Elle n'a fait aucune allusion au baiser. C'était comme si nous nous étions toujours connus. Certes, de mon côté, il y avait mon amour pour elle mais il y avait quelque chose en plus, une complicité, une entente, une confiance, extraordinaires.

En sortant du restaurant, nous avions un peu trop mangé, elle m'a proposé d'aller marcher. Nous avons pris un chemin de terre qui longeait les champs, il faisait chaud mais le chemin était ombragé. On ne voyait âme qui vive, les paysans ne travaillent pas le dimanche.il faisait bon, nous nous sommes assis dans l'herbe. Elle me racontait son enfance heureuse jusqu'à la mort de son père quand elle avait quinze ans, les problèmes financiers, les petits boulots pour pouvoir continuer ses études. Je l'écoutais passionné, j'avais envie de tout savoir sur elle. J'étais touché par toutes les confidences qu'elle me faisait. Puis elle est passée au remariage de sa mère avec un type qu'elle détestait. Elle avait toujours été très proche de sa mère et elle savait que le bonhomme la rendrait très malheureuse. Mais sa mère était très amoureuse, elle soupçonnait même qu'elle était plus amoureuse de cet homme qu'elle ne l'avait été de son père. Elle avait adoré son père pour qui elle était la princesse. Voir sa mère avec un autre homme lui avait fait beaucoup de peine. Elle comprenait que sa mère encre jeune ait eu envie de refaire sa vie mais elle ne pouvait pas le supporter. Elle avait préféré prendre ses distances avec le couple. Par moments, elle se sentait un peu seule et sa mère lui manquait mais elle ne voulait pas être le témoin des déboires conjugaux de sa mère.

- L'amour est un sentiment très dangereux qui peut vous amener à faire vous-même votre malheur.

- Il peut apporter aussi beaucoup de bonheur.

- Qui ne dure jamais !

- Vous êtes bien pessimiste pour une jeune femme de votre âge !

- Plutôt réaliste, je n'ai aucune confiance dans l'amour.

- Dans l'amour ou dans les hommes ?

- Pour moi, c'est pareil.

- Aucun homme ne vous a jamais prouvé que votre théorie était fausse ?

- Aucun jusqu'à ce jour. J'ai eu des flirts, des aventures, des relations un peu plus longues mais ça s'est toujours terminé par des échecs.

- Vous êtes encore bien jeune !

- Oui, mais je crois que j'ai fait le tour de la question. Je ne crois pas à l'amour, ou plutôt, je ne veux pas y croire. Je ne veux pas souffrir.
- Vous n'allez tout de même pas finir au couvent ?
- Certainement pas, je ne suis pas croyante. Je n'ai pas dit que je voulais fuir les hommes. Je veux seulement prendre ce qu'il y a de bon et ne plus tomber amoureuse, je veux profiter de la vie sans penser aux lendemains qui ne chanteront pas.
- Et si, un jour, vous étiez surprise ?
- Ça m'étonnerait, je suis vigilante, dès que je me sens sur le point de tomber amoureuse, je fuis le plus loin possible. Napoléon n'a-t-il pas dit que dans l'amour la victoire c'est la fuite.
- Vous ne pourrez pas toujours fuir.
- Tant que je peux, je le ferai. Je suis heureuse comme ça. Et puis, on verra bien !

Je ne savais plus quoi dire. Moi qui rêvais d'elle, je n'avais rien à lui offrir. Ce n'était pas moi qui pourrais la faire changer d'avis. Visiblement elle n'était pas amoureuse de moi. C'était bien fait pour moi ! J'étais déçu mais quand je le voyais comme ça détendue, sincère j'avais tellement envie d'elle que je n'étais plus capable d'avoir de pensées cohérentes. J'aurais seulement voulu avoir quinze ans de moins et être capable de provoquer son amour.

Elle me ramena chez moi. Je sentais déjà le froid de son absence tomber sur mes épaules. Et ce qu'elle m'avait dit au sujet de son rapport à l'amour continuait à me trotter dans la tête. Lorsqu'elle arrêta la voiture devant ma porte, sur une impulsion que je n'ai pas encore pu maîtriser, je me suis penché sur elle et je l'ai embrassée. De façon un peu plus impérieuse. Je m'attendais à une rebuffade, voire une gifle mais au contraire, elle m'a rendu mon baiser et nous sommes restés un très long moment dans la voiture à nous embrasser comme des collégiens. Je faisais très attention à ne pas avoir de geste malencontreux qui pourrait la faire fuir. Ça me coûtait, tout mon corps la réclamait et mes mains me démangeaient. J'avais passé mon bras autour de ses épaules et je la serrais contre moi. Nous ne pouvions pas rester ainsi, j'avais passé l'âge des flirts. Je lui ai enfin demandé si elle voulait bien monter chez moi. Très simplement elle a dit oui.

Tu vois Renaud, ce n'était pas si difficile… Plus difficile que je ne croyais… Il te suffisait d'avoir un peu de patience… Ce n'est pas ce que tu disais… J'avais peur pour toi… Et maintenant… Fais gaffe quand même… À quoi… À ne pas te laisser embarquer dans une affaire qui te dépasse… Toujours ton optimisme incroyable… Toujours mieux que le tien qui ne tient qu'à un fil… Laisse-moi tranquille, je joue ma vie là-dessus… Et tu n'as pas beaucoup de billes… Arrête !

De nous deux, c'était moi le plus gêné. Comment se comporter avec une fille que l'on amène chez soi pour la première fois. J'avais oublié. Et puis je n'avais jamais été confronté à ce genre de situation. Toutes celles que j'avais amenées chez moi étaient de ma génération et nous étions jeunes à l'époque. Nous n'étions certainement pas plus à l'aise mais certainement aussi plus insouciants. Je lui ai proposé à boire histoire de gagner du temps. Pas très original mais ça avait pour but de me calmer un peu. Je ne la menais pas large. Pris entre ma peur de mal m'y prendre et l'urgence de mes désirs, je ne m'y retrouvais plus. Elle a refusé, elle n'avait pas soif. J'étais embarrassé par ce refus.

Elle s'est assise tout naturellement sur le canapé. Je me suis assis à côté d'elle et je l'ai reprise dans mes bras. Tout en l'embrassant, mes mains se sont faites un peu plus baladeuses. Je commençais à perdre mon sans froid.

Calme-toi, Renaud, elle ne va pas s'en aller… J'ai attendu ce moment tellement longtemps… Justement, ce n'est pas le moment de tout foirer… Je me calme… Pas facile… Tu peux y arriver… Pense à la reine d'Angleterre… Qu'est-ce qu'elle vient foutre là, celle-là… Je ne pense pas, j'agis… Alors agis bien… Facile à dire… En tout cas, calmos.

Elle se laissait faire. Il lui a fallu quand même un moment avant de se montrer plus participative. Elle était très certainement intimidée. J'étais intimidé parce qu'elle était bien plus jeune que moi et elle parce que j'étais plus vieux qu'elle. Comique de situation.

Bien plus vieux… Ce n'est pas le moment… Tais-toi.

Quand j'ai été certain qu'elle manifestait le désir d'aller plus loin, j'ai commencé à la déshabiller. Je peinais à maintenir un rythme lent à nos ébats. Je n'avais qu'une seule envie, mettre fin à cette frustration que j'accumulais depuis des jours. Mais j'avais toujours peur qu'elle me laisse là dans cet état extrême. Dilemme : lui laisser le temps de la réflexion en allant plus lentement dans la progression ou aller droit au but pour qu'elle n'ait pas le loisir de se reprendre. Elle semblait prendre goût à mes avancées mais je la sentais encore un peu sur la réserve. Patience.

Patience, Renaud, ce n'est déjà pas ce qui te caractérise en général, alors là… Je sais, il m'en faut… À mon corps défendant… Pas si facile quand tu as ta proie à ta merci et que tu crèves d'envie… Je ne suis pas un malotru… Pourtant ce serait si bien d'en être un… Laisse-toi aller une bonne fois pour toutes et ne nous casse plus les pieds avec tes états d'âme… Arrête !

Elle me facilitait quand même la tâche en se tortillant pour que je soulève son tee-shirt et que je la libère de son jean. Quand elle a été en string et en soutien-gorge, j'ai pris quand même le temps de la regarder. Elle était bien plus belle qu'elle ne le donnait à penser quand elle était tout habillée. Mince, presque ténue mais avec assez de rondeurs pour ne pas être maigre. Je l'ai caressée par-dessus la dentelle, elle avait fermé les yeux et elle respirait plus vite. Je suis passé à la vitesse supérieure. Elle s'agitait excitée. Tout en continuant mes caresses, je me suis débarrassé de mes vêtements. Je ne me serais jamais cru capable d'une telle gymnastique. Je ne devais pas être très sexy dans l'exercice mais elle avait les yeux fermés. J'ai encore attendu qu'elle soit bien prête. Grâce à Dieu ou à Satan, j'avais prévu un préservatif. Comme vous avez pu le constater, je ne suis pas un optimiste de nature mais je m'étais dit que ce serait trop bête de manquer une occasion faute d'avoir été prévoyant et d'avoir sous la main cet objet indispensable dans nos temps modernes.

Ce fut l'apothéose. Du moins pour moi. Je n'aurais pas donné ma place pour tous les trésors de la Banque de France. Elle ne disait rien, elle la bavarde. J'ai été pris d'angoisse. Elle regrettait de s'être laissé entraîner dans cette aventure ou alors, elle n'avait pas aimé et elle n'osait pas le dire. Elle était déçue, elle n'avait rien à dire. Pourtant j'étais sûr de l'avoir senti arriver au sommet. Mon cœur se mettait à cavaler.

- Tu ne dis rien.
- Je n'ai pas envie, je suis bien.

C'était déjà ça, elle disait qu'elle était bien. Je n'avais pas raté mon coup. Je lui ai fichu la paix, j'étais rassuré. Je crois que je me suis endormi.

Chapeau Renaud… Tu t'endors après comme les vieux mariés… Sympa… J'étais si bien… Quand même, c'est pas terrible… Elle attendait peut-être que je parle, moi… Pour lui dire quoi… Merci mademoiselle pour m'avoir permis de profiter de vous… Plutôt des choses tendres…

Dis-moi lesquelles puisque tu es plus malin… C'est toi qui lui as fait l'amour… Cherche… Arrête !

J'ai été réveillé par des chatouilles sur la poitrine. Léa passait sa main sur mon torse. Elle me souriait. Ah, ce sourire. À me damner !

- Tu dormais ?
- Je crois que oui. Pourtant je voulais apprécier chaque instant que nous passions ensemble.
- Tu ne regrettes pas ?

Comment pourrais-je regretter ce que j'avais attendu si ardemment. Tout ce que j'avais cru impossible. J'aurais dû lui dire, tout lui avouer, que je l'aimais comme un dingue, que je ne rêvais que d'elle depuis des jours, que j'en perdais le nord, la tête, la raison, la boule, les sens, la notion du temps, la réalité.

- Bien sûr que non, c'est plutôt toi qui pourrais regretter. Je n'ai rien du prince charmant idéal.
- Non, c'est vrai. Pas de cape, pas de cheval, pas de château, il y a de quoi être déçue. Mais je fais avec.
- Je peux peut-être m'arranger, il y a un magasin d'articles de carnaval au bout de la rue.
- Vous ne pouvez pas y aller comme ça. Vous êtes un peu nu.
- Pour vous servir, belle damoiselle.

Elle me taquinait.

- Mais j'ai passé un très bon moment. Le prince pas charmant est quand même un très bon amant. Si on recommençait pour voir.

Aïe, aïe, aïe, je n'avais plus vingt ans. Si peu de temps pour récupérer ! Mais il a suffi que je la touche un peu partout et qu'elle se pâme d'aise pour que je retrouve toute ma vigueur. Elle me voulait encore, elle aimait ce que nous faisions, j'avais peine à y croire. Je ne voulais pas en finir trop rapidement, j'ai fait traîner la chose. Si j'en juge par le niveau sonore de sa plainte finale, je crois que j'ai assuré.

Il était déjà tard quand nous avons mis un terme à nos ébats. Elle devait rentrer chez elle. Elle m'a embrassé très tendrement et elle s'en est allée dans la salle de bains. Elle en est ressortie tout habillée. Elle m'a seulement dit : à demain, et elle est partie.

Je ne parvenais pas à croire à la réalité de tout ce qui s'était passé au long de cet après-midi. Il restait seulement des préservatifs usagés sur le parquet, le souvenir de la douceur de sa peau sur mes mains et son parfum dans mes draps. J'avais une faim de loup. Et je me sentais léger, si léger. Ça doit être ça le bonheur. Des horizons ensoleillés avaient chassé mes noirs paysages. J'étais sorti de ma prison d'angoisse. Je n'allais pas jusqu'à penser que Léa puisse m'aimer mais moi je l'aimais et ça me suffisait. Elle m'avait donné son corps, elle m'avait procuré la plus grande des jouissances, elle m'avait donné la vie.

J'appréhendais de la revoir au travail. Comment se comporter avec elle dans un milieu neutre ?

Le lendemain, férié, nous ne devions pas nous voir. Je n'ai pas fait grand-chose de ma journée. Je suis allé courir un peu au parc, histoire de me rassurer sur ma forme. Il faut être irréprochable quand on n'est plus tout jeune et qu'on veut plaire à une fille qui pourrait presque être la vôtre. Je pensais sans cesse à elle. J'ai réussi un beau parcours, je ne me croyais plus capable d'autant. C'était elle qui me donnait des ailes. Je suis rentré, crevé mais fier de moi. Après la douche je me suis regardé longtemps dans la glace traquant le moindre signe de relâchement. À mon grand regret, il y en avait. Un peu de gras sur les hanches, surtout vu de profil, un léger renflement du ventre, deux ou trois rides sur le visage mais l'ensemble pouvait encore faire impression. C'est fou ce que je me regardais dans la glace depuis que j'étais amoureux de Léa. Avant, je me moquais bien des transformations de mon corps. Je faisais juste en sorte de limiter les dégâts et c'était déjà beaucoup pour moi. Quand je suis tombé en dépression, je m'en tenais juste à l'hygiène et à la vêture.

Tu vois Renaud de quarante ans, ce n'est plus du jeune premier… Merci… Tu ne t'imagines tout de même pas rivaliser avec les jeunes de vingt ans… Bien sûr que non… Ce serait pathétique… Mais je peux encore plaire, non… Peut-être… À des femmes de ton âge… Mais Léa n'a pas mon âge… Il faudrait donc que tu sois conscient de ce qu'elle voit, elle et non pas ce que tu veux voir dans cette glace… Elle n'a pas eu l'air dégoûtée quand elle m'a vu… Elle se moque peut-être du physique… C'est vrai que j'ai quand même d'autres qualités… Heureusement… Je ne me trouve pas si mal… Par rapport à certains, oui… Même seulement par rapport à moi seul… Bon, ça va si tu veux, tu n'es encore pas mal… Si ça peut te rassurer… Arrête !

Retour au travail. Je ne savais pas quelle attitude adopter avec elle. Je me suis arrangé pour arriver en retard, elle serait déjà plongée dans ses dossiers. J'avais mal calculé mon coup, son bureau était vide. J'ai cru défaillir. Elle ne voulait plus me voir, ou alors elle était malade. Je n'arrivais même plus à imaginer le pire. Je me suis traîné jusqu'à mon bureau, je ne pouvais pas me mettre au travail. Je n'étais pas surchargé mais j'avais quand même à faire. J'étais abattu. J'essayais de raisonner. Je ne l'avais pas forcée, j'y étais allé en douceur, elle avait eu tout le temps de refuser, de me repousser. Elle avait eu du plaisir, c'est elle qui avait demandé que l'on recommence. Alors, pourquoi n'était-elle pas là aujourd'hui ?

Encore à te torturer les méninges, tu es incorrigible mon pauvre Renaud… À ce train-là, tu vas te faire un ulcère à l'estomac… Je n'y peux rien… Tu n'es pas le centre de sa vie… Je sais… Son absence n'a peut-être aucun rapport avec toi… Tu as raison, elle avait peut-être un rendez-vous important… Ou alors elle avait demandé sa journée… Oui mais pour quoi faire… Ça ne te regarde pas… Je voudrais savoir… Rien à voir avec toi, je te dis… Elle me manque… Déjà… Oui, elle me manque beaucoup… Je veux la voir… Ne fais pas ton benêt… Tu l'as voulu, tu l'as eue… Je suis en manque d'elle… Tu ne vas pas te mettre à chialer… Bien sûr que non… En tout cas, tu fais une sacrée tête… Le manque je te dis… Eh bien, ça promet… Tu ne croyais tout de même pas qu'elle allait être folle de toi, que tu allais divorcer, te remarier avec elle… Arrête… Avoir encore des enfants avec elle… Arrête… Vieillir avec elle mais bien avant elle… Arrête… Tu ne croyais rien… Je ne pensais pas à l'avenir… Tu ne pensais qu'à ses fesses… Absolument pas… Menteur… Un peu mais pas qu'à ça… Tu ne voulais pas la sauter, non… Pas la sauter, lui faire l'amour… Et tu es bien avancé maintenant… Arrête !

On frappa à la porte de mon bureau ? C'était elle. Ma cage thoracique était serrée à éclater. Elle va me dire que ce qui s'était passé entre nous était une erreur, qu'elle ne sait pas ce qui lui a pris, qu'elle s'excuse, qu'elle veut que nous restions amis, sans plus, qu'elle m'aime bien mais c'est tout. L'éternelle rengaine qui fait si mal à celui qui aime.

- Bonjour Renaud, tu vas bien ?
- Euh, oui. Tu arrives bien tard.
- Je suis passée au bureau de Guilbert, il voulait faire le point sur mon stage.

Elle y était restée bien longtemps, qu'est-ce qu'ils avaient bien pu se dire pendant tout ce temps ? Je ne connais ce salaud de Guilbert, il lui avait peut-être fait des avances, c'était bien son genre. Elle y a répondu. Si elle a fait l'amour avec moi, elle a aussi bien pu le faire avec Guilbert. Il n'est pas si mal et c'est le grand chef.

Tu dis n'importe quoi, tu dérailles complètement… Oui, c'est vrai… Ma parole tu es jaloux… Non… Il est jaloux, il est jaloux… Il ne te manquait plus que ça… Arrête.

- On mange ensemble ?
- Si tu veux !
- Je file, j'ai à rattraper. À tout à l'heure.

Comme s'il ne s'était rien passé entre nous. Bien sûr, elle n'allait pas me sauter au cou, ici, mais elle aurait pu avoir au moins un petit mot de connivence. Elle était juste aimable comme d'habitude. J'étais déçu, rassuré mais déçu.

Tu t'attendais à quoi ? Qu'elle te saute dessus, là sur la table… Non j'attendais juste un petit mot, un clin d'œil, je sais pas… Tu deviens romantique, attention Renaud… Romantique, moi… Oui, ça ne te réussit pas d'être amoureux à quarante ans… Ne ramène pas toujours mon âge sur le tapis… OK, c'est bon !

Midi est arrivé, je suis allé la chercher dans son bureau.

- Deux minutes, je suis à toi.

À moi, ce n'était qu'une formule toute faite mais j'avais envie de la prendre au pied de la lettre. Elle m'avait tutoyé. C'était ça que j'attendais, cette familiarité qui s'était établie entre nous et qui me faisait du bien. Je remontais sur mon petit nuage.

- Au snack à côté ?
- Tu voulais aller ailleurs ?
- Non, c'est très bien.

Pendant tout le repas, je la regardais mais c'étaient les images de dimanche qui me revenaient. Elle, étendue sur mon canapé, elle, elle, pâmée entre mes bras, elle, et son si beau corps, elle, nue qui se dirigeait vers la salle de bains. Je voyais ses seins en face de moi cachés par la toile du chemisier mais dans ma tête, ils étaient dressés sur mes draps. Je peinais à suivre ce qu'elle me disait. Je brûlais de lui reparler de nos ébats, de lui demander ce qu'elle en pensait, s'il y avait des chances que cela se reproduise. Mais je n'osais pas. J'avais trop peur d'entendre des choses qui me désespéreraient. J'attendais qu'elle aborde le sujet. J'attendais tout en redoutant qu'elle le fasse pour me faire comprendre qu'une fois lui avait suffi. Qu'il n'y en aurait pas d'autre.

Qu'est-ce qui te prends, Renaud... Tu as encore envie d'elle, dis-lui tout simplement... Et si elle m'envoie sur les roses... Au moins tu seras fixé... Inutile de te torturer, il vaut toujours mieux savoir... Tu as raison, il n'y a rien de pire que l'incertitude... Oui mais... Quoi, oui mais... Je l'aime... Ça, on le sait... Sais-tu au moins ce que c'est d'aimer... C'est souffrir... Ah bon... Arrête ton cinéma et fonce... Je croyais que je devais être réaliste... Oui mais tu n'y arrives pas alors... Ne fais pas ta chochotte, dis-lui franchement que tu as envie d'elle... Dis-lui qu'elle est sensationnelle, que tu n'as jamais connu de filles comme elle… C'est ringard… Mais ça marche… Dis-lui que tu penses beaucoup à elle mais surtout ne lui parle pas d'amour, tu aurais l'air d'un con… Elle ne peut pas t'aimer… Non… Non… Mais elle peut avoir encore envie d'une petite séance récréative… C'est tout… Contente-toi de ce qu'elle peut te donner, c'est un bon conseil… Arrête !

Parfois je hais cette partie de moi qui me dicte ma conduite ou au contraire m'en fait reproche.

- Je t'ennuie peut-être ?

Cette fois, j'avais complètement perdu le fil.

- Pas du tout, au contraire.

- J'ai la nette impression que tu étais ailleurs.

- Excuse-moi, oui c'est vrai que j'étais ailleurs. Je me demandais si je devais m'excuser pour l'après-midi que nous avons passé ensemble ou si j'osais espérer que tu voudrais bien…

- Je vois, j'avais très bien compris que tu n'étais pas homme à considérer ce qui s'est passé entre nous comme une simple séance de baise sans conséquences. Je savais que tu étais un mec bien. Je te rassure tout de suite, tu n'as pas à t'excuser. Si je n'avais pas été d'accord je te l'aurais fait savoir tout de suite et je ne suis pas contre le fait de renouveler l'expérience. Tu me plais et j'ai beaucoup apprécié. Seulement il faut que tu saches que je n'ai aucun sentiment pour toi hors une certaine tendresse et une attirance physique certaine. Ne va pas t'imaginer quelque chose de romanesque. Je sais que tu es un homme marié, tu as une famille et je n'ai nulle envie de mettre la zizanie dans ton ménage. Tu te débrouilles avec ta culpabilité si tu en ressens une, je me désolidarise. On prend du bon temps, le temps de mon stage, après on se dit merci et au revoir. On gardera un bon souvenir. Voilà ce que je te propose. J'espère que c'est ce que tu veux aussi.

- C'est tout à fait ça. Mais je te jure que je ne te considère pas comme une simple baise, j'ai beaucoup de respect pour toi.

Je n'avais jamais voulu envisager la suite, ça me terrifiait. Elle me l'avait mise là devant les yeux et ça me faisait mal. Je ne voulais pas lui dire au revoir dans quelques jours, je ne voulais pas la voir partir, je ne voulais pas de souvenirs d'elle. Quant à ma vie conjugale, je l'avais totalement oubliée. Je ne pouvais pas lui dire ça. Alors j'allais jouer à l'amant temporaire, l'amant intérimaire, contrat à durée déterminée, ça me tordait les tripes.

- Eh bien, puisque nous sommes d'accord, fais-moi une tête un peu plus gaie. Nous avons encore de bons moments à passer ensemble.

Je voulais me concentrer sur l'espoir de ces bons moments. Difficile, ma tendance à voir le noir côté des choses faisait encore résonner à mes oreilles les mots : jusqu'à la fin du stage. Il ne restait même pas deux

259

semaines, après, elle partirait, j'étais prévenu. Il n'y aurait pas de suite. Je vacillais entre le bonheur de l'avoir encore un peu et la sombre perspective de la perdre.

- Bon, ce soir je dois aller voir ma grand-mère à sa maison de retraite, j'y vais une fois par semaine mais on peut se voir demain si tu es libre.

Je n'étais plus que ça, libre pour elle, vacant, béant. En perpétuelle attente.

- Je n'ai rien de prévu.

- Alors, je passe chez toi demain soir. Il vaut mieux qu'on ne parte pas ensemble du travail.

Je me moquais bien qu'on nous voit, qu'on ne nous voit pas ensemble. Mais elle n'était que stagiaire et je comprenais qu'elle préférait rester discrète sur sa vie privée surtout si les relations professionnelles interféraient.

L'après-midi s'est traîné en longueur et la soirée encore pire. J'ai encore trop bu et très peu mangé. Mon ventre allait fondre mais mon estomac devait déjà se trouer.

Tu files un mauvais coton, Renaud... Tu vas encore faire des cauchemars toute la nuit, le ventre vide et le cerveau imbibé d'alcool...

Effectivement, j'ai rêvé que j'étais sur une île déserte, je voyais un bateau s'éloigner. Sur le pont Léa me faisait de grands signes d'adieu. Je restais seul, sans nourriture, sans eau. Je la voyais qui souriait. Le bateau était déjà loin mais je la voyais encore sourire. Je pleurais, elle souriait. Au réveil, j'étais trempé de sueur. Je me suis levé, il était à peine six heures du matin. Je ressentais encore ce vide dans mon cœur, dans mon ventre, dans ma chair en voyant Léa s'en aller au loin. Pour me calmer, je suis allé prendre un bain. Ce soir Léa serait chez moi, elle serait à moi et j'espérais qu'elle passerait la nuit avec moi.

Je ne l'ai guère vu de la journée. Elle n'a pas quitté son bureau et je ne voulais pas la déranger. Elle est allée manger avec une amie. J'aurais voulu ne jamais être à plus d'un mètre d'elle, respirer son air en permanence, pouvoir la contempler à loisir. Mais je ne pouvais pas et ça me faisait mal. Je me contentais de la savoir, au bout du couloir. Mais pour combien de temps encore.

À dix-sept heures, elle a passé la tête à ma porte.

- À tout à l'heure, tu n'as pas oublié ?

Oublié, absolument impossible, je n'avais pensé qu'à ça.

- Non, à tout à l'heure.

C'est fou ce que les gens peuvent nous croire alors qu'on leur ment effrontément, ce qu'on leur dissimule, même très mal. Je mobilisais toutes mes ressources pour tromper Léa sur mes vues quant à nos relations. Je me trouvais minable dans la performance. Je faisais tous mes efforts pour paraître tout ce que je n'étais pas, pour lui faire croire à mon indifférence, je trouvais mon jeu lamentable et elle me croyait aveuglément. Elle aurait pu voir ce qui se passait réellement dans mon cœur, dans mon cerveau, elle se serait sauvée à toutes jambes mais elle restait confiante dans le personnage que je jouais.

Je suis passé chez le traiteur prendre de quoi manger. Je n'allais pas me mettre à cuisiner. D'ailleurs je suis un bien piètre cuisinier et je ne voulais pas gâcher le temps à me mettre au fourneau au lieu de la câliner. Je suis allé prendre une douche, passer un pantalon léger et un tee-shirt. Il faisait encore chaud. J'ai allumé la climatisation et j'ai ouvert une bouteille de vin. À vingt heures précises, elle sonnait à la porte.

Elle aussi avait opté pour une tenue plus décontractée. Une simple petite robe en tissu fin et des sandales. Ses longues jambes nues, la robe était courte, et sa poitrine, on voyait qu'elle ne portait pas de soutien-gorge, on faillit me rendre fou immédiatement. Pour cacher mon trouble, je l'ai prise dans mes bras. Nous nous sommes embrassés longuement, là debout dans l'entrée. J'aurais voulu passer tout de suite dans la chambre à coucher mais je tenais à me comporter comme un mâle civilisé et non comme un mâle en rut, mais c'était difficile. Je l'ai donc invitée à passer à table. Par chance, elle aimait tout ce que j'avais choisi et elle avait un bon coup de fourchette. Elle a bu aussi presque la moitié de la bouteille. Nous étions très gais l'un et l'autre.

- Qu'est-ce que tu fais avec un vieux schnock comme moi ?
- C'est vrai, tu es un peu vieux. Que veux-tu il y a les pédophiles et les gérontophiles. Il faut de tout pour faire un monde.

- Je me doutais bien que tu devais avoir certaines déviances. Tu paraissais trop parfaite.
- Moi, j'aime bien les déviances.
- Moi aussi, surtout la gérontophilie puisque j'en profite.
- Alors, tout le monde est content.
- Non, je ne plaisantais pas. Je ne comprends pas ce qui t'attire chez moi.
- Comme je te l'ai expliqué, je n'ai pas envie de souffrir, je ne crois pas à l'amour. Avec toi, j'ai ce qui me convient. Tu es bel homme, tu as de l'expérience, j'ai pu le constater, tu ne me sautes pas dessus sans me donner le temps de respirer et tu prends le temps, tu n'es pas libre donc tu ne t'accrocheras pas. Je ne tomberai pas amoureuse de toi et tu ne me poursuivras pas de tes assiduités quand je serai partie, après mon stage. Je suis bien avec toi, je n'ai pas de craintes et je peux apprécier tout ce qui se passe sans penser au lendemain. Je n'engage que mon corps et j'en tire assez de plaisir.

Elle me fendait le cœur en disant ça. J'imaginais déjà tout ce que j'allais ressentir quand tout serait fini, quand elle aurait disparu de ma vie et l'échéance était proche.

Arrête de te crucifier… Pour l'instant, elle est là, regarde-la qui mange en face de toi… Ne sois pas si exigeant… Je ne suis pas exigeant, je pense à mon malheur si proche… Ici et maintenant… Je ne peux pas… Là, prends-la dans

263

tes bras et oublie… Oui mais… Pas de mais, profite…
Arrête.

Elle s'était levée pour débarrasser la table.

- Laisse, je m'en occuperai. Demain c'est le jour
de la femme de ménage et nous avons mieux à
faire.

Je l'ai reprise dans mes bras mais cette fois je ne pouvais
plus être aussi patient, je ne me contrôlais plus. La fièvre
de la sentir mêlée au désespoir de la perdre bientôt me
mettait dans un état proche de la folie. Trop vite, bien
trop vite, je l'ai amenée dans la chambre, je l'ai
déshabillée, je me suis déshabillé et je me suis retrouvé là
où je rêvais d'être depuis la dernière fois. C'était toujours
aussi magique. Elle profitait pleinement de la situation et
se montrait plus audacieuse. J'ai tenté, autant que j'ai pu,
d'arrêter mon cheval au galop. Ce n'est que quand j'ai
senti qu'elle avait atteint le but que je me suis laissé aller.
Nous étions tous les deux pleinement satisfaits. Elle ne
disait rien, blottie contre moi. Nous sommes restés ainsi
un très long moment. Pas besoin de mots, nos corps se
parlaient. Même si nos cœurs n'étaient pas au diapason,
ils étaient même très loin l'un de l'autre et ne se
comprenaient pas mais nos corps faisaient très bon
ménage. Je tremblais qu'elle ne se lève tout à coup pour
partir. Mais lorsqu'elle a bougé, c'était pour me faire
comprendre qu'elle reprendrait bien un petit supplément.
Je n'étais pas contre bien évidemment. Cette fois, j'ai
réussi à faire durer la fête plus longtemps. C'était moins

fougueux, plus doux, plus tendre et ce fut encore plus merveilleux. Du moins pour moi car Léa ne disait toujours rien. Je savais qu'elle avait été comblée, elle l'avait manifesté par un long cri mais elle ne le verbalisait pas.

-   Veux-tu passer la nuit avec moi ?
-   Je préférerais rentrer chez moi, je n'ai pas pris de vêtements pour demain. Mais peut-être la prochaine fois.

Je n'ai pas voulu insister. J'aurais pourtant tout donné pour pouvoir m'endormir dans ses bras. J'ai dû la laisser partir. Je n'avais aucun droit de la retenir. Elle m'a embrassé très tendrement.

-   Merci pour tout, j'ai passé une excellente soirée.
-   Tu n'as pas à me remercier sinon je devrais le faire aussi.
-   Alors, disons-nous merci.

Elle m'a embrassé longuement. Elle est allée prendre une douche, s'est rhabillée et elle est partie. J'étais toujours couché, dans son parfum. Je me suis endormi en essayant de ne pas penser à l'avenir. J'étais encore plein de la chaleur de Léa, je ne me sentais plus vide. J'ai bien dormi. Les jours suivants, je n'ai eu droit qu'à un déjeuner. Je ne vivais que pour nos prochains ébats. J'en arrivais à négliger mon travail. Je suis pourtant un maniaque du travail bien fait, presque un perfectionniste mais je ne parvenais plus à me concentrer. Je voyais le corps de Léa partout, je ne pensais qu'à l'instant où je serais en elle, au moment où je la sentirais tressaillir dans mes bras. J'avais désespérément besoin d'elle. Je devenais fou. Je cochais les jours sur le calendrier, il en restait si peu, je me désespérais du peu qu'il me restait à être heureux. Je me sentais glisser sur une pente sans garde-fou. Léa ne se doutait de rien ; Elle s'était habituée à me voir toujours préoccupé.

- Tu fais encore ta tête de bonnet de nuit. Je vais finir par me demander si ce n'est pas moi qui te donne tout ce tracas. Ce n'est pas anodin d'être un homme adultère quand on n'est pas un salaud et je sais que tu n'en es pas un.

Si elle savait que je n'en étais pas à mon coup d'essai et que ce n'était pas ça du tout qui me tracassait. Si elle savait pour mon amour fou, elle m'en voudrait, elle me plaindrait. Salaud et fou d'amour, mon image en prendrait un coup. J'aimais autant qu'elle croie tout ce qu'elle veut. Je me suis construit un petit sourire mystérieux. Elle n'a pas insisté. J'ai réussi mon coup. Je me demandais comment elle pouvait être aussi à l'aise avec moi. Elle n'hésitait pas à aborder les sujets délicats. Elle était sans complexe. Elle n'avait pourtant rien de la fille qui couche avec le premier venu. Elle allait ainsi, libre dans la vie, elle savait ce qu'elle voulait et ce n'était pas moi sinon pour les quelques jours qui restaient. Et moi, qu'est-ce que je venais faire dans tout ça ? J'étais de plus en plus perplexe et de plus en plus amoureux. Je n'avais jamais imaginé qu'elle puisse m'aimer, mais être un numéro parmi tous les autres m'était intolérable. Elle allait m'oublier dès qu'elle ne me verrait plus et je ne pouvais pas le supporter.

Tu vois ce que je t'avais dit, vieux fou… Ne recommence pas à me jeter la pierre… Je ne te la jette pas, cela n'aurait aucune importance… Oui, je souffre assez comme ça… À qui la faute… N'en jette plus… Vas-y Renaud, mets ton masque… Montre lui que tu n'es concerné que sur le plan sexuel… Ce n'est pas vrai… Mais c'est ce qu'elle attend… Veux pas qu'elle me considère comme un obsédé seulement par ses fesses… Je sais mais tu n'as pas le choix… Elle ne veut pas d'un amoureux… Qu'est-ce qu'elle veut. Un amant, c'est tout… Je ne veux pas être que ça… Pourtant, elle te l'a bien fait comprendre… Arrête !

- Je regrette de te donner l'impression que tu me causes du tracas. J'apprécie ce que tu me donnes à sa juste valeur, je t'assure, ton temps, ta compagnie et surtout le reste. Je passe d'excellents moments avec toi. C'est que je ne sais pas très bien exprimer ma joie ou mon bonheur. Je suis un mec qui voit toujours l'obscurité dans la clarté mais ça ne m'empêche pas de bien voir.

- Ah bon, tu me rassures.

- Tu peux l'être, tu es une fille formidable et je rends grâce au destin ou au stage qui t'a mise sur ma route. Mais pour l'instant, il est l'heure de retourner au boulot.

- Tu as raison, on se voit demain soir.
- Tu ne sais pas le plaisir que tu me fais. Si on allait au cinéma ?
- Excellente idée. Je regarde s'il y a un bon film dans le coin.
- Pendant les heures de travail, Mademoiselle Gauthier ! Votre rapport de stage va être gratiné.

Je plaisantais pour masquer l'état dans lequel sa proposition m'avait mis.

Et je me suis remis à attendre. Je n'étais plus qu'attente. Je freinais mon impatience en me disant que tant que je l'attendais, c'est qu'elle allait venir. Viendrait un jour où je ne l'attendrais plus et ce serait terrible. J'essayais de savourer l'attente.

Ce soir-là, elle avait choisi un film qui était censé donner à réfléchir sur l'impact que pouvait avoir la mondialisation sur les populations des pays en voie de développement. C'est du moins ce que j'ai lu sur les explications données par le metteur en scène au bas de l'affiche dans le hall du cinéma. À ce moment-là, je me moquais éperdument de la mondialisation, des pays en voie de développement et de leur population. Je ne voulais que sentir Léa à côté de moi sur le siège, pouvoir la toucher et rêver de ce qui allait se passer ensuite. Je n'ai absolument rien retenu du film. Léa s'était blottie contre moi. Je sentais sa poitrine si près de ma main, je sentais ses cheveux contre ma joue. J'avais posé mon autre main sur son genou et j'étais parti pour un voyage bien loin de l'intrigue de ce film. J'étais tellement bien que je craignais de m'endormir. Je n'ai pas vu passer le film.

Bien entendu, à la sortie Léa s'est mis à refaire le film, j'avais du mal à suivre. Durant tout le repas que nous avons pris dans un bistrot près du cinéma, elle m'a posé des tas de question sur mes sentiments quant à la mondialisation, l'exploitation des pays les plus pauvres. Elle se disait concernée et lisait beaucoup sur le sujet. J'avais bien quelques idées mais avec elle, j'avais toujours beaucoup de peine à me concentrer sur autre chose qu'elle et je peinais à exprimer mes idées. Tout se brouillait et j'avais peur qu'elle me trouve idiot. Je lui disais que le système bancaire n'a pas du tout les mêmes vues qu'elle sur le bonheur des peuples mais j'avais d'autres préoccupations, j'avais surtout envie d'exploiter son corps. Après tout, il représentait bel et bien une richesse, j'avais envie de capitaliser toute la tendresse qu'elle pourrait me donner à défaut d'amour en espérant que les ressources que je pourrais mettre à sa disposition seraient suffisantes pour développer le bien-être de sa petite personne. J'avais envie de me préparer des réserves pour les jours de misère.

Nous sommes rentrés tous les deux en marchant dans les rues encore animées. Je n'avais pas osé lui demander si elle comptait passer la nuit avec moi. J'ai failli sauter de joie quand je l'ai vue sortir un petit sac de sa voiture qu'elle avait garée devant chez moi. Elle a vu et m'a adressé un petit sourire complice qui en promettait long.

J'avais tout prévu même si je ne savais pas comment ça allait se passer. J'avais mis une bouteille de champagne au frais et j'avais changé les draps du lit.

Tu vois que tu peux être optimiste... Je le voulais surtout... Tu fais des progrès, continue... Ça ne saurait durer... J'en étais sûr... Arrête !

Dès que la porte s'est refermée, elle s'est précipitée sur moi pour m'embrasser. Elle se libère vraiment. J'en étais tout retourné. Je ne l'avais pas embrassée au cinéma, j'ai horreur des démonstrations publiques. Quelle douceur dans ses baisers, j'avais perdu plus de vingt ans. Ce n'était pas possible de ressentir toutes ces émotions, j'allais y laisser ma peau. Il y avait de la tendresse, de la douceur, presque de la pureté mais en même temps une furieuse envie de la posséder là, tout de suite sur le plancher encore tout habillés et au fond un tel désespoir de savoir tout ça éphémère.

Je lui ai proposé une coupe de champagne, histoire de reprendre un peu mes esprits. Nous l'avons siroté l'un contre l'autre sur le canapé.

- À mon stage, à notre rencontre !
- À notre rencontre !

Je ne voulais pas en dire plus de peur de me laisser aller à déballer tout ce que j'avais sur le cœur. Ce serait un désastre.

Elle n'a pas voulu une deuxième coupe. Elle s'est levée et s'est dirigée vers la salle de bains. En chemin, elle s'est retournée.

- Tu peux venir avec moi si tu veux, il fait si chaud, j'ai envie d'une douche.

Je tremblais, je me suis versé une deuxième coupe que j'ai avalée d'un trait, histoire de rendre mes mains plus fermes. Je suis allé la rejoindre. Elle faisait un état des lieux ou alors elle m'attendait. J'avais envie de lui arracher ses vêtements. J'ai pris sur moi de le faire délicatement mais j'ai failli déchirer les miens. Elle a réglé l'eau de la douche ni trop chaude ni trop froide et enlacés nous nous sommes glissés dessous. L'eau a coulé longtemps. Malgré mes quarante ans, j'étais encore assez fort pour faire ça adossé au carrelage en la tenant fermement pour qu'elle ne tombe pas. J'ai fait durer autant que j'ai pu, tant pis pour la planète, c'était si bon cette pluie qui nous inondait et le plaisir qui montait. Puis nous nous sommes savonnés mutuellement, occasion de nous explorer encore. Puis nous nous sommes séchés et nous sommes allés nous coucher. Il m'a fallu un moment pour récupérer mais, sans vantardise, je peux dire que j'ai été bon. Léa n'a pas été très discrète dans ses manifestations. Elle s'est endormie dans mes bras. Je ne parvenais pas à trouver le sommeil. Je me repassais en boucle les détails de la soirée. Je voulais ne rien oublier. J'avais le bras ankylosé mais je ne voulais pas bouger, c'était merveilleux. Elle dormait près de moi et je n'avais rien fait pour mériter ça. Après seulement quelques heures de sommeil, je me suis réveillé tôt. Je la regardais dormir. Elle était toujours aussi belle. C'était mon trésor. Je me suis levé, je suis sorti acheter des viennoiseries. Il faisait beau, il faisait chaud et le monde était à moi. Mais je m'en fichais du monde, je ne voulais que Léa. La boulangère a failli s'étrangler quand je lui ai dit qu'elle était bien jolie ce matin. Elle avait au moins cinquante ans et un tour de taille qui faisait plus d'un mètre cinquante. Elle a d'abord cru que je me moquais d'elle mais en voyant mon air d'idiot ahuri, elle s'est mise à rire. C'est vrai que je la voyais belle. Ce matin, je voyais tout beau, le gars qui balayait le trottoir, le vieux qui promenait son chien, la vieille avec son cabas. C'était beau, c'était la fête.

En rentrant, j'ai trouvé Léa inquiète. Je n'avais pas pensé à lui laisser un mot. Elle s'était réveillée seule dans l'appartement en se demandant où j'étais passé.

- J'ai cru que tu t'étais enfui.
- Pour aller où ? Et je te rappelle que tu es chez moi.
- C'est vrai, c'est idiot mais je n'aime pas me réveiller dans un endroit inconnu. Il me faut un moment avant de comprendre ce que je fais là et ça me perturbe.
- Navré de te perturber. Je suis content que tu sois là et je sais très bien pourquoi.
- Je n'en doute pas !

Elle me regardait d'un air coquin. Je fondais.

- Allez, viens manger ! Thé ou café ?
- Café, merci.

J'étais en admiration devant elle. J'avais acheté des pains aux raisins. C'est l'image que je garderai toujours d'elle : Léa mangeant un pain aux raisins. Je ne mangerai plus jamais de pains aux raisins.

Menteur… C'est en la voyant manger un pain aux raisins que j'ai compris que je l'aimais… Oui mais ce n'est pas la première image d'elle que tu vois quand tu penses à elle… Peut-être pas la première si je dois être honnête mais la plus marquante… Ah bon, tu me rassures… Je me croyais dans la plus banale des bluettes… Et alors… Toi et les bluettes, c'est à mourir de rire… Arrête !

Il était l'heure de reprendre la vie sociale. Nous nous sommes séparés pour ne pas arriver ensemble. Pendant toute la journée, j'ai bénéficié de cet état de grâce.

En rentrant le soir, j'ai eu un coup de téléphone de Christelle.

- Allô, mon chéri, les nouvelles sont rares. Tu n'es pas mort à la tâche, j'espère.
- Non, rassure-toi, je survivrai. Et toi, et Romain ?
- Je suis de plus en plus accro au yoga et je ne vois pratiquement plus ton fils qui passe tout son temps sur et dans la mer. Peut-on espérer te voir un de ces jours ?
- Je vais essayer.

- Je vois, inutile d'espérer, tu dis toujours ça mais tu ne viens pas. Je sais que tu n'aimes pas la mer et que l'inactivité te pèse mais tu pourrais faire un effort pour nous.
- Tu as raison, mais tu me connais.
- Si par miracle, tu te décidais, tu pourrais m'apporter mon survêtement bleu. Il est dans mon placard à gauche.
- D'accord, je vais le noter pour ne pas oublier.
- Que fais-tu ce soir ?
- Rien, je vais me coucher tôt, il n'y a rien à la télé. Peut-être un bon bouquin.
- Te coucher comme les poules, seul, j'espère !
- Oui, seul bien sûr.

Si elle savait ! Je ne mentais pas, j'allais bien me coucher seul mais j'espérais que je ne le serais plus demain ou le jour d'après. Heureusement qu'elle n'avait pas appelé la veille !

- Bon, je te quitte. Je t'embrasse. Tu me manques.
- Je t'embrasse aussi ainsi que Romain, mes amitiés à ta mère.
- Clic

Je n'avais pas eu la malhonnêteté de lui dire qu'elle me manquait aussi. Paradoxalement, je n'avais aucun remords de la tromper. Je n'étais plus dans la même vie. Il y avait celle d'avant avec Christelle, boulot, famille, déprime et celle de maintenant lumineuse avec Léa. Il y avait deux Renaud. Je m'étais coupé en deux. Ils n'avaient rien à voir l'un avec l'autre. L'ancien Renaud se sentait toujours coupable de quelque chose, de ne pas en faire assez, de n'être pas à la hauteur, d'arborer en permanence cet air de misère, de porter un poids trop lourd pour lui, de ne pas rendre Christelle heureuse. Ce Renaud était plein d'entrain, il se sentait libre comme l'air de tromper sa femme et surtout amoureux, amoureux ! Tellement libre qu'au cours de cette conversation insipide, j'avais failli raconter ce qui m'arrivait à Christelle comme à une bonne camarade. J'avais tellement perdu le sens de ce qui me liait à elle. C'est quand elle m'avait dit que je lui manquais que je m'étais rendu compte de la situation. Christelle était ma femme, la mère de mon fils, Léa n'était qu'une chimère. C'est à cet instant que les deux Renaud s'étaient retrouvés mais le deuxième Renaud refusait de laisser sa place à l'ancien.

Tout allait se précipiter. Quand je suis arrivé au travail le lundi matin, c'était la dernière semaine du stage de Léa. Son bureau était vide. Nouveau coup au cœur. Nouvelles suppositions désespérantes. Coup de téléphone de Guilbert.

- Dréval, pouvez-vous passer ?

Le sol se dérobait sous mes pieds. Je me suis précipité.

- Bonjour, Monsieur Guilbert, que se passe-t-il ?
- Ah Dréval ! Mademoiselle Gauthier nous a quittés.

- Mais… Son stage n'est pas fini.
- Il lui restait une semaine à faire mais des évènements graves se sont passés dans sa famille, elle a dû mettre fin à son stage prématurément. Je lui ai promis que nous lui enverrions son rapport comme si elle l'avait terminé. Elle avait l'air si bouleversée quand je l'ai eue au téléphone ce matin. Elle était sur le départ. À cette heure elle a déjà dû prendre son train. Je pense que vous n'y verrez pas d'inconvénient. C'était une bonne petite sérieuse et travailleuse.

Je ne pouvais pas répondre, je n'avais plus d'air. Ma gorge refusait d'en laisser passer un filet.

- Qu'est-ce qu'il y a Dréval ? Vous ne vous sentez pas bien ? Vous voulez un verre d'eau ?

Je tentais désespérément de reprendre mes esprits. Je craignais de m'effondrer là, aux pieds de Guilbert. Crise cardiaque, fin de Dréval. Mort en exercice. C'est du moins ce que dirait Guilbert quand il ferait son éloge funèbre. En apnée, je lui ai répondu ;

- C'est la chaleur, ça fait deux jours que j'ai des malaises mais ce n'est pas grave.
- Faites le rapport de stage de Mademoiselle Gauthier puis prenez des vacances, vous semblez en avoir bien besoin.
- Vous savez ce qui s'est passé, pour Léa ?
- Non, elle ne m'en a pas dit plus. Pauvre petite. !

Je commençais à transpirer et j'avais de plus en plus de mal à tenir sur mes jambes.

- Vous êtes sûr que vous ne voulez pas que j'appelle quelqu'un ?
- Non, ça ira, merci.
- Des vacances Dréval, prenez des vacances !
- Merci Monsieur, je vais faire ça.

Je me suis hâté de regagner mon bureau et là, je me suis affalé. Elle était partie ! Je m'y étais préparé mais seulement pour la fin de la semaine et j'avais espéré passer encore un en nuit ou deux avec elle. J'étais effondré. Je ne sais pas comment j'avais pu regagner mon bureau ? C'était la fin du monde, la fin des temps. Je ne me portais plus. Elle ne m'avait pas laissé un mot, elle ne m'avait pas téléphoné. Elle s'était évaporée. Et je restais là comme un con. En un instant, comme, dit-on, quand on va mourir, j'ai revu tous les instants que j'avais passés avec elle. Je revoyais, le grain de sa peau, l'éclair dans ses yeux quand nous faisions l'amour, son corps tout entier que j'avais tant aimé caresser. J'entendais sa voix, qui riait, qui criait de plaisir. Jamais plus, jamais plu, c'était insupportable. J'avais un cratère dans la poitrine et je sentais mes larmes qui coulaient.

Tu ne t'attendais pas à ça, pas vrai… Non, j'avais pensé à des adieux déchirants… Enfin de ta part… Oui mais des adieux avec des regrets, des mots gentils, des promesses de se souvenir… Et puis quoi encore, des larmes peut-être… Certainement mais je les aurais cachées… Pas sûr… Enfin, ne pas être pris comme ça au dépourvu… C'est peut-être mieux ainsi… Non… Tranché dans le vif… Non… Au moins c'est fait, tu n'as plus à redouter… Et puis, elle t'a bel et bien planté sans un mot… Elle n'a pas eu le temps… Ou elle n'a pas voulu. Arrête !

Un événement grave dans sa famille ? Ce n'était pas une raison pour s'enfuir comme une voleuse. Oui, voleuse, elle m'avait volé ma vie, mon cœur, ma raison et tant pis si elle n'était pas responsable, je lui en voulais. Ça me faisait du bien de lui en vouloir. Je la maudissais, je me maudissais, j'en voulais à la terre entière, à Guilbert qui me l'avait imposée, à Brécart qui aurait dû la prendre, à tout, à rien. J'étais là, affalé dans mon fauteuil, je ne voyais plus rien tout était brouillé devant ma vue et dans ma tête. Je pleurais. Je ne voulais pas l'admettre mais je pleurais. Un grand vide s'installait dans mon cerveau.

Le téléphone. Quoi encore ? Guilbert ? Je ne voulais plus parler à personne. Je n'étais plus capable de parler. J'ai décroché quand même, un réflexe.

- Allô, Renaud ?

- Léa, c'est toi ? Que se passe-t-il ? Où es-tu. Pourquoi es-tu partie comme ça si vite ?

- On m'a appelé dans la nuit. Ma mère est à l'hôpital entre la vie et la mort. Son salaud de mari l'a tabassée. Je savais que ça allait mal se terminer mais je n'imaginais quand même pas une telle horreur.

Elle pleurait, j'entendais ses larmes dans sa voix. J'avais mal, pour elle, pour moi.

- J'ai fait mes valises en vitesse, j'ai pris le premier train. J'ai juste eu le temps de prévenir Guilbert.
- Tu es où, là ?
- Je suis toujours à l'hôpital, elle est dans le coma. On ne sait pas encore si elle va s'en tirer.
- Je ne sais pas quoi te dire.
- Il n'y a rien à dire. Ils disent qu'il faut attendre. Ils ne savent pas quand elle va reprendre connaissance si elle le fait un jour. J'aurais dû mettre les pieds dans le plat, la forcer à le quitter et je l'ai laissée entre les pattes de ce monstre. C'est de ma faute, je ne me le pardonnerai jamais. C'est dur de voir sa mère ainsi et de ne rien avoir fait pour elle.
- Tu ne pouvais pas savoir que c'était aussi grave.
- J'aurais dû, je savais que c'était un salaud et j'ai laissé ma mère avec lui.
- Tu me l'as dit toi-même, elle était amoureuse et on ne peut pas raisonner une personne amoureuse.

J'étais bien placé pour le savoir. Je n'avais jamais pu me raisonner et ce n'était pas maintenant que j'allais le faire.

- Merci, c'est gentil ce que tu dis mais ça ne me réconforte pas.

J'aurais tant voulu être près d'elle, la prendre dans mes bras, la réchauffer et attendre avec elle en lui tenant la main. Lui répéter que ça allait aller. Elle m'aurait peut-être cru et ça lui aurait fait du bien.

- J'aurais pourtant tant voulu le faire.
- Je vais attendre en priant pour qu'elle ne meure pas. Je ne le supporterais pas.
- Tu ne reviendras pas ?
- Non, je ne peux pas. Tant pis pour le stage.

Et pour moi alors. Je ne pouvais pas m'en empêcher. Mais ce n'était pas le moment de penser à moi.

- Guilbert m'a demandé de rédiger ton rapport de stage comme si tu l'avais effectué en entier.
- Merci mais c'est peut-être inutile. Je l'avais fait pour agrémenter mon C.V. J'avais postulé pour un poste aux États-Unis, un contrat de trois ans. J'ai eu la réponse affirmative avant-hier. Je devais partir le 15 septembre mais je ne vais pas pouvoir quitter ma mère. Même si elle s'en tire, elle aura encore besoin de moi un bon moment. Enfin, pour l'instant, ce n'est pas ma préoccupation principale.
- Je suis vraiment désolé pour toi.

Et pour moi donc, c'était fini. Je n'avais pas encore réussi à l'intégrer complètement mais je sentais déjà le désespoir se pointer. J'avais aussi froid que si j'avais été sur la banquise. Je tremblais.

- Merci pour tout, je ne regrette pas de t'avoir rencontré. Je te souhaite bonne chance. Je t'embrasse. Au revoir. Je vais rejoindre ma mère.
- Si tu as besoin de quoi que ce soit.
- Merci, tu es gentil mais oublie-moi et reprends le cours normal de ta vie. Tu resteras dans mes souvenirs.
- Au revoir, je t'embrasse.
- Moi aussi.
- Clic

Et elle a raccroché, je n'avais pas eu le temps d'en dire plus. Je restais là, le combiné à la main, des griffes puissantes me labouraient le cœur. C'était comme si une partie de moi était déjà morte. Le reste se débattait encore et c'était extrêmement douloureux. Sans elle, je ne pourrais plus vivre. Tu l'as pourtant toujours su… Su oui, mais je ne l'avais jamais vraiment intégré… Tu savais que ton amour n'avait aucun avenir… Mais ça fait si mal… Ça passera… Impossible… C'était elle… Il y en a d'autres… Non, rien qu'elle… Rappelle-moi ton âge… Qu'est-ce qu'il a à voir… Tu n'as plus quinze ans, tu es un homme… Mais les hommes ça souffre… Ça passera, sois fort… Je ne sais pas… Mais si.

J'ai tout laissé. Je suis rentré chez moi où je me suis terré comme une bête à l'agonie pendant deux jours. J'ai bu, j'ai encore bu, je n'ai pas mangé, j'ai été malade, je n'ai pas dormi. J'étais las, j'étais sale, j'étais désespéré, une loque. Puis j'ai avalé trois comprimés de somnifère qui restaient dans l'armoire à pharmacie, s'il y en avait eu plus, j'aurais tout pris mais je n'avais même plus le courage d'aller à la pharmacie en acheter. Je suis tombé dans les pommes. Je me suis réveillé complètement abruti.

Le troisième jour, je me suis lavé, j'ai enfilé mon costume et je suis allé au bureau. J'ai bossé comme un dingue sur le rapport de stage de Léa. Je suis monté le présenter à Guilbert qui m'a demandé si j'avais des nouvelles. Je lui ai dit que non.

- Prenez des vacances Dréval, vous avez une tête de déterré et je ne pense pas que vous puissiez être en état de travailler. Vous n'êtes pas malade au moins.
- Je vous assure que je vais bien, juste la fatigue. J'ai posé mes congés.
- Vous avez bien fait. Reposez-vous et revenez-nous en pleine forme ;

Je ne serais plus jamais en pleine forme. Plus jamais, je ne serai plus comme avant. J'ai franchi un cap et c'en est fini de moi. J'étais perdu.

- Au revoir Monsieur Guilbert.
- Au revoir Dréval.

Il avait déjà détourné son regard et repris son travail. Il se moquait bien de moi et de mes peines de cœur.

Je suis retourné à mon bureau, J'ai rangé tous les papiers en cours. Je voulais laisser place nette. J'ai mis le rapport de stage de Léa dans une enveloppe, j'ai pleuré en écrivant l'adresse. Puis, ce fut plus fort que moi, j'ai rallumé mon ordinateur et j'ai écrit une lettre que j'ai glissée dans l'enveloppe. Je ne savais pas comment j'allais rédiger cette lettre mais il fallait que je le fasse. À peine les premiers mots posés, je ne réfléchissais plus, les mots venaient tout naturellement et mes doigts dociles les alignaient. J'ai écrit d'un trait.

Léa,

J'avais envie d'écrire : mon amour.

Avant que tu n'entendes plus jamais parler de moi, tu ne voudras plus en entendre parler, je voulais que tu saches que je t'aime comme un fou. Tu ne crois pas à l'amour et je n'y croyais pas non plus. Du moins à cette sorte d'amour qui m'a foudroyé quand je t'ai connue. Un amour insensé qui m'aurait fait faire n'importe quoi. Ce qui s'est passé entre nous n'a jamais été une simple histoire de sexe. Quand tu étais dans mes bras, je ne tenais pas seulement l'objet de mes désirs mais la femme que j'aimais. Tu ne peux pas imaginer le bonheur que j'éprouvais chaque fois que tu étais près de moi. Je tremblais à l'idée que tu puisses te rendre compte de ce que j'éprouvais. Je faisais le mec cool mais il n'y avait pas une seconde où je brûlais de te dire tout ce que j'avais sur le cœur. Tu m'aurais trouvé ridicule, moi qui avais quelques années de plus que toi et qui ne méritait en rien d'être aimé. Tu ne voulais pas aimer mais tu étais aimée.

Tu es partie. Je savais que tu partirais et je ne me suis jamais fait d'illusions sur tes sentiments pour moi. Je t'assure que je n'ai jamais songé une minute que tu pourrais être amoureuse de moi. Tu es jeune, je ne suis qu'un vieux con.

Je n'y ai jamais cru mais je suis dévasté. Et le mot n'est même pas assez fort pour exprimer ce que je ressens. Je ne te dis pas cela pour t'apitoyer, je n'attends rien de toi. Ce n'est pas ta faute, on n'y peut rien. Je n'aurais jamais dû me lancer dans cette aventure mais c'était tellement irrésistible. Je n'ai qu'à m'en prendre qu'à moi-même.

Je n'aurais peut-être jamais dû t'écrire cette lettre qui peut te gêner mais je n'ai pas pu m'en empêcher. J'ai trop retenu ces mots quand tu étais près de moi et quand nous étions l'un à l'autre. Ils m'étouffaient mais je savais que si je te disais que je t'aimais, je te perdrais.

Maintenant je t'ai perdue alors je te dis : je t'aime, je t'ai aimée et je t'aimerai toujours aussi loin que tu sois.

Renaud.

Je n'ai pas reçu de réponse.

J'ai essayé, Dieu m'est témoin de reprendre le cours de ma vie mais pour moi, j'avais beau ne pas y croire, j'attendais une réponse de Léa. Je ne suis pas retourné au travail. Les vacances seront bientôt terminées, Christelle va rentrer, je ne sais pas comment je vais réagir. Quelques jours sont passés. La boîte aux lettres restait vide. Je ne pouvais m'empêcher d'y aller chaque matin. Je sortais, l'espoir me portait, je rentrais accablé. Je la maudissais, elle aurait pu au moins m'envoyer un mot pour me donner de ses nouvelles, de celles de sa mère. Je me faisais des illusions. Le moindre mot m'aurait comblé de joie mais il n'aurait été qu'illusoire. Elle ne voulait plus rien avoir à faire avec moi et elle craignait peut-être que je la harcèle. J'ai essayé de lui téléphoner, je tombais toujours sur le répondeur. J'entendais sa voix et j'avais encore plus mal. Je ne laissais pas de message pour ne pas avoir l'air de la rappeler à l'ordre. Elle ne m'a jamais rappelé. Il n'y avait plus de vie pour moi. J'avais compris.

Alors, je pars, je ne sais pas où ni comment ni pour combien de temps. Je ne veux plus rien voir, plus rien entendre. J'ai atteint la limite de ce que je pouvais supporter. Je ne supporte plus rien et encore moins moi.

Avis de recherche, disparition inquiétante.

Nous recherchons Renaud Dréval, quarante et un ans, 1 m 87, brun aux yeux bleus. La dernière fois qu'il a été vu c'était le vendredi 29 août. Il a quitté son domicile sans emporter ni son portefeuille, ni son téléphone, ni ses clés, ni sa carte de crédit.

Renaud Dréval aux dires de sa famille qui était absente à ce moment-là, était souvent dépressif.

Toute personne qui aurait des renseignements à fournir est priée de téléphoner au 01.xx.xx.xx.xx